고전 스캔들

고전 스캔들

초판 1쇄 2024년 2월 28일

지은이 유광수
펴낸이 박경순
디자인 강경신
교정 김계옥

펴낸곳 북플랫
출판등록 제2023-000231호(2023년 9월 12일)
주소 서울시 마포구 토정로 222 306호
이메일 bookflat23@gmail.com

ISBN 979-11-984934-5-3 03810

• 책값은 뒤표지에 있습니다.
• 파본은 구입하신 서점에서 교환해드립니다.

고전 스캔들

기이하고도 아름다운 사랑 기담

유광수 지음

북플래스

들어가며

나는 왜 고전을 공부하는가

"고전은 어려워요."

그렇긴 하다. 하지만 정말? 더 어려운 외국 소설도 잘 읽고 더 힘겨운 철학 책들도 열심히 읽으면서 우리 고전만 어렵다고 하는 건 아니고?

물론 고전을 제대로 설명하지 못한 나 같은 사람들의 책임이 없지 않다. 조금이라도 쉽게 잘 풀이했다면 어렵다는 소리가 쏙 들어갈 텐데 말이다. 하지만 사실은 좀 다른 것 같다. '고전이 어렵다'는 말 속엔 고전이 그리 달갑지 않다는 뜻과 알고 싶지 않은데 자꾸 피곤하게 한다는 뜻이 함께 섞여 있는 것 같다. 그래서 이런 말이 잇따라 나온다.

"고전은 지루해요."

이 역시 틀린 말은 아니다. 그러나 지루함은 늘 상대적이고 가변적이다. 그 재미있는 야구 경기를 러시아 사람들은 지루해 미치겠다고 하고, 아무것도 아닌 돌멩이 굴리기 컬링 경기를 보노라면 흥미진진해서 손에 땀이 흐른다는 사람도 있다. 사실 '고전이 지루하다'는 말 속엔 알고 싶지 않지만 억지로 알아야만 할 것 같은 강박이 드리워져 있다. 더 어려운 주식 이야기나 부동산 이야기는 결코 지루하지도 않고 피곤하지도 않다. 귀를 쫑긋하고 잘만 경청한다. 사실 뭐든 그렇다. 스스로 주체적으로 다가설 때 지루함이란 놈은 멀리 도망치게 되어 있다.

아무튼 고전은 어렵고 지루하고 따분하고 고상한 잔소리로 도배되어 있는 케케묵은 그 무엇이란다. 뭐, 아주 틀린 말도 아니니 반박할 생각은 없다. 그런데 이상하게도 사람들은 그깟 고전을 획 던져버리지 못하고 꼭 이런 소릴 덧붙인다.

"고전은 중요하대요."

이런 참, 딱하고 난감하다. 자기 말이 아니라 남들이 하는 말을 들은 말투다. 별로 공감도 안 되고 동의도 안 되지만, 왠지 마냥 무시하기는 좀 거시기한 느낌이 든다. 그러니 지금까지 한 이런저런 말들을 죄다 합해 속 시원히 내뱉자면 대충 이런 말이다.

'고전은 중요하지만 지루하고 어렵고 피곤한 거다. 안 하고 싶지만 어쩔 수 없이 해야만 하는 괴로운 숙제 같은 거다.'

'지겨워도 숙제를 하는 이유는 내가 잘되기 위해서니까

꾸역꾸역 참고 그냥 해보자.'

'혹시 정말 가치 있는 게 있을 수도 있잖아. 그런데 나만 모르면 곤란하잖아. 안 그래?'

차라리 고전은 별로다, 나쁘다 하며 눈살을 찌푸리는 게 나을 뻔했다. 그러면 어쩌다 좋아질 가능성이라도 있지만 이런 무관심한 심드렁은 정말이지 답이 없다.

솔직히 말해보자. 중고생들 중에는 대입시험에 킬러 문제로 출제되지 않는다면 고전 따위는 그냥 확 팽개쳐버리고 싶은 학생들이 한둘이 아닐 거다. 그리고 그 시절을 지낸 사람들에게 고전은 과감히 한번 도전해보았던 높고 벅찬 산처럼 여겨질 거다. 사실 우리 고전을 피곤하게 만든 주범이 여기 있다. 그냥 이야기인데 점수와 연결되고, 그냥 재미인데 주제를 찾아야 하는 고달픔이 줄곧 괴롭혔던 것이다. 그러니 교복을 벗어던진 후에도 고전이라면 학을 뗄 지경이 될 수밖에. 이렇게 우리들에게 고전이란 인식이 굳어져버렸다.

고전이 고상한 건 맞는데 늘 뭔가 빤한 잔소리로 귀결되고, 이럴 수도 있고 저럴 수도 있는 문학작품인데 시험이다 보니 정답은 하나라고 한다. 맘대로 생각해도 안 되고 멋대로 주물러도 안 되는 뭔가 대단하고 엄청난 것을 떠받들며 그냥 주구장창 외워대야 했다. 그러니 억지스러울 수밖에.

자, 곰곰이 한번 생각해보자. 정말 고전이 가치 있고 정말 중요하고 정말 좋은 것인지. 만약 고전에 별거 없다면, 그냥 가볍게 훌쩍 떠나버리자. 인생에 다른 할 일도 많은데 굳이 억지로 얽매여 피곤하게 살 게 뭐란 말인가.

솔직히 내 의견을 말하자면, 난 고전이 가치 있다고 생각한다. 보통 무슨 일이든 자기 일을 오래하다 보면 그것이 좋아 보이게 마련이다. 조금 심하면 세상에서 가장 중요한 일처럼 여겨지기도 한다. 그러니 운 좋게도 고전을 지금까지 공부하고 있는 내 입장에서 고전이 가치 있다고 하는 말은 조금 신뢰감이 떨어질 수 있다. 그러나 고전은 분명한 가치를 지니고 있다. 두 가지 이유 때문이다.

첫째, 고전은 내 이야기지만 남들 이야기이기 때문이다.

인간은 변하지 않는다. 인간의 본성은 호모사피엔스(Homo sapiens)라면 동일하다. 즉 옛날이든 지금이든, 여기든 저기든, 어떤 인종, 어떤 성별, 어떤 연령이든 사람이라면 다 똑같다. 조금씩 다름은 문화적 · 사회적 영향에 따른 것일 뿐 인간이란 본성은 같다. 그러니 남을 보면 자신을 볼 수 있다. 귀감(龜鑑)이든 타산지석(他山之石)이든, 아무튼 남을 잘 보면 자신을 볼 수 있다.

사람이 다 그렇다. 자신은 자신이기에 자신을 잘 모른다. 종종 자신을 똑바로 보고 싶지 않을 때도 있다. 어떻든 우리 눈은 밖을 향해 있으니 남은 잘 본다. 정확히는 남들만 잘 본다. 냉철하고 섬세하게 하나도 빠짐없이 샅샅이 잘도 찾아 잘도 본다. 만약 그런 시선으로 나를 볼 수 있다면 어떨까? 생각보다 많은 것을 알 수 있지 않을까. 그래, 맞다. 거울에 비친 내 모습을 보고 옷 단추 구멍을 잘못 맞춰 입었는지, 화장이 번진 곳은 없는지 찾을 수 있다. 가치가 있다. 그렇다. 이것이 거울에 비친 제 모습을 바라보는 것 같은 고전의 가치다.

남들 이야기인 고전을 바라보며 '아, 나도 저래야겠다'라는 마음이 든다면 고전이 '좋은 본보기'인 귀감이 되는 것이고, '아, 저건 아닌데…'라는 찌푸림이 생긴다면 고전은 '남의 산에 쓸모없는 돌멩이가 나에게는 귀한 옥이 될 수 있다'는 타산지석이 되는 것이다. 귀감이든 타산지석이든 고전은 남들을 바라봄으로써 나를 볼 수 있는 귀중한 기회를 제공한다. 즐겁고 좋은 일이다.

둘째, 고전이 가치 있는 것은 옛것이 주는 편안한 거리감 때문이다.

'앤틱', '레트로' 등이 유행인 이유는 그것이 지금과는 다른 것이기도 하지만 일정한 거리를 두고 존재하기 때문이다. 옛날 초가집이 레트로 감성을 줘서 예쁜 카페가 될 수는 있지만, 그런 초가집에 살라 하면 쉽지 않을 것이다. 그런 거다. 나와는 많이 떨어져 있기에, 내 삶과는 다르고 내 삶을 침해하지 않기에 예쁘고 아름답고 때론 부럽기까지 한 것이지,

그것이 내 현실이라면 아주 많이 다를 것이다. 외국에 가는 것도 그렇다. 인스타그램에 올릴 멋진 그림은 되지만 그곳에서 평생 살라 하면 선뜻 그러겠다고 하기 어려울 것이다. 실제로 1년살이, 한 달살이는 할 수 있어도 평생 살며 뼈를 묻는 것은 아주 다른 결심이 필요하다.

고전은 그야말로 거리감이 짱이다. 멀리 떨어져 있어 거기 가서 살 수 없다. 누구도 그곳에 가서 살라고 우리를 협박하거나 강요할 수 없다. 즐기기만 하면 될 뿐 불안감은 없다. 옛날 그곳, 나랑 저만치 떨어진 그곳에 있는 앤틱하고 레트로한 편안한 것이 고전이다.

나랑 아무 상관없는 멀고 먼 옛날 사람들 이야기들이니 하나도 불편할 것이 없다. 혹시 자기 가문 선조의 민낯이 드러난 이야기라 해도 키득키득 웃을 수 있다. 나랑 한참 떨어진 멀고 먼 옛이야기니 말이다. 현대사의 아픈 기억은 지금도 우리 가슴을 떨리게 하지만, 임진왜란 때 참혹하게 죽어간 사람들 이야기는 영화처럼 흥미롭기만 하다. 이런 감정은 고약한 것이 아니니 죄책감을 가질 것도 아니다. 인간은 그 누구든 거리를 두고 망각하고 새롭게 뭔가를 이해하고 기억하며 살아가는 존재이니 말이다.

아무튼 이런 편안한 거리감이 속임 없이 있는 그대로 보게 하는 맑은 눈과 은은하고 세미한 소리까지 듣게 하는 밝은 귀를 우리에게 제공한다. 그래서 고전에는 거짓이 없다.

제대로 보지 못하고 제대로 듣지 못하는 우리가 있을 뿐이다. 또 설혹 지금 못 보고 못 들으면 어떤가. 누군가 다른 사람이 언젠가 그 내밀한 것들을 찾아볼 테니 그들에게 맡기면 그만이다. 급할 것 하나 없이 느긋하게 즐기면 그만이다.

사실 세상 모든 것은 나와 관련 있어야만 의미 있다. 주식투자 방송도 부동산 정보도 나와 관련 있어 그렇게 몰두했던 거다. 하지만 주식은 내리막도 있고 반 토막 소식을 들을 수도 있다. 부동산 정보를 아무리 많이 듣는다고 내 집값이 원하는 대로 올라가지는 않는다. 유익하지만 늘 긍정적인 것은 아니다. 그러나 고전은 늘 유익하다. 모두 다 내 이야기이니 말이다. 내 이야기이지만 남들 이야기로 편안한 거리를 두고 안락하게 듣고 볼 수 있으니 더할 나위 없이 쾌적하다.

예전에 냈던 《고전, 사랑을 그리다》를 《고전 스캔들》로 다시 펴낸 이유가 이것이다. 인간의 본성 중에 가장 기본적인 사랑 이야기를 통해 고전이 정말 가치 있는지 없는지, 피곤한 건지 재미있는 건지, 억지인지 타당한 권유인지를 살펴보란 의미로 글을 썼다.

어쩌면 남들 이야기 속에서 내 이야기를 찾을 수도 있을 것이다. 면전에서 누군가 내게 말했다면 버럭 화를 낼 것을 차분하고 담담하게 받아들일지도 모르겠다. 때론 나 혼자만 이렇게 사는 것 같아 외롭고 헛헛한 마음이 위로받을 수도 있다. 어떤 것이든 고전의 거울을 통해 바라본 내 모습을 똑바로 보는 것이 중요하다. 멋지면 멋진 대로 부족하면 부족한 대로 인정하고 다음엔 조금 더 나은 모습으로 살면 되지 않겠는가.

고전은 가치 있다. 그 거울을 똑바로 바라보는 모든 사람들에게 분명 행복하고 즐거운 웃음을 줄 것이다.

믿으시라. 진짜다.

2024년 2월

백양관 연구실에서

차례

3관

환상 속 그대

4관

사랑과 집착 사이

5관

사소해서 더 애틋한 사랑

6관

은폐된 사랑

7관

인지부조화의 절정

1관

세상 모든 사랑의 시작, 짝사랑

짝사랑을 아름답다고 말하는 사람은 짝사랑을 해보지 않은 사람이거나, 짝사랑을 해봤다고 착각하는 사람, 둘 중 하나다. 짝사랑은 아름답지 않다. 짝사랑의 열병을 앓고 있는 사람의 면전에서 한번 말해보라. 욕설까지는 아니어도 따가운 눈총은 실컷 받을 것이다.

짝사랑은 아프다. 눈을 뜨나 감으나 아파오는 가슴을 어쩌지 못하는 것이 짝사랑이다. 짝사랑을 순수하고 멋진 로맨스로 기억한다면 성공했든 실패했든 거기서 벗어났기 때문이다. 지난날의 괴로움을 잊고, 조작된 사진처럼 아름다운 추억만을 자기 안에 남겨두었기에 그런 객쩍은 소리를 하는 것이다. 죽도록 고생한 군대 이야기를 평생을 두고 우려먹는 사람들처럼 가벼운 허영에 들떠 짝사랑을 아름다운 청춘의 추억으로 포장하는 것은 자유지만, 지금 짝사랑의 열병을 앓는 이에게 할 소리는 아니다. 자기 이야기가 아니니까 쉽게 말하는 것이다.

짝사랑은 아름답지도 멋지지도 않다. 그저 괴로울 뿐이다. 괴롭고 또 아픈 것이 짝사랑이다. 사랑이란 본래 둘이서 하는 것인데 혼자만 그렇게 끙끙거리니 왜 아프지 않겠는가.

물론 세상 모든 사랑은 짝사랑에서 시작한다. 둘이 동시에 사랑의 불꽃이 튀기지 않는 다음에야 누군가 먼저 좋아하는 마음을 품고 시작한다. 영화나 드라마에서처럼 남녀가 만나자마자 서로 끌리는 경우는 마른하늘에 벼락이 쳐서 번개에 맞아 죽을 확률보다 낮다. 대부분의 사랑은 누군가 먼저 시작한다. 그러니 세상 모든 사랑이 짝사랑에서 시작한다는 말이 그른 말은 아니다. 하지만 '시작한다'는 말을 그냥 흘려들으면 곤란하다. 서로간의 사랑으로 발전해야 진짜 사랑이지 혼자만의 사랑은 사랑이 아니니 말이다.

그래서 사랑은 '제스처'고 '액션'이고 궁극적으로 '도전'일 수밖에 없는데, 제스처와 도전이 무안하고 두려운 사람들은 머뭇거리며 멈칫 얼어붙는다. 그대로 몸을 웅크리고는 주위를 휘휘 둘러보며 혹시 누군가 제 마음을 알아챌까 불안해한다. 그 뒤는 가슴을 움켜쥐고 끙끙댄다. 때론 땀도 삐질삐질 흘리고 겁먹은 눈으로 주위를 희번덕거린다. 이런 것을 짝사랑이라고 부른다.

언제 터질지 모를 시한폭탄을 손바닥만한 새가슴에 품고 조마조마해하는 것이 짝사랑이다. 세상에, 이래도 짝사랑이 아름답다고?

움츠러든 메조키스트의 가슴앓이

《삼국유사(三國遺事)》 조신(調信)

01

《삼국유사(三國遺事)》에는 널리 알려진 유명한 꿈 이야기가 있다. 얼마나 유명한지 초등학생들도 안다. 조신이란 남자가 자신이 짝사랑하는 여자를 꿈에서 부부로 만나 살다가 깨어난다는 이야기인 〈조신(調信)〉이다. 꿈속에서 겪은 삶의 괴로움으로 인해 그토록 사랑했던 마음도 부질없음을 깨닫는다는 이 꿈 이야기가 실은 짝사랑 이야기라는 것을 아는 사람은 많지 않다. 마음속에 짝사랑으로 묻어둘 때와 밖으로 모두 풀어낸 후가 어떻게 다른지 이토록 명백하게 보여주는 이야기는 다시 없을 것이다.

조신은 승려였다. 경주 본사에서 강릉 지방에 있는 농지를 관리하라고 파견된 중이었다. 그런 그가 어느 날 한 여인을 보고 그만 넋이 나간다. 그녀가 예뻤는지 몸매가 죽여줬는지는 이야기에 나오지 않는다. 실제로 그것은 그리 중요한 문제가 아니다. 첫눈에 반하는 것은 머리가 움직이는 것이 아니라 가슴이 흔들리는 것이고 요동치는 것이니 말이다. 그냥 꽂힌 것이다.

승려의 신분으로 여인을 사랑하는 것이 문제일 수도 있지만 일반인으로 환속(還俗)하면 그만이다. 불경스러운 소리긴 해도 이미 여인에게 마음이 흔들렸다면 스님으로서 실격이다. 환속한다고 불가를 완전히 떠나는 것도 아니다. 재가 신도가 얼마나 많은가. 하지만 조신은 그렇게 하지 못한다. 환속이 어려워서가 아니라 환속해도 그녀와 맺어질 수 없기 때문이다.

그가 꽂힌 여인은 보통 사람이 아니라, 강릉 태수 김흔의 딸이었다. 그녀에 비하면 자신은 농토를 관리하는 일개 중일 뿐이다. 큰 지방을 다스리는 높은 관리의 금지옥엽 같은 귀한 딸과 맺어지기는커녕 감히 올려다보지도 못할 처지인 것이다.

신분적 차이보다 더 심각한 문제도 있었다. 자신은 그녀에게 빠졌지만 정작 그녀는 자신이 누군지도 모른다는 냉정한 현실이었다. 그런 아픈 생각이 그의 가슴속으로 파고들었다. 둘의 눈이 마주칠 때 스파크가 튀지 않는다면 누군가가 먼저 사랑을 시작해야 한다. 과감하고 솔직하게 제 감정을 표현하는 다음 단계로 발전해야 한다. 그러나 조신은 그렇게 하지 못했다. 제 처지를 돌아보고 그냥 쭈그러든다.

'어떻게 아가씨가 나처럼 하찮은… 농장 관리나 하는 중에게….'

그는 날마다 번민에 뒤척이면서도 정작 그녀에게는 어떤 제스처도 취하지 못한다. 스스로 제 처지를 비관하고 원망할 뿐이었다.

조신은 밤마다 낙산사 관음보살상 앞에서 빌고 빌었다. 이런 마음이었을 것이다.

"제발 아가씨와 결혼하게 해주세요. 예?"

"그도 안 되면, 딱 하룻밤만이라도, 예? 보살님, 제발요."

그렇게 온 몸을 뒤틀었지만 바뀌는 것은 없었다. 안타깝지만 당연한 일이다. 그동안 수년이 지났다. 역시 당연한 일이지만 김 씨 아가씨에게 배필이 생겼다. 조신은 완전히 넋이 나갔다. 수년을 애꿎은 관음보살만 괴롭히던 그는 이제 관음보살에게 생떼를 썼다. 울고불고 밤새도록 통곡하며 원망을 하고 하소연도 했다. 울부짖는 그의 심정은 이랬다.

"도대체 이것이 뭐예요? 내가 얼마나 사랑하는데…."

관음보살도 참 난감했겠다. 이렇게 철부지처럼 징징대기만 하니 말이다. 어린애처럼 칭얼대던 조신이 너무 지쳐 그만 실신하듯 쓰러져 잠이 들었다. 여인에게 미혹된 것만 해도 큰일인데 수년을 이토록 번뇌하다 급기야 이런 난리까지 피우다니, 중으로서 조신은 도가 너무 지나쳤다. 한편으론 그 마음이 딱하기도 하다. 아마 관음보살도 그랬나 보다. 어느 날 관음보살은 조신에게 다음과 같은 꿈을 꾸도록 했다.

조신이 쓰러져 자고 있는데 방문이 살며시 열리더니 한 여자가 들어왔다. 혼혼히 정신이 든 조신이 살펴보니, 그토록 사랑하는 김 씨 아가씨가 아닌가. 그녀가 환하게 웃으며 이렇게 말한다.

"전에 당신을 한 번 뵙고 사랑하는 마음이 생겼습니다."

세상에, 어떻게 이런 일이!

"그런데 부모님이 엉뚱한 곳으로 시집가라고 해서 억지로 결혼하게 되었습니다. 그것이 싫어 지금 도망쳐 나왔어요. 우리 같이 살아요."

조신은 그야말로 눈이 휘둥그레졌다. 당장 모든 일을 팽개쳐버리고 김 씨 아가씨와 함께 고향으로 떠나버렸다. 그렇게 둘이 40년을 같이 살았다. 자식을 다섯이나 두었다. 하지만 사는 것이 사는 게 아니었다. 집은 텅텅 비어 휑댕그렁했다. 이젠 팔아먹을 물건도 없고 변변찮은 끼니거리도 제대로 없었다. 결국 입에 풀칠하려고 자식들을 이끌고 이리저리 떠돌며 빌어먹었다.

그러기를 10년. 희망 없이 구걸하는 삶이 나아질 리 없었다. 점점 더 궁핍해져 이젠 입고 있던 옷까지 갈가리 찢어져 몸도 제대로 가리지 못할 지경이 되었다. 그러던 어느 날, 한 고개를 지날 때 열다섯 살 된 큰아이가 굶주림에 지쳐 덜컥 죽고 말았다. 통곡이 터져 나왔지만 대책이 없기는 마찬가지였다. 죽은 아이를 고개에 묻고 다시 유랑 길에 올랐다.

그러다 어느 길가에 움막을 짓고 머물렀다. 조신과 김 씨 부인은 너무 늙은 데다가 병들고 굶주려 일어설 기력조차 없었다. 할 수 없이 열 살 난 딸아이가 밥을 빌러 나갔다가 그만 사나운 개에게 물려 피를 질질 흘리며 돌아왔다. 꾀죄죄한 몰골에다 온 얼굴에 눈물이 그렁그렁한 딸이 엄마 품에 안겨 아프다고 자지러지게 비명을 질러댔다. 조신과 부인은 눈물이 흐르고 목이 메었다. 울다 못한 부인이 조신에게 말했다.

"제가 처음 당신을 만났을 때는 얼굴도 아름답고 나이도 젊고 입은 옷도 깨끗했어요. 같이 맛있는 음식을 먹었고 옷도 나누어 입으니 정말 행복했지요. 그런데 이제는 몸도 쇠약해지고 병도 깊은 데다가 갈수록 추위와 굶주림에 못 견딜 지경이 되었네요. 늙어서 남의 집 곁방살이를 하며 머슴 살기도 어렵고, 변변찮은 음식도 빌어먹기 힘들어요. 남의 집 문을 두드리며 밥을 빌어먹는 부끄러움이 산보다도 무거워 얼굴이 화끈거려요. 게다가 추위에 떨고 굶주림에 시달리는 아이들을 보고 있노라니 괴로움이 한이 없네요. 이런 지경이니 어느 틈에 당신과 내가 부부의 정을 즐길 수 있겠어요?"

생각해보니 그녀의 말이 하나도 틀린 것이 없었다. 부인의 말이 이어졌다.

"가만히 생각해보니, 지난날에 기뻤던 일들이 모두 이런 근심의 시작이었던 것 같아요. 당신과 내가 어쩌다가 이 지경에 이른 거지요?"

한 치 앞을 모르는 것이 인생이었다.

"우리 차라리 헤어져요."

아마 헤어지자는 말을 듣고 충격을 받지 않을 남편은 아무도 없을 것이다. 자신이 무능하고 변변치 않다는 것을 알아도 마찬가지다. 아니 그럴수록 더 충격일 수 있다. 조신의 처지가 꼭 그렇다. 게다가 그는 그녀와 함께이고 싶어 수년을 밤마다 몸부림치며 관음보살에게 떼를 쓰지 않았던가. 그러니 부인의 말이 엄청난 충격이었을 것이다.

하지만 놀랍게도 아니었다. 그의 몸에서 그리움과 사랑의 사무침은 이미 사라지고 하나도 남아 있지 않았다. 그는 부인의 말에 진정으로 기뻤다. 헤어진다고 대책이 있는 것은 아니다. 따로 다닌다고 밥 빌어먹기가 더 수월하고 생활이 펴지는 것도 아니다. 늙고 병든 몸이 낫는 것도 아니다. 그래도 조신은 기뻤다. 어쩌면 조신은 자신이 먼저 입 밖에 내지 않았을 뿐이지 부인의 말을 기다리고 있었을지도 모른다.

조신은 다섯 아이 중 살아남은 네 아이를 둘씩 나눠서 헤어지기로 했다. 생이별이고 가속의 붕괴였다. 그렇게 부인과 헤어져 떠나려는데, 그만 퍼뜩 꿈에서 깨어났다. 꿈에서 깬 조신은 놀라지 않을 수 없었다.

'세상에…, 이 모든 일이 꿈이었단 말인가?'

눈앞에는 관음보살상이 인자한 모습으로 자신을 내려다 보고 있었다. 타다 남은 등잔불이 깜박거렸다. 고개를 돌려 창을 보니 밤이 다 지나고 날이 희뿌옇게 밝아오려 했다. 그 길고도 긴 인생이 단지 하룻밤의 꿈이었던 것이다.

조신은 자신의 수염과 머리털을 만져보았다. 그랬더니 이것이 어찌된 일인지 모두 다 새하얗게 세어 있었다. 참혹하고 괴로운 삶을 산 것처럼 하룻밤 만에 그렇게 된 것이다. 문득 자신이 욕망에 휩싸여 불끈대며 칭얼대고 원망하고 통곡하던 어제 일이 너무도 부끄러웠다. 감히 고개를 들어 관음보살상을 제대로 쳐다볼 수 없었다. 바로 관음보살이 그 꿈을 꾸게 한 것이기 때문이었다.

조신은 깊이 깨달았다. 그의 마음속엔 김 씨 아가씨는 물론 그 어떤 욕망도 남아 있지 않았다. 그는 농장을 관리하는 일을 사임하고 고향으로 돌아갔다. 그리고 평생 동안 선한 일을 하면서 살다가 죽었다.

반쪽 사랑에서 깨어나라

조신은 용기가 없는 남자다. 그가 중이었기에 과감하게 김 씨

아가씨에게 다가서지 못한 것이 아니다. 일반인이었어도 그는 속만 끓일 뿐이지 입 밖에 내지도 못했을 것이 틀림없다.

"아가씨는 귀족이고 나는 아니잖아…."

맞는 말이다. 하지만 그는 사랑이 그냥 하늘에서 떨어지는 걸로만 생각하고 있다. 그런 마음이라면 그가 비록 귀족이라 해도 뭔가 다른 핑계의 꼬투리를 찾아서 움츠러들 것이 분명하다. 꿈속에서도 헤어지자는 말을 먼저 꺼내지도 못하고 있다가 부인이 말하자 뛸 듯이 기뻐하는 것만 봐도 그렇다. 그는 산타클로스가 선물 보따리를 잔뜩 들고 와서 말 잘 듣고 착한 아이에게 원하는 선물을 안기듯이 사랑도 그렇게 주어질 것이라고 믿는 것 같다. 그렇게 어린 심성이니 어떻게 사랑을 하겠는가. 선물을 주던 산타클로스가 실은 부모님이었다는 것을 깨달아야 어른이 되고, 그래야 자신도 산타클로스가 되어 다른 이들을 도와줄 수 있다. 그런데 조신은 여전히 징징거리며 "말 잘 들었으니 선물 줘요." 하는 코흘리개와 같으니 이를 어쩌겠는가. 이런 그에게 사랑이 가당키나 하단 말인가.

그저 짝사랑만 할 노릇이다. 이렇게 말하면 아마 그는 또 "운명이 그러니 어쩔 수 없지, 에휴…." 하며 긴 한숨만 내쉴 테지만 말이다.

조신의 짝사랑이 깨진 결정적인 계기는 꿈 때문이다. 꿈에서 그는 애태우며 사랑한 그녀를 기적처럼 만나 결혼하고 행복하게 산다. 복덩이 같은 아이들도 숙숙 낳아 기른다. 즐겁고 기뻤다. 김 씨 부인이 회고한 말마따나, 처음 만났을 때는 얼굴도 아름답고 나이도 젊고 옷도 깨끗했다. 맛난 음식을 나눠 먹으며 알콩달콩 행복했다. 하늘에라도 오른 듯이 붕붕 떠 다녔을 것이다. 하지만 세월이 흘러 늙고 병들자 고달파졌다. 추위와 굶주림에 자식이 비명횡사하고 부모 대신 밥 빌러 갔던 아이가 개에게 물려 피를 흘리며 돌아온다. 삶의 쓰라림과 퍽퍽함에 쓰디쓴 눈물이 나왔다.

헤어지자는 부인의 말에 뛸 듯이 기뻐한 것을 두고 조신을 나무랄 수만은 없다. 찢어질 듯한 삶의 괴로움을 겪어보지 않은 사람은 그 심정을 제대로 헤아리기 어렵다. IMF의 여파로 가정이 깨진 대부분의 이유가 그런 신산스런 생활의 고통 때문이라고 해도 과언이 아니다. 목구멍이 포도청인 것이다. 하루하루 버티는 것도 허리가 휠 지경인데, 김 씨 부인의 말처럼 부부간 사랑의 속삭임과 끈끈한 애정이 솟을 틈이 어디 있겠는가.

꿈에서 깬 조신은 짝사랑의 몽매함에서 완전히 벗어난다. 무엇이 사랑의 열병을 사그라뜨리고 그를 변심하게 했을까? 머리털과 수염이 허옇게 된 것처럼 정말로 나이를 먹어 폭삭 늙어서 정력이 쇠진한 것일까? 그래서 모든 것이 다 지겹고 귀찮아진 것일까?

그것은 아니다. 그는 뭔가를 깨달은 것이다. 그래서 짝사랑의 열병에서 벗어난 것이다. 바로 하루 전까지는 몰랐던 그 무엇을 깨달은 것이다. 바로 현실감각이다. 조신은 꿈을 통해 현실감각을 찾았다. 사람이란 땅에 발을 디디고 사는 존재라는 너무나 당연하고 분명한 사실을 깨달은 것이다. 산타클로스를 기다리는 어린아이가 아니라 산타클로스 역할을 하는 어른이 된 것이다.

만약 꿈에서 깬 조신이 용기를 내서 김 씨 아가씨를 만나 고백했다면 결혼할 수 있었을까? 확률은 반반이다. 그녀가 고백을 받아들일 수도 있고 거절할 수도 있다. 혹시 받아들여 어렵사리 결혼에 골인해 같이 살게 된다면 그 꿈에서처럼 참혹한 노년을 맞을까? 그 역시 알 수 없다. 행복하게 평생을 살다가 둘이 손을 꼭 잡고 한날한시에 눈을 감을 수도 있다. 미래를 누가 알겠는가.

그렇다면 조신이 지레 겁을 먹고 아가씨에 대한 사랑을 포기한 것일까? 아니다. 꿈을 통해 짝사랑에서 완전히 벗어났기에 김 씨 아가씨를 찾지 않은 것이다. 짝사랑에서 벗어나게 된 단서는 꿈속에서 그녀가 한 말 가운데 숨어 있다. 그녀는 이렇게 말했다.

> "가만히 생각해보니, 지난날에 기뻤던 일들이 모두 이런 근심의 시작이었던 것 같아요. 당신과 내가 어쩌다가 이런 지경에 이르렀지요?"

잊을 수 없는 말이다. 사랑으로 시작한 것이 근심과 괴로움을 끝났다는 것이다. 이 말이 가슴 깊이 박혔던 조신의 짝사랑을 완전히 사라지게 만들었다. 그것은 근심과 걱정을 하지 않기 위해 사랑하지 말아야 한다는 말이 아니라, 행복하고 기쁘기도 하지만 근심과 걱정이 생길 수도 있는 것이 사랑이라는 사실을 냉정하게 지적한 말이기 때문이다. 그리고 그 말은 조신에게 이렇게 들렸다.

"너 감당할 수 있니?"

두려움에 떨게끔 협박하는 말이 아니라 차분하게 현실을 짚었던 것이다.

"너 정말로 사랑하니?"

실제로 김 씨 아가씨는 조신을 알지도 못한다. 그것은 조신도 알지만 그는 인정하지 않았다. 그 냉정한 현실을 외면했다. 그 장벽을 넘을 생각도 없었다. 알면서도, 아니 알기에 차가운 현실을 고개 돌려 외면한 것이다. 그리고 칭얼대기만 한 것이다.

"네가 생각하는 사랑이 뭐니?"

그는 정말로 답하기가 어려웠으리라.

"네가 진짜 사랑한다면 이 모든 것까지 품으며 사랑하는 거야. 그것이 사랑이야. 할 수 있겠어?"

김 씨 아가씨와 만나 서로 사랑한다고 치자. 그것으로 끝인가? 그렇지 않다. 그들 앞에는 사랑이란 것을 아름답게 꾸며가야 할 분명한 현실이 있다.

사랑은 왜 하는가? 상대방을 내 수하로 삼아 부리기 위해선가? 그도 아니다. 바로 상대방을 좋아하기에 그를 위해, 또 그녀를 위해 내가 할 수 있는 그 무엇인가를 하기 위해 사랑하는 것이다. 그리고 그 사랑은 바로 매일같이 부둥켜안고 침대에서 뒹구는 것만이 아니라, 하늘을 붕붕 날아다니기만 하는 것이 아니라, 현실 속에서 땅에 발을 디디며 살아가는 과정 속에서 이루어지는 것이다. 그렇게 만들어가야 하는 것이다. 그것이 사랑이니까.

조신은 그것을 느끼고 깨달은 것이다. 사랑이 현실이라는 것이다. 사랑은 그 어느 공간에 홀로 떨어져 있는 것이 아니고, 혼자만의 환상과 제 스스로 만들어놓은 울타리 안에서만 그려지고 이루어지는 것도 아니다. 그런데 짝사랑은 제 혼자만의 사랑이다. 혼자 제 좋은 대로 제 마음대로 만들어내고 그 속에서 멋대로 상상하기만 하는 사랑인 것이다. 그러니 현실이 있을 수 없다.

왜 조신이 징징대기만 했겠는가? 왜 조신이 만만한 관음보살상 앞에서만 울고불고했겠는가? 왜 그는 바깥 현실로 나가 과감하게 제 마음을 드러내지 못했겠는가? 그것은 그가 중이어서가 아니다. 그는 혼자 뒹굴고 괴로워하는 가슴을 부여잡는 것만 좋아하는 인간이기 때문이다. 습관적으로 열패감에 휩싸이고 좌절과 괴로움의 나락에 떨어지기를 반복하는 것에서 쾌락을 느끼는 메조키스트(masochist)이기 때문이다. 냉정하게 말해 그에게는 짝사랑이 자신의 존재 증명이자 살아가는 방편이었다. 그는 애초부터 사랑을 이룰 생각이 없었다. 용기가 없는 것이 아니라 용기를 내볼 생각 자체가 없었다.

"당신은 상대방에게 사랑을 고백할 용기가 없어 못하는 것인가? 아니면 스스로 만든 환상 속에서 나오기 싫어 고백하지 않는 것인가?"

조신은 이 물음에 답을 해야 할 것이다.

생각해보니 짝사랑은 혼자해서 반쪽이기도 하지만, 사랑이 이루어졌을 때 감당하고 책임질 마음이 없다는 점에서도 반쪽이다. 이래저래 짝사랑은 정말 반쪽짜리 사랑인 것이다. 상황이 이러니 짝사랑에 빠진 사람에게 이렇게 물어야겠다.

"당신은 현실을 딛고 일어나 사랑을 감당할 수 있는가?"

만약 긍정적인 대답을 한다면, 당신은 사랑할 준비가 되었다. 상황이 어떻든지 말이다.

은근한 미련, 마음에 불을 지르다

《수이전(殊異傳)》 지귀(志鬼)

02

"그땐 전부 보조개인 줄 알았다니까."

친구 하나가 멋쩍은 웃음을 지으며 말했다. 성격이 전혀 맞지 않은 한 여자와 결혼하겠다고 난리법석을 피워 부모님을 괴롭히던 녀석이 열정이 식은 후에 변명처럼 늘어놓은 말이다. 상대방 여자는 얼굴이 온통 얽어 볼품이 없었는데, 이 놈은 그 흉터마저도 보조개로 보일 만큼 그녀에게 푹 빠져버렸다. 그의 부모님은 외모보다 더 문제인 그녀의 어떤 부분 때문에 몸져눕기까지 했다. 그래도 이놈은 막무가내였다. 끝에 우리가 놈을 교화(?)시키겠다고 있는 말 없는 말 만들어 가며 윽박질렀지만 녀석은 요지부동이었다. 심지어 우리와 의절할 태세였다.

결국 시간이 흘렀고 그녀의 속마음을 알게 된 녀석은 자연스레 그녀와 헤어졌다. 열병이 지나쳐 온 집안과 주위에 불을 싸질러 놓았던 놈이 우리를 찾아와 미안하다며 환상이 깨진 후 푸념처럼 읊조린 말이 바로 위의 말이었다.

보통 짝사랑은 이렇게 스스로 지쳐 깨지는 경우가 대부분이다. 조신처럼 꿈을 꾸지 않아도, 시간이 지나면서 현실감각을 회복하기 때문이다. 자기 주변을 보고 또 이런저런 사람들과 부대끼면서 현실감각이 되살아나는 것이다. 혼자 방구석에 틀어 앉아 모니터만 바라보며 키보드만 두들겨대면 안 되는 이유이기도 하다. 인간은 어울리며 살아야 인간인 것이다.

그런데 가끔은 짝사랑에서 헤어 나오지 못하는 경우가 있다. 그 사람의 성향이 독특해서 그럴 수도 있지만 사실 그 때문은 아니다. 헛된 짝사랑이 스러지지 않고 훅 발화하는 데는 다른 이유가 있다. 현실감각이 일깨워지는 것이 아니라, 엉뚱한 감각이 일깨워지기 때문이다. 그것은 짝사랑하는 상대방의 태도에서 '미련'을 읽으면서 시작된다.

'뭐야? 저 남자(여자)도 날 좋아하잖아!'

이 이상한 감각은 옳든 그르든 상관없다. 그렇게 생각하기 시작하면서 미묘한 느낌이 차츰 분명해지고 강화되고 나중엔 거의 믿음처럼 굳어져버린다. 이때 문제가 발생한다.

이상심리를 가진 사람이 아니라면, 단 하나의 시그널

(signal)을 보고 상대방이 자신을 사랑한다고 단정하지는 않는다. 소심하기 이를 데 없는 짝사랑을 하는 사람들의 경우에는 더욱 그렇다. 웬만하면 자신을 사랑하지 않는 것으로 해석하는 데 이골이 난 자들이니 말이다. 그런데 어느 날 문득 상대가 자신에게 마음이 있다는 것을 여러 채널을 통해 전해 듣는다. 그리고 그것을 점점 사실이라고 확신하기에 이른다. 그러면 어떻게 될까? 짝사랑이라는 정염의 불꽃에 기름을 확 끼얹으면 어떻게 되겠냐는 말이다.

신라 때 《수이전(殊異傳)》이란 이야기 모음집이 있었다. 지금은 남아 있지 않은데, 그 책에 기록되어 있던 이야기를 읽은 사람들이 이런저런 다른 책에 옮겨 기록한 것이 지금 열댓 편 정도 남아 있다. 그 이야기들은 다 '수이전'이란 제목처럼 '끝내주게 이상하고 괴이한 이야기'들이다.

그중 〈심화요탑(心火繞塔)〉 혹은 〈지귀(志鬼)〉라는 제목으로 남아 있는 짝사랑에 관한 이야기가 있다. 서로 다른 책에 기록되면서 제목이 달라지고 분량도 달라졌지만 같은 내용이다. 흥미롭게도 이 이야기는 여왕을 짝사랑했던 역졸(驛卒)의 이야기를 담고 있다.

신라 선덕여왕(善德女王) 때 지귀라는 이름의 역졸이 있었다. 그런데 이 지귀가 그만 여왕의 단아하고 수려한 용모에 홀딱 빠지고 말았다. 역졸이라면 역에 딸린 하급관리로 그야말로 높고 높은 왕의 신분과는 댈 수도 없는 처지다. 그런데 사랑이란 것이 국경만 없는 것이 아니라 신분의 장벽도 없는 것이니 이를 어쩐단 말인가.

지귀는 조신 같은 얼간이는 아니었다. 용기 있는 자였다. 그래도 짝사랑은 어려운 법이다.

'아무리 용기를 낸다 해도 어찌 감히 여왕께….'

지귀는 사랑의 열병으로 한숨만 푹푹 쉬며 근심과 눈물로 세월을 보낸다. 날이 갈수록 그는 초췌해져갔다. 그러던 어느 날 선덕여왕이 지귀가 자신을 향한 상사병(相思病)을 앓는다는 것을 알게 되었다. 여왕은 지귀를 불러 이렇게 말한다.

"내가 내일 영묘사에 가서 향을 피울 것이다. 너는 먼저 가서 나를 기다리고 있으려무나."

여왕의 말은 결국 남몰래 만나자는 거였다. 이 말을 들은 지귀는 어떤 마음이었을까? 너무 좋아 펄쩍펄쩍 뛰지 않았을까? 아무튼 지귀는 다음 날 일찍 영묘사로 간다. 가서는 탑 아래서 왕의 행차를 눈이 빠져라 기다렸다. 그러다가 홀연 깊은 잠에 빠져버렸다.

잠시 후 여왕이 절에 도착했고 정해진 순서대로 향을 피우고 예불을 했다. 그러고는 대전을 나오다가 탑 아래 잠들어 있는 지귀를 보았다. 여왕은 무슨 생각에서인지 손에 끼고 있던 팔찌를 빼서 자고 있는 그의 가슴에 올려놓고는 그대로 궁으로 돌아가버렸다.

얼마 후 지귀가 잠에서 깨어났다. 그러고는 제 가슴에 놓여 있는 여왕의 팔찌를 보고는 안타까움에 미칠 지경이 되고 만다. 왜 안 그렇겠는가. 그토록 사모하던 여왕을 기다리지 못하고 잠에 빠져버렸으니 말이다. 미칠 듯한 자책감에 괴로워하던 지귀는 그만 기절을 해버린다. 그때 그 미칠 것만 같은 가슴에서 불이 나고 만다. 은유적인 말이 아니라, 진짜 불이 가슴에서 튀어나와 온 몸을 휩싸버린 것이다. 그 불은 지귀는 물론이고 그가 누워 있던 탑까지 감싸고 오르며 송두리째 불살라버렸다. 이 기묘한 이야기의 제목인 '심화요탑'처럼 마음의 불[心火]이 탑을 휘감아버린[繞塔] 것이다.

지귀는 얼마나 속이 탔을까? 얼마나 제 자신이 한심하고 멍청하고 바보처럼 생각되었을까? 미칠 것 같은 정염이 결국 자신에 대한 자학으로 바뀌고 그 자학이 걷잡을 수 없게 되자 결국 가슴이 터져 불이 나고 만 것이다. 짝사랑해오던 여왕과 맺어질 순간이었다. 드디어 짝사랑이 이루어질 찰나였다. 바로 그 중요한 순간에 어이없게도 잠에 빠져 천금 같은 기회를 날려버린 것이다. 자신에 대한 원망과 분노가 후회와 뒤엉켜 치밀어 오르다가 그대로 터져버린 것이다.

그렇게 지귀는 불귀신이 되었다. 그러자 선덕여왕은 더

이상 불이 번지지 못하도록 주술사를 불러 주문을 만들라고 명했다. 주술사는 이런 주문을 만들었다.

> 지귀의 마음속에 불이 나서 [志鬼心中火] (지귀심중화)
> 온몸을 불태우고 불귀신이 되어버렸다. [燒身變火神] (소신변화신)
> 멀리 바다 밖으로 떠나가서는 [流移滄海外] (유이창해외)
> 보이지도 않고 가까이 오지도 못하게 해라. [不見不相親] (불견불상친)

사람들은 이 주문을 대문과 벽에 붙여서 화재를 막았다고 한다.

이렇게 〈지귀〉는 역졸 지귀가 불귀신이 되었다는 이야기다. 지금도 그렇지만 옛날에 불은 정말 무서운 것이었다. 순간의 방심이나 '아차!' 하는 실수로 주변을 삽시간에 잿더미로 만들어버리는 것이 바로 불이다. 지금보다 방재시설이 미미했던 옛날에는 도시가 한순간에 사라져버릴 수도 있었다.

물론 지귀가 불귀신이 된다는 것은 비유적인 이야기다. 괴로움에 심장이 터지는 정도라면 모를까, 가슴에서 불이 나서 온몸을 태운다는 것은 과장이 심하다. 그런데 당시 사람들은 이 이야기를 그럴듯하다고 받아들였다. 그 점이 중요하다. 그들은 사랑의 불꽃이 정말로 온 몸과 탑과 주변 마을까지 집어삼킬 정도로 활활 타오르는 재앙이 될 수 있다고 생각했던 것이다. 그래서 뜻 모를 불이 나는 이유를 설명하는 데에 바로 이 지귀의 불꽃을 끌어다가 설명했다. 지귀를 쫓는 주문을 온 집 벽에 붙여 화재를 막으려 한 이유도 바로 그 때문이다.

그들은 정말 믿었다. 사랑이 진짜 불이 될 수 있다고. 사랑을 불장난이라고 비유하는 것이 괜한 말이 아니었던 것이다.

여왕이 심어준 헛된 미련

지귀가 불귀신이 되어버린 이야기의 묘한 흥분을 조금 가라앉히고 잘 생각해보면 이 이야기는 이상한 점이 한둘이 아니다. 왜 하필 지귀의 가슴에서 불이 났을까? 이야기를 꼼꼼히 뜯어보면 불은 여왕이 놓고 간 팔찌에서부터 났다는 것을 알 수 있다. 그러니까 여왕이 지귀 가슴 위에 팔찌를 놓고 갔는데 바로 거기에서 발화했던 것이다.

아니 그렇다면 여왕은 대체 왜 팔찌를 놓고 간 걸까? 그냥 지귀를 깨우면 되는 것 아니었나? 아니 그보다 먼저 여왕은 왜 그 하찮은 역졸 따위를 만나주려 한 것일까? 물음이 꼬리에 꼬리를 물고 이어진다.

여왕이 지귀를 만나려고 한 까닭은 그와 밀회를 즐길 생각으로 그런 것이다.

"뭐? 여왕이 천한 남자와 밀회를 한다고?"

이렇게 화들짝거릴지 모르겠지만 신라 당대의 성윤리를 생각하면 그리 놀랄 일도 아니다. 경주에서 출토된 토우(土偶)나, 위작 시비가 있기는 하지만《화랑세기(花郎世紀)》등을 보면, 신라 때 성윤리는 지금보다도 오히려 적극적이고 개방적이었다는 것을 알 수 있다. 여왕은 지귀가 자신을 마음에 두고 있다는 것을 알았다. 무엄하게도 여왕을 짝사랑한다고 그를 벌 줄 수도 있었다. 하지만 그녀는 그를 불러 영묘사에서 만나자며 밀회를 약속한다. 여왕은 그를 만나 정말로 즐길 생각이었다.

그렇다면 영묘사에서 잠이 든 지귀를 깨우지 않고 그냥 간 이유는 무엇일까? 그것은 여왕이 그를 어떤 마음으로 만나려 했는가와 깊은 관련이 있다. 여왕이 이목이 번다한 궁궐을 피해 영묘사에서 만나기로 했는데, 그것은 결국 지귀와의 만남을 한순간의 불장난으로 여기고 있음을 보여준다. 당연히 그 밀회가 성공적으로(?) 이루어졌어도 둘은 헤어질 거였다. 진정한 사랑? 그런 것은 처음부터 없었다.

여왕 주위에 지귀 정도 되는 남자들은 물론 그보다 나은 남자들도 수두룩했다. 꼭 지귀일 필요가 없었다. 물론 여왕이 지귀가 자신을 짝사랑 한다는 것을 알고 그 사랑을 풀어줄 요량으로 만나려 했다. 그런 마음을 두고 나쁘다고 손가락질할 수만은 없다. 하지만 시작부터 둘의 마음은 어긋나 있었다. 지귀가 여왕을 사모하는 만큼 여왕이 지귀를 생각한 것은 아니었다. 여왕은 지귀의 마음을 알지만 그를 존중하지는 않았다. 그저 그를 일회용 놀잇감(?) 정도로 여겼다. 여왕은 그의 진정한 마음에 응해 그를 불렀다기보다는 한순간의 유희를 위해 호출한 거였다. 그러니 지귀가 졸지 않고 만났다 해도 그 만남이 지속될 가능성은 애초부터 없었다. 첫 만남이 마지막 만남일 거였다. 이것을 두고 여왕의 잘못이라고 할 수는 없다. 엄격한 신분의 격차가 있는 사회이니 여왕이 한 번 만나주기로 한 것만 해도 감지덕지니 말이다.

여왕의 잘못은 따로 있다. 지귀를 만나기로 약조한 것에 있는 것도 아니고, 지귀를 일회용으로 생각한 것에 있는 것도 아니다. 그녀의 잘못은 지귀의 가슴에 팔찌를 놓고 간 것에 있다. 여왕은 지귀를 깨울 수 있었다. 하지만 그러지 않았다. 왜 깨우지 않았을까? 깨워도 밀회를 하기에는 이미 늦어서일까? 아니면 자신을 기다리지 않고 잠들어버린 남자를 향한 핀잔으로 그런 것일까? 한순간의 불장난 상대였기에, 색다른 놀잇감 정도였기에 그랬던 것일까? 아니면 은근히 밀고 당기기였을까? 그도 아니면 자신을 기다리지도 못할 정도로 잠에 빠진 한심한 작자에게 정나미가 뚝 떨어져서 그런 것일까? 그래서 골려줄 생각으로 팔찌를 놓고 간 것일까? 애간장 태우게? 그 어떤 이유든 여왕의 행동은 크게 잘못되었다.

여왕은 그를 깨우지 않고 가슴에 팔찌를 놓고 가는 것으로 자기 의사를 표했는데, 그것은 일방적인 통보였다. '이제 이것으로 나를 보는 듯해라'인지 아니면 '여기까지 온 네 노력이 가상하다'인지 모르지만, 분명한 것은 다시 만날 일은 없다는 명확한 이별 통보였다.

뒤늦게 잠에서 깬 지귀는 알았다. 다시는 여왕이 자신을 만나주지 않을 것이라고 말이다. 다시 만나줄 요량이었다면 자신을 깨웠으리라는 것을 그는 너무 잘 알았다. 첫 만남도 여왕이 불러서 이루어졌고 이 영묘사에서의 밀회도 여왕의 지시로 계획되었다. 그런데 그 기회를 미련한 자신이 날려버린 거였다. 이제 다시는 여왕을 볼 수도 만날 수도 없었다. 단 한 번의 기회를 날려버린 자신에 대한 원망과 분통이 터져 가슴에 불이 난 것이다. 온몸을 불사르고 탑까지 홀랑 태우고 번져가는 큰불이 되고 말았다.

부질없는 가정을 하나 해보자. 만약 여왕이 지귀를 궁궐로 불러 만나지 않았다면 어떻게 되었을까? 아니 그냥 궁궐에서 보고 끝냈다면, 영묘사의 밀회를 약조하지 않았다면, 지귀는 어찌 되었을까? 그는 죽었을까? 여왕이 불러 만나지 않았다면 그는 변함없이 사랑의 열병을 앓았을 것이다. 하지만 죽을 정도까지 이르지는 않았을 것이다. 시간이 흘러 현실감각을 찾았을지도 모른다. 조신처럼 말이다. 또 만약 궁궐에서 한 번 만난 것에서 그쳤다면 지귀는 죽기보다는 여왕을 한 번 보았다는 큰 기쁨을 추억으로 간직하며 살 수도 있었을 것이다. 짝사랑하는 사람은 알 테지만 상대와 동침하는 것을 꿈꾸지는 않는다. 그저 한 번 만나는 것으로, 한 번 따뜻한 말을 건네는 것으로도 감정을 해소할 수 있다. 지귀는 감히 여왕과 동침할 생각까지 품지는 않았다. 혹시 이루어지면 정말 좋겠지만 감히 바랄 것이 아니었다. 생각도 못한 일이었다. 지귀가 여왕과의 잠자리를 꿈꾼 것은 그녀가 먼저 밀회를 약속했기 때문이다. 그런데 그 밀회가 성사되지 못하자 죽음에 이른 것이다.

여왕의 잘못은 한 번 상대하고 말 남자에게 미련을 심어주고 상황이 변하자 지체 없이 던져버린 데 있다. 먼저 손길을 내밀며 요염한 미소를 짓던 여왕이 야속하게도 손을 싹 빼며 고개를 홱 돌린 셈이 된 것이다. 이 때문에 짝사랑의 열병에 시달릴지는 모르지만 죽을 정도는 아니었던 한 남자가 불귀신이 되어버렸다.

그 후 여왕은 자신 때문에 불귀신이 된 지귀를 강박적으로 내쳤다. "멀리 멀리 꺼져라."는 주문까지 만들어 그를 쫓았다. 이 이야기가 상징적이니 만큼 그렇게 풀어본다면, 온 나라를 불태울 기세로 퍼져나가는 불이 났다는 것은 여왕과의 추문이 온 나라에 퍼졌다는 것으로 볼 수 있고, 주문을 만들어 집집마다 붙이게 했다는 것은 스캔들을 입에 올리는 자들을 엄벌에 처하겠다는 강력한 의사 표시로 볼 수 있다. 그 어느 것이는 한마디로 여왕은 오리발을 내밀며 입을 싹 씻은 것이다.

"아무 일도 없었어. 왜들 이래?"

정치란 원래 그런 것이니 그녀의 정치적 행위를 두고 옳고 그름을 말하기란 복잡하다. 지귀 일로 온 나라가 흉흉하게 되는 상황을 방치하는 것이 백성을 위해 좋은 일이냐는 반박에 답하기가 쉽지 않다. 선의에서 시작된 여왕의 행동을 두고 탓하기도 쉽지 않다.

하지만 그래도 여왕은 해서는 안 되는 일을 벌였다. 밀회나 성적 방종의 문제가 아니라, 짝사랑의 열병을 앓는 이의 욕망을 부추기고 거기에 기름을 확 끼얹은 것이 문제다. 미련을 던져준 것, 바로 그 점이 문제다.

여왕이 지귀를 만난 것은 좋다. 밀회를 약속한 것도 좋다. 그런데 지귀가 자고 있다면 그를 깨웠어야 했다. 그렇게 깨워 만나면 된다. 깨우기 싫었다면 그냥 돌아가면 되었다. 팔찌를 그의 가슴에 던져놓고 가는 짓 따위는 해선 안 되었다. 바로 그 팔찌에서 불이 났다는 사실을 잊지 말아야 한다.

짝사랑 하는 자에게 결코 해서는 안 되는 일이 있다. 은근한 설렘을 심어주면 안 된다. 분명하고 명확하게 자기감정을 표해야 한다. 그것이 옳다. 그러지 않으면 선덕여왕처럼 선의가 악의가 되어버린다. 좋은 의도든 나쁜 의도든 미련을 던져주는 것은 결국 상대를 조롱하고 우롱하는 결과가 된다.

아름다운 여왕은 보잘것없는 역졸을 하찮게 보았다. 그래서 함부로 대했다. 그의 진심이 담긴 사랑을 우습게 여겼다. 그것이 그녀의 잘못이었다.

2관

예고 없이 찾아오는 첫사랑

첫사랑은 깨진다고 한다. 무슨 근거로 그러는지 모르겠지만 대부분의 사람들이 이 말을 들으면 절로 고개를 끄덕인다. 또, 남자는 첫사랑을 잊지 못하고, 여자는 마지막 사랑에 안주한다고도 한다. 멋진 말처럼 들리지만 결국 첫사랑은 맺어지지 않는다는 말이긴 마찬가지다.

왜 다들 첫사랑이 잘 안 된다고 생각할까? 첫사랑이 싫어서, 지긋지긋하게 된통 당해서? 그런 것 같지는 않다. 첫사랑을 말하는 입가에 설렘이 피어나고 깨졌다고 말하는 눈이 아쉬움에 흔들리니 말이다. 힘들고 괴로웠던 시절도 지나고 보면 추억으로 아름답게 되는 법이니 첫사랑의 떨림과 달콤함은 더 아름답게 가슴에 물들어 있을 것이 분명하다. 이러니 첫사랑이 깨진 것을 기뻐할 사람은 없어 보인다.

첫사랑은 누구든 한 번 한다. 두 번 할 수는 없다. 그래서 더 귀하고 소중하고 아름답다. 그런데 왜 첫사랑이 이어지지 않는 것일까? 그렇게 아름다운 사랑이라면 줄곧 이어질 수도 있을 텐데 말이다. 대체 왜 그럴까?

첫눈에 반한 슬픈 사랑

〈심생전(沈生傳)〉

03

사랑에는 다시 하라고 해도 할 수 없고 연출할 수도 없는 기이한 만남이 정말 존재한다. 예고 없이 찾아와 피할 수 없는 운명처럼 우리를 얽어 놓는다. 이옥(李鈺, 1760~1815)이 지은 〈심생전(沈生傳)〉은 그런 사랑 이야기의 백미이다. 이렇게 첫 만남을 세련되게 표현한 작품은 정말이지 둘도 없으리라.

서울 양반인 심생(沈生)은 스무 살에 용모가 준수하고 풍정이 넘치는 청년이었다. 어느 날 지금의 종로인 운종가(雲從街)에서 임금님의 행차를 구경하고 돌아오던 길에 우연히 묘한 상황을 보게 된다. 건장한 계집종이 한 여자를 업고 가는 거였다. 그 여자를 보이지 않게 하려고 자줏빛 비단으로 씌워서 업고 가는데 그 뒤로 어린 계집애가 붉은 비단신을 들고 종종거리며 따르고 있었다. 업힌 여자의 몸뚱이를 훑어보니 아주 어린애는 아니었다.

사실 얼굴을 본 것도 아니고 자태와 몸매를 본 것도 아니지만 홀린 듯 묘하게 마음이 끌린 심생은 그들을 바짝 뒤따라갔다. 뒤꽁무니를 밟다가 더러는 소매로 스치고 먼저 지나가 보기도 하며 계속 흘낏거렸다. 그렇게 그 자줏빛 비단에서 눈을 떼지 않았다.

그런데 일이 되려고 그랬는지, 소광통교(小廣通橋)를 지날 때 갑작스레 돌개바람이 일어나면서 비단이 살짝 들춰졌다. 그 틈으로 심생이 업힌 여자의 얼굴을 얼핏 보았다. 과연 처녀였다. 복숭아 빛 뺨에 버들잎 같은 눈썹, 초록 저고리에 다홍치마, 연지와 분으로 곱게 화장을 한 모습이었다. 스치듯 보았지만 분명 빼어난 미인이었다.

그 처녀 역시 자줏빛 비단 속에서 밖을 살폈기에, 자신을 계속 따라오는 미소년이 쪽빛 옷에 초립을 쓰고 있음을 알고 있었는데, 비단이 들춰지는 순간 그 소년과 눈이 마주쳤다. 놀랍고도 부끄러웠다. 비단을 곧바로 다시 여몄지만 그 강렬한 만남은 둘의 마음속에 남았다.

그것이 시작이었다. 심생은 그녀가 들어간 집 앞까지 따라갔다. 그리고 주변에 물어 그녀가 호조(戶曹)에서 회계를 보다 은퇴한 중인(中人)의 딸임을 알아냈다. 열여섯이나 열일곱 정도인데 아직 혼처를 구하지 못했다는 것도 알아냈다.

심생은 밤마다 부친한테 친구 집에서 공부한다는 핑계를 대고는 여인의 집으로 향했다. 그 집 근처에서 인적이 끊기기를 기다렸다가 그 집 담을 넘어 그 여인이 거처하는 처소 밖에 몸을 숨겼다. 방 안에는 그 여인과 두 명의 계집종이 함께 지냈다. 그녀는 어린 종들이 먼저 잠이 들기까지 책을 읽다 잠자리에 들었다. 심생은 그 책 읽는 낭랑한 목소리에 취해 밤새도록 바스락 소리도 못 내고 새벽이 될 때까지 꽃나무 수풀 속에 숨어 있었다. 그러다가 날이 밝으면 도로 담을 넘어왔다. 그리고 다시 날이 저물어 저녁이 되면 집을 나서서 그녀의 처소 밖에서 밤을 지새웠다. 그런 날이 이어졌다.

스무 날째 되는 날이었다. 밤중에 여인이 방을 나와 바깥벽 쪽으로 와서는 심생이 숨어 있는 어두운 곳으로 다가왔다. 심생이 벌떡 일어나 그녀를 붙잡았다. 그런데 그녀는 조금도 놀라는 기색이 없이 이렇게 말했다.

"도련님은 지난번 소광통교에서 뵌 분이시지요? 이미 스무 날 전부터 도련님이 여기 계신 줄 알았어요."

심생은 놀라지 않을 수 없었다.

"저를 붙들지 마세요. 제가 소리를 지르면 다시는 여기서 나가시지 못할 겁니다. 지금 저를 놓아주시면 제가 뒷문을 열고 방으로 들어오시게 해드릴게요. 얼른 놓으세요."

틀린 말이 아니었다. 심생이 그녀의 팔을 놓자 그녀는 휙 돌아서서는 들어가 버렸다. 그러고는 방에 있는 계집종에게 일렀다.

"너는 안방으로 건너가서 어머님께 큰 자물쇠를 달라고 해서 가져오너라. 밤이 깜깜해서 사람이 겁나는구나."

이것이 무슨 일이란 말인가. 심생은 꽃 수풀에 숨어서 멍하니, 계집종이 자물쇠를 가져다가 열어주기로 약속했던 바로 그 뒷문을 걸어 잠그는 것을 보았다. 심생은 자신이 속았다는 것에 분통이 났지만 그래도 그녀를 한 번 본 것만 해도 다행이다 싶었다. 그렇게 그는 자물쇠로 채운 문밖에서 밤을 새우고 새벽에 돌아갔다.

그는 다음 날도 가고 그 다음 날도 또 갔다. 자물쇠가 채워져 있지만 조금도 해이해짐 없이 비가 오면 비를 맞고 추우면 추위에 떨며 그렇게 있었다.

다시 열흘이 지났다. 깊은 밤이었다. 온 집이 다 잠에 들어 있었다. 그녀 역시 불을 끄고 한참 있다가 문득 일어나 같이 자는 계집종 둘을 깨워 불을 켜라고 재촉하고는 이렇게 말했다.

"너희 둘은 오늘 밤에는 윗방에 가서 자거라."

계집종이 나가자 그녀가 일어나 열쇠로 자물쇠를 따고는 뒷문을 활짝 열었다. 그리고 심생을 불렀다. 심생은 얼떨결에 자기도 모르게 그녀의 방에 들어와 앉았다. 그녀는 심생에게 잠시 앉아 있으라고 말하고는 안으로 들어가 제 부모를 모시고 나왔다. 한밤중에 딸이 깨워 방으로 들어온 부모 역시 놀라 어리둥절하기는 마찬가지였다. 그녀가 말했다.

"놀라지 말고 제 말을 들어보세요. 제 나이 열일곱으로 일찍이 문밖에 나간 적이 없는데 지난번에 임금님 행차 구경을 갔다 돌아오는 길에 소광통교에서 덮었던 비단이 바람에 날려 걷히는 바람에 그만 이 도련님과 눈이 마주치고 말았어요."

그야말로 운명의 날이었다.

"그날 밤부터 도련님이 오셔서 이 방문 바깥에 숨어 기다리신 지 서른 날이 되었답니다. 비가 와도 오시고, 추워도 오시고, 자물쇠로 걸어도 오셨어요. 만일 이런 소문이 밖으로 퍼지면 홀로 문밖에 있다가 돌아간다고 누가 믿겠습니까? 사실과 다르게 누명을 쓰겠지요. 또 이대로 도련님이 계속 창밖 추운 곳에 계시다가는 며칠 못 가서 병이 나지 않겠습니까.

저는 한낱 중인의 딸에 불과합니다. 절세의 미인도 아니고 꽃들이 부끄러워할 용모도 아닙니다. 그런데도 이토록 도련님이 지성을 바치시니, 제가 도련님을 따르지 않으면 하늘이 재앙을 내리실 겁니다.

아, 저는 부모님이 연로하시고 동기간이 없어 시집가서 데릴사위를 맞아 부모님 살아계시는 동안 봉양을 다하고 돌아가신 후에는 제사를 모시면 족하다고 생각했는데, 일이 이렇게 되어버렸네요. 이 역시 하늘의 뜻이니 어쩌겠습니까."

그녀가 이렇게 말하니 부모도 어안이 벙벙하지만 달리 할 말이 없었다. 심생은 더욱 할 말이 없었다.

결국 둘은 같이 동침했다. 그날 밤 그렇게 된 후, 심생은 저물면 집을 나가 여인의 방에서 지내고 새벽이 되어 제 집으로 돌아갔다. 그러니 심생의 부모는 너무 잦은 외출에 의심을 하지 않을 수 없었다. 그의 부모는 공부를 하라고 그를 절로 보내버렸다. 심생은 그녀와 헤어진다는 것이 괴로웠지만 사실대로 부모에게 이야기할 수 없었다.

그렇게 집을 떠나 한 달 가까이 북한산성 근처 절에 머무르던 어느 날 심생에게 편지가 왔다. 그 여인의 유서였다. 그 동안 여인이 죽었던 거였다.

"소녀는 도련님께서 떠나신 후 우연히 병을 얻어 점점 골수에 사무쳐 백약이 무효합니다. 이제 곧 죽을 수밖에 없음을 알겠습니다. 제가 더 살아 무엇하겠습니까마는 다만 세 가지 한스러움이 가슴에 있어 죽어도 눈을 감지 못하겠네요.

저는 본래 무남독녀로 부모님의 사랑을 받았습니다. 장차 부모님께서는 적당한 사위를 얻어 늘그막에 의지로 삼으시려 했는데 일이 이렇게 되었으니, 이것이 첫 번째 한입니다.

또, 여자가 출가하면 아무리 종년이라 해도 기생이 아닌 다음에야 남편이 있고 또 시부모가 있지요. 세상 어느 곳에 시부모를 모르는 며느리가 있겠습니까? 그런데 저는 도련님

댁의 늙은 여자 하인 하나 만나보질 못했으니, 살아서는 부정한 자취를 남겼고 죽어서는 돌아갈 곳도 없는 귀신이 되겠지요. 이것이 두 번째 한입니다.

부인이 남편을 섬길 때 밥을 짓고 반찬을 만들어 대접하고 옷을 지어 입으시도록 하는 것보다 더 큰일이 어디 있겠습니까? 그런데 저는 단 한 번도 도련님께 밥을 지어 한 공기라도 드시게 한 적이 없고 못난 솜씨로나마 옷을 지어 바친 적이 없고, 도련님 모시기를 오직 잠자리에서만이었으니, 이것이 세 번째 한입니다.

만난 지 얼마 안 되어 문득 이별하게 되고, 병으로 누워 죽음이 다가오니 대면조차 못하고 영원히 이별하게 되겠네요. 바라건대 도련님은 소녀를 마음속에 두시지 마시고, 더욱 글공부에 힘쓰시어 청운(靑雲)의 꿈을 이루세요."

심생은 이 편지를 보자 자기도 모르게 눈물이 흘렀다. 마음이 찢어질 듯 아파왔지만 어쩔 도리가 없었다. 이미 그르친 일이었다.

그 뒤 심생은 글공부를 그만두고 무인(武人)이 되었다. 금오랑이란 벼슬에 올랐지만 일찍 죽고 말았다.

너무 고운 그녀의 애절함

그녀의 죽음이 심생 탓은 아니다. 심생은 야비하지도 않았고 걸근거리지도 않았고 비겁하지도 않았다. 첫눈에 반한 심생이 그녀의 집에 매일같이 찾아갔지만 스토커는 아니었다. 그녀가 난처하게 들러붙지도 않았고 그녀의 방에 난입하지도 않았다. 남몰래 그저 다만 바라볼 뿐이었다. 그것은 그녀가 자신을 불러주어서 동침하기를 바라는 기다림도 아니었다. 그냥 그녀를 한 번만이라도 보고 싶은 간절함이었다. 진정한 마음이었다. 그는 자신이 지켜야 할 선을 지키고 있었다. 감행하지도 술수를 부리지도 않았다.

둘의 사랑이 진지하게 시작된 후에도 심생은 변함이 없었다. 그는 과하지도 그렇다고 덜하지도 않았다. 그들의 사랑은 진심이었고 진지했다.

하지만 주변 상황이 그를 붙잡았다. 부모의 명에 의해 집을 떠나 절로 가게 된 것이다. 심생이 솔직하게 부모에게 알리지 못했다고 그를 비겁하다고 비난하기는 어렵다. 심생의 편을 들어서가 아니라, 심생에게는 그녀의 죽음이 너무나도 급작스러웠다. 겨우 한 달 만에 그녀가 죽고 만 거였다. 사랑이 병이 되어 앓을 수는 있지만 상사병으로 한 달 만에 죽었다는 것은 너무 급하다. 상사병은 사랑하는 사람을 보고 싶어 하는 마음의 병이다. 고통과 괴로움이 수반되지만 그 바탕에는 죽음이 아닌 삶의 욕망이 있다. 살아서 보고자 하는 마음이고 살아야 만날 수 있기 때문이다. 보고 싶고 만나고 싶은 마음이 거듭 좌절되고 반복될 때 죽음에 이를 수는 있지만, 그러기에 한 달은 너무 짧았다.

그녀가 죽은 것은 그녀의 마음이 무너졌기 때문이다. 지금 사랑하는 심생을 보지 못한 것 때문이 아니라, 그를 앞으로 보기 어려울 것이란 생각 때문이다. 그녀는 알았다. 사랑하는 심생을 볼 수 없음을 말이다. 지금 잠시가 아니라 앞으로 영영 볼 수 없음을 알았기에 그녀는 비록 한 달이지만 그 시간이 수십 년의 무게가 되어 짓눌렀던 것이다.

그녀의 유서가 심생이 머물고 있는 절간에 편지로 전해졌다는 사실을 잊지 말아야 한다. 그녀는 심생이 어디에 있는지 알았다. 그리고 왜 거기에 있는지도 알았다. 심생이 박정해서 마음이 변하고 사랑이 식어서 자신을 찾아오지 않는 것이 아님을 잘 알았다.

〈이생규장전(李生窺牆傳)〉의 이야기에 나오는 이생도 부모의 명에 의해 먼 곳으로 가게 되었지만 후일 사랑하는 그 처녀와 결혼했다. 그것이 가능했던 것은 그녀가 양반이었기 때문이다. 같은 계급이기에 사랑이 이루어질 수 있었다. 하지만 심생을 사랑했던 여인은 중인이었다. 감히 혼사를 말할 수도 없고 심생과 정분이 있다고 드러낼 수도 없는 상황이었다. 여인은 그 사실을 알고 있었다.

심생이 신분적 격차를 뛰어넘기에는 아직 어렸다. 벼슬을 하지도 못했다. 과거를 보기도 전에는 그녀를 받아들이는 것이 어려웠다. 혼례를 치르지도 않았는데 첩을 먼저 들인다면 누가 보아도 방탕하다고 여길 일이었다. 심생의 부모가 절대 허락하지 않을 거였다. 그녀는 마음이 무너졌고, 그 무너져 내린 마음이 그녀를 짓눌렀다.

심생은 사랑의 슬픔에 빠졌다. 공부를 더 이상 할 수 없을 정도로 그 역시 마음이 무너져 내리고 말았다. 그래서 그는 문과 과거를 포기하고 무인이 된다. 무인으로 벼슬을 했지만 그마저도 즐겁게 누리지 못하고 젊은 나이에 요절하고 만다. 그의 고뇌와 슬픔을 충분히 짐작할 수 있다.

심생과 첫눈에 반한 여인의 이름은 나오지 않는다. 그저 중인의 딸이라는 것만 알 수 있을 뿐이다. 하지만 그녀의 마음은 더 없이 차분하고 넓고 또 사려 깊음을 알 수 있다. 심생이 자신에게 끌려 정원에 와서 날마다 밤을 보내는 것을 알고 그냥 돌아가기를 바란다. 그것은 그와 맺어질 수 없는 자신의 상황 때문이다. 하지만 거듭된 심생의 진정한 그 모습에 그녀의 마음이 움직인다. 심생을 보자마자 멋진 남자로서 마음에 들어 몸을 허락하는 식의 속된 상황이 아니다. 양반의 자식이 날마다 자신 같은 여자를 보러 오는 것이 결국은 소문이 날 것이고 신분의 격차가 분명한 세상에서 결코 일이 좋게 끝나지 않을 것을 알기에 그런 것이다. 무엇보다 심생의 지극한 마음에 감동한 것이다.

“저는 한낱 중인의 딸에 불과합니다. 절세의 미인도 아니고 꽃들이 부끄러워할 용모도 아닙니다. 그런데도 이토록 도련님이 지성을 바치시니, 제가 도련님을 따르지 않으면 하늘이 재앙을 내리실 겁니다."

그렇게 그녀는 심생을 받아들인다. 그리고 그녀에게 첫 남자이자 첫사랑이 된 심생을 지성으로 생각하고 받든다. 하지만 넘기 힘든 신분의 장벽을 그녀는 모르지 않았다. 심생은 언젠가, 분명히 성혼을 할 것이고 상대는 양반가의 규수일 것이다. 자신이 심생을 독차지하거나 본부인이 되지 못한다고 서운한 정도가 아니라, 자신이 첩으로라도 들어가기 힘들다는 것을 알고 있기에 죽음에 이르고 만 것이다.

심생은 그런 마음이 아니겠지만 그를 둘러싼 주변 상황상 자신을 첩으로 받아들이기보다는 한 번의 일탈로 치부될 것도 누구보다 잘 알고 있었다. 심생이 북한산성 근처의 절로 가서 더 이상 자신을 찾아오지 못한다는 것을 알고 그녀는 병이 든다. 그것은 애욕이나 그리움 같은 감정만이 아니다. 언젠가 심생이 돌아오고 또다시 사랑은 이어지겠지만 그런다고 그 집에서 자신을 받아주기는 여전히 힘들다는 것을 너무나도 잘 알기 때문이다. 그녀는 편지의 말미에 분명하게 자신의 진정을 담는다.

"바라건대 도련님은 소녀를 마음속에 두지 마시고, 더욱 글공부에 힘쓰시어 청운(靑雲)의 꿈을 이루세요."

벼슬을 해서 과거에 급제하고 그를 기대하고 있는 부모와 가문에 부응하라는 말이다. 이것은 결코 악한 마음도 섭섭한 마음도 아닌 상대를 있는 그대로 받아들이는 진정한 사랑이었다.

그녀는 너무 착했고 또 너무 고왔다. 그녀는 그래서 죽었다. 자신이 심생의 걸림돌이 될 것을 알았기에 죽었다. 어떻게 죽었는지 이야기는 침묵하고 있기에 자세히 알 수 없지만, 유서까지 마련한 것을 보면 그녀의 죽음은 그녀가 이미 마음속에 결심한 대로 흘러간 것이다. 그녀는 살아야겠다는 의지를 스스로 놓은 것이다.

가벼운 만남이 판을 치는 요즘, 이 이야기처럼 절절하고 고운 사랑을 만나기란 쉽지 않다. 눈만 뜨면 음란물이 맴도는 혼탁한 세상에 뭔가 순수하고 아련한 아름다움이 들어설 자리는 점점 줄어드는 것 같다. 섹시한 여자, 아름답고 멋진 여자는 많다. 하지만 고운 여자는 드물다. 정말 드물다. 어쩌면 설마… 이제는 없는 것은 아닐까. '아름답다'와 '곱다'는 전혀 같지도 않은 완전히 다른 말이다. '곱다'는 뷰티풀(beautiful)도 아니고 프리티(pretty)도 아니다. 어떤 말로도 '곱다'를 온전히 담아내지 못한다. 고운 것은 어떤 말로도 바꿀 수 없다. 그냥 고운 것이다.

고운 것을 모르고 느끼지 못하니 '고운 사람'이 사라져 가고 '고운 사랑'도 함께 잊혀가는 것만 같다. 난 꼭 그런 것 같다.

간절함으로 뛰어넘은 사랑

〈상사동기(相思洞記)〉

04

첫사랑은 예고 없이 찾아온다. 처음이기에 그것이 사랑인지도 모르게 찾아왔다가 멀찍이 휙 달아나버린다. 그래서인지 첫사랑은 어설프다. 어설퍼서 불안불안하다. 아니나 다를까. 첫사랑은 그렇게 아슬아슬하게 깨지는 쪽으로 흘러간다.

하지만 첫눈에 반한 사랑을 계속 이어 행복하게 사랑하는 이야기도 있다. 첫사랑이라고 꼭 깨지란 법은 없다. 〈상사동기(相思洞記)〉, 〈상사동전객기(相思洞餞客記)〉라고도 하고 여자 주인공 이름을 따서 〈영영전(英英傳)〉이라고 부르는 이야기가 그렇다.

김생이란 자는 성균관 진사였다. 어린 나이에 벌써 진사가 되고 성균관에 입학했으니 조금만 더 노력하면 과거를 보아 관직에 오를 참이었다. 용모가 준수하고 아름다운 데다가 인품도 훌륭했다. 글을 잘 짓고 농담도 잘했으니 요즘에도 쉽게 찾아보기 힘들 정도로 매력적인 남자였다. 아직 정혼하지 않았기에 서울에 지체 높은 가문에서는 서로 제 딸을 시집보내려고 했다.

어느 날 김생이 성균관에서 집으로 말을 타고 돌아올 때였다. 우연히 열여섯쯤 되어 보이는 여인을 보았다. 사뿐사뿐 걷는 발걸음이 길가에 먼지도 일지 않을 정도였고 허리와 팔다리는 가냘프고 어여뻤으며 몸매가 매우 아름다웠다. 저도 모르게 마음이 흔들렸다. 김생은 그녀를 따라가며 흘깃 훔쳐보았다. 여자는 김생이 감정을 억제치 못함을 알아채고는 부끄러운 나머지 눈썹을 내리깐 채 쳐다보지 않고 도망치듯 발걸음을 재촉해서 상사동(相思洞) 골목에 있는 작은 집으로 들어가 버렸다.

김생이 한참을 기다렸지만 그녀는 나오지 않았다. 집에 돌아온 김생은 그녀 생각에 정신이 하얘졌다. 몇 날 며칠을 넋을 놓고 지내는 것을 본 착한 하인 막동이가 그 이유를 물었다. 김생이 속내를 털어놓자 막동이가 한 가지 꾀를 냈다. 그 미인이 들어간 집에 찾아가서 손님을 전별(餞別)할 테니 방을 빌려달라고 하라는 거였다.

지금도 어디론가 멀리 떠나는 친구가 있으면 이를 아쉬

워하며 조촐한 자리를 마련한 후 작별하는데, 조선시대에는 지금보다 송별연이 잦았다. 예법을 따져서도 그렇지만, 교통과 통신이 지금보다 덜 발달된 시대이다 보니 한 번 헤어지면 언제 다시 만날지 모르기 때문이었다. 지방관으로 떠나는 관리의 경우, 여기저기서 송별연만 며칠씩 벌이는 것이 예사여서 보통 떠나려면 공식적인 자리부터 비공식적인 자리까지 두루 거쳐 한 달 이상 걸리기도 했다.

이렇게 전송을 위한 송별연은 풍광 좋은 정자 같은 곳에서 했지만 온갖 송별연이 나날이 이어지니 그 자리를 예약하기가 어려웠다. 게다가 한 명을 두고 송별연을 연거푸 차리는 경우도 적지 않았다. 정자 이름이 오리정(五里亭), 십리정(十里亭)인 것은 바로 그곳이 마을에서 5리, 10리가 떨어진 곳이란 뜻이다. 정자에서 송별연을 하기 어렵다 보니 송별연을 위해 길가의 민가를 빌려서 하는 경우가 제법 많았다.

김생의 하인 막동이 낸 꾀는 이런 거였다. 그녀가 사는 상사동의 그 집에 가서 송별연 잔치를 벌이기 위해 온갖 음식을 차려놓고 기다리고는, 손님이 온다며 기다리는 척하다가 결국 다른 송별연 자리가 끝나지 않아 오지 못했다고 장단을 맞추라고 했다. 그렇게 아쉬운 듯 그 잔치 음식을 집주인과 함께 나눠 먹고 다음 날을 기약하고 돌아오고, 또다시 다른 날을 잡아 다시 그런 식으로 의도적 허탕을 몇 번 치라는 것이다. 그렇게 주인을 이롭게 하면 주인을 통해서 무슨 수가 날 것이라는 꾀였다.

먹고살기 힘들기는 마찬가지지만 송별연은 그래도 잘 차리기 마련이다. 송별연 자리를 빌리기 위해 그 집에 이런저런 삯을 미리 치른 데다가 그 많은 음식, 술, 떡 등등을 고스란히 남긴다는 것은 그야말로 큰 은혜인 것이다. 지금처럼 너무 잘 먹어 살과의 전쟁을 치르고 다이어트라면 귀가 솔깃해지는 시대를 사는 사람들은 잘 이해되지 않겠지만, 그야말로 막대한 은혜였다.

김생은 하인 막동이가 시키는 대로 그 상사동 집에 가서 손님을 보내는 송별연을 베푸는 시늉을 몇 번 했다. 그러자 그 집 주인인 늙은 노파는 미안한 마음이 들기 시작했다. 무슨 일이라도 해줄 심정이 된 것이다. 노파가 김생에게 묻자, 비로소 김생이 자신이 보았던 여인 이야기를 꺼냈다. 그런데 노파는 고개를 저었다.

"참으로 어렵겠습니다, 어렵겠어요."

"왜 그렇소?"

"그 아이는 제 언니의 딸로 영영이라고 합니다. 어려서 궁중에 들어가 회산군(檜山君) 댁에서 일을 돌보는 궁녀가 되었습니다."

원래 궁궐 안에서 꼼짝도 못하는데 지난번은 한식(寒食)이어서 부모님 제사 일로 나왔다는 거였다. 게다가 미모와 재예를 겸비한 그녀를 회산군이 총애해서 첩으로 삼으려 하고 있는데 부인의 질투가 너무 심해 아직 성사시키지 못했을 뿐이란 이야기까지 덧붙였다.

김생은 절로 탄식이 나왔다. 그야말로 첩첩산중이었다. 하지만 포기하지 않고 방도를 찾아달라고 애걸했다. 결국 김생에게 마음이 기운 노파는 단오(端午)를 기회로 궁궐에 기별해서 영영의 모친에게 제사 지내야 한다는 핑계를 대고 그녀를 불러내겠다고 했다. 그리고 단오가 되자 영영을 불러냈다.

그렇게 궁에서 나온 영영은 집에 김생이 앉아 있는 것을 보고 깜짝 놀랐다. 비록 지난번 우연히 한 번 본 적이 있지만 생각지 못한 만남이었던 것이다. 김생이 은근한 말로 그녀를 유혹했다. 하지만 영영은 궁녀의 몸으로 자고 갈 수 없고 회산군이 자신을 가까이서 친밀하게 하기에 성관계는 안 된다고 말했다.

"정말 낭군께서 천한 저를 지극히 사랑하신다면 다른 날 만날 수 있을 겁니다."

그러고는 회산군이 출타하는 날을 가르쳐주고는 아직 온전히 수리되지 않은 궁궐의 한쪽 담장을 넘어 밤중에 찾아오라 일렀다. 자신이 문을 열어 놓고 기다리겠다는 말도 덧붙였다.

그렇게 약속하는 것으로 김생은 영영과 헤어질 수밖에 없었다. 남들이 보면 바보 얼간이처럼 헛물을 켠 셈이 되었다. 영영의 마음을 의심해서 보면, 영영이 자신을 잡아넣으려고 의도적으로 궁궐로 오라고 했을 수도 있고, 거기까지는 아니어도 거짓말로 당장의 어려운 자리를 모면한 것일 수도 있었다.

이때 필요한 것은 김생의 사람을 보는 안목과 용기였다. 김생은 영영의 말을 믿었다. 그리고 그 위험한 일을 한밤중에 감행했다. 궁궐에 잠입한 것이다. 그녀가 말한 대로 돌아 돌아 들어가니 정말 영영이 나와 맞았다.

"낭군은 참으로 믿음직스런 선비이십니다."

그렇게 둘은 만났고 사랑을 나누었다. 하지만 이들의 사랑은 단 한 번 하루뿐이었다. 회산군이 자주 외출하는 것도 아니고 그런 기회를 밖에 알릴 방법도 없었다. 그렇게 둘은 이별을 했다.

이렇게 끝난다면 한 번의 불장난이었을 것이다. 그리고 김생은 영영을 사랑했다기보다는 아름다운 여인을 탐내는 난봉꾼이고 영영은 파렴치한 여인일 뿐이었다. 두 사람은 서로 그리워하지만 어쩔 수 없는 현실에 막혀 각기 마음만 끓였다.

세월이 흘러 김생이 과거에 장원으로 급제했다. 재기발랄한 호남자였던 그에게는 당연한 일이었다. 급제 전에도 상종가를 치던 탐나는 신랑감이자 탐나는 사위감이었는데, 이제 장원급제까지 하니 그야말로 서울 장안에 뜨거운 총아가 되었다. 당대에 그와 견줄 신랑감은 한 명도 없었다. 하지만 김생의 마음은 온통 다른 데 가 있었다.

조선시대 급제를 하면 급제자를 말에 태우고 서울 장안을 돌며 신나게 즐기는 퍼레이드, 삼일유가(三日遊街)를 펼쳤다. 많은 양반 집들이 급제자를 불러들여 술을 권하며 축하했다. 대신들 입장에서는 좋은 관리가 되라는 축하이며 신참자를 떠보기 위한 방법이기도 했다.

아무튼 김생은 그렇게 퍼레이드를 하며 이 집 저 집 다니며 술을 마시다 보니 한껏 취했다. 그러다가 회산군 댁에 가서는 일부러 술에 크게 취한 듯 말에서 굴러떨어졌다. 의도적으로 회산군의 집에 머물려 한 것이다.

이때는 이미 회산군이 죽고 삼년상(三年喪)을 마쳐서 궁녀들이 상복을 막 벗은 때였다. 회산군 댁에서 술에 취한 김생의 수발을 들라며 보낸 궁녀가 공교롭게도 영영이었다. 서로 바라는 보지만 어쩔 수 없는 둘의 마음은 찢어질 듯했다. 재회한 김생은 그녀에 대한 사랑이 끓어올랐다. 하지만 방법이 없었다. 비록 회산군이 죽었다고 하나 궁녀들은 단순한 종이 아니었다. 한 번 궁녀면 영원한 궁녀였다.

그렇게 잠시 마주친 그들은 다시 헤어졌다. 집에 돌아온 김생은 영영을 보고 나서 마음에 병이 들어 일어나질 못했다. 때마침 그의 친구가 병문안을 왔다가 김생의 속마음을 알게 되었다. 그 친구는 회산군 부인의 조카였다. 친구는 김생을 돕기로 마음먹었다.

친구는 회산군 부인을 만나 김생이 지난 삼일유가 때 우연히 영영을 보고 그 빌미로 병이 들었다며 회산군 부인을 설득했다. 영영을 궁녀 신분에서 벗어나게 해주자는 말이었다. 물론 당연히 오래전부터 둘의 사이가 그렇다는 말은 하지 않았다. 그 사실이 알려지면 큰일이 날 것이니 말이다.

친구는 회산군 부인에게 김생을 살리는 것이 덕을 쌓는 일이라며 거듭 설득했다. 회산군 부인은 남편도 이미 죽은 상황에서 김생처럼 떠오르는 인재를 후대하면 나쁘지 않겠다고 판단했다.

"그 사람이 원한에 사무쳐 죽게 내버려둘 수는 없겠구나."

그렇게 회산군 부인은 영영을 궁녀의 신분에서 풀어주고 김생의 집으로 보냈다. 이제 비로소 모든 신분의 얽매임에서 풀려나 자유로워진 영영은 김생을 마주 보고는 뛸 듯이 기뻤다. 당연히 김생의 병도 씻은 듯 나았다.

이후 김생은 영원히 공명(功名)을 버리고, 끝까지 장가도 들지 않은 채 영영과 더불어 생애를 마쳤다.

발정 난 말, 진정한 사랑을 얻다

상사동은 서울 종묘 동쪽에 있던 마을로 지금의 종로구 청진동, 종로1가동에 걸쳐 있던 마을이다. 일부러 골목을 안으로 들어갈수록 좁아지게 만들었다. 사복시(司僕寺)에서 기르는 종마인 상사마(相思馬)가 암내를 맡고 날뛰면 이 골목으로 몰아넣어 붙잡으려고 그렇게 한 것이다. 거기서 상사동이라는 마을 이름이 유래되었다.

그러니까 따지고 보면, 상사동으로 미인을 쫓아 들어간 김생은 한마디로 발정 난 말이나 다름없는 것이다. 실제로 노파가 단오를 핑계로 거짓으로 영영을 불러들여 처음 만나게 된 자리에서 김생이 자신을 기억하느냐고 묻자, 영영은 이렇게 말한다.

"말은 기억나지만 사람은 기억나지 않습니다."

재치 있는 답변이다. 말 탄 사람을 보았다면, 누구든 사람에 주목을 하지 말을 주목할 리가 없다. 이는 당연히 김생을 보았단 소리였다. 다만, 그 기억난다는 '말'이 김생이 타고 있던 말을 두고 한 것인지 김생을 발정 난 말이라고 비유한 것인지 아리송하게 의도적으로 답했다.

이렇게 김생은 회산군의 궁녀인 영영을 사랑해 송별회를 핑계로 영영을 만난다. 그리고 목숨을 무릅쓰고 궁궐에 잠입한다. 발정 난 말 같다고 영영이 비꼬았지만, 김생은 결코 발정 난 동물처럼 날뛰지는 않았다. 눈앞에 아름다운 여인이 앉아 있지만 충동적으로 행동하지 않았다. 그녀를 이해하고 그녀의 처지와 선택에 따라 움직였다. 그녀를 '배려'한 것이다. 실제로 궁으로 자신을 찾아오라는 말에 김생이 정말 찾아오자 영영이 "낭군은 정말 믿음직스런 선비이십니다"라고 한 말은 진정이었다. 자신을 맡길 만한 인물로 본 것이다. 김생이 한순간 욕정에 끌린 것이 아님을 안 것이다.

김생이 진정으로 영영을 사랑했음은 김생이 모든 것을 다 포기하고 그녀만을 받아들였다는 데서도 드러난다. 급제한 그는 그야말로 당대의 엄친아(?)로 온갖 곳에서 혼담이 오갔을 테지만 그 누구와도 성혼하지 않았다. 조선시대 결혼은 그냥 결혼이 아니라 정치적으로 더 높이 오를 기반이고 성공의 발판이었다. 하지만 그는 그 모든 것을 다 포기한다. 영영을 위해서였다.

그가 영영을 받아들였지만 그녀는 궁녀 출신으로 아무리 높이 올라야 첩이었다. 당연히 집안에는 처가 있어야 했다. 그것을 영영이 모를 리 없고 또 그것을 막지 않았을 것이다. 하지만 김생은 그러지 않았다. 이는 당대 사회에서 정치적으로나 사회적으로 무모한 행위였다. 비난받거나 심하면 탄핵도 받을 만한 일이었다. 그래도 김생은 그러지 않았다. 첩이 되어 처에게 치이게 될지도 모를 영영을 위해서였다.

그는 부귀공명을 버리고 영영을 택했다. 끝까지 장가들지 않았다. 그리고 그녀와 더불어 생을 마쳤다. 사랑했기 때문이다.

김생은 멋지기만 한 남자가 아니라 착하고 바른 남자다.

그는 사랑의 순정을 그대로 지키고 가꾼 남자다. 그는 퍽이나 마음이 고운 진짜 상남자다.

풋풋하고 담백한 그들의 고운 사랑

〈심생전〉의 심생은 중인 여인과 행복하지 못했지만 〈상사동기〉의 김생은 궁녀였던 영영과 결혼해 행복하게 여생을 보냈다. 그렇다고 심생이 김생보다 못한 것은 아니다. 심생의 여인이 한 달 만에 죽어버린 것을 두고 너무 성급했다는 말은 부질없다. 기다리지 못했다고 비난할 수 없다. 영영도 김생을 기다렸다기보다는 그들 앞에 다시 사랑을 이룰 기회가 왔던 것일 뿐이니 말이다. 슬프게도 우리가 사는 세상은 기다린다고 사랑이 이루어지는 것이 아니다. 사랑이 어떻게 왔다가 어떻게 가는지 한 치 앞을 모르는 것이 우리 삶이다.

보통 첫눈에 반한 사랑은 애절하기 쉽다. 뭔가를 따지고 만나기 전에 즉각적이고 본능적인 끌림이 앞서기 때문이다. 이런 끌림은 무슨 재물이나 이욕 따위가 끼어 있는 저속한 것이 아니라, 사람 대 사람으로 있는 그대로 인정하고 받아들이는 끌림이다. 이런 감정이 이어지지 못하는 것은 사람을 있는 그대로 보지 못하게 하는 사회적 여건 때문이다. 사랑에는 나이와 국경이 없다지만, 그런 구호 같은 말이 있는 것 자체가 이미 사랑에 나이, 민족, 계급, 재산 같은 장애가 있다는 말이나 다름없다.

심생과 김생, 중인 여인과 궁녀 영영, 이들은 모두 따지지도 계산하지도 않았다. 사랑을 두고 변명하지도 않았다. 그래서 이들의 사랑은 어설펐지만 풋풋했고 투박했지만 담백했다. 정말 사랑다운 사랑이었다.

첫사랑은 고운 사랑이다. 그래서 고운 사람들만이 한다. 그들은 이 사랑을 언제든 책갈피 속에서 꺼내보며 추억에 잠긴다. 아련한 그리움 속으로 빠져든다.

어쩌면 요즘은 첫사랑도 풋사랑도 없어지는 것이 아닌가 싶다. 아련함을 답답함으로 여기고 그리움과 기다림을 지난 세월의 쓸모없는 군더더기로 여기는 시대이니 그럴 수도 있다. 문자로 약속을 잡고 카톡으로 시시콜콜 하고 싶은 말을 다하는 시대에 아련함이 들어설 자리는 없다. 갑갑함에 검색하고 조바심에 번호를 눌러대는 시대에 그리움이란 정말 낯선 낱말이다. 기다림이 없는 시대에 어떻게 손으로 쓴 편지의 두근거림을 설명할 수 있단 말인가.

그러다 보니 첫눈에 반했다고 하면서도 속으로는 따지고 가늠하고 저울질하기를 쉬지 않는다. 준 것을 계산하고 받을 것을 잊지 않는다. 만날수록 부푸는 것이 아니라 줄어만 든다. 그러면서도 사랑이란 것을 찾으려고 애쓴다. 저도 모르게 잃어버린 사랑이 저만치 뒤로 빠져 있음을 끝내 알아채지 못하면서 자꾸 두리번거린다. 가늠으로 깎아내고, 저울질이 떨궈놓은 사랑을 다시 찾기란 퍽 어렵다. 풋풋한 마음의 움직임보다 날카로운 머릿속 계산이 익숙할 테니 말이다.

지금이나 옛날이나 사람들이 만나고 사귀는 것은 마찬가지다. 하지만 예전에는 사람들 사이에 순수함이 있었다. 그리움과 기다림이 그 사이사이를 채워 넣었기 때문이다. 그리워하던 사람을 만난 기쁨은 옳고 그름을 따질 생각을 잊게 한다. 기다리는 마음은 '누가 더 많이, 누가 더 적게'라는 헤아림을 망각하게 한다. 그냥 그가 좋을 뿐이다.

사람 사이의 그리움을 채워주던 편지도 사라진 지금, 그리움을 잃어버린 우리는 아련함이 없는 세상에서 쉴 새 없이 SNS를 주고받으며 인스턴트식 만남으로 갈증을 채우려 든다. 마시면 마실수록 더 목이 타들어가는 소금물을 들이켜는 것처럼 고운 사랑을 잃어버린 우리는 만날수록 상처가 되고 이야기를 나눌수록 더 씁쓸해진다. 그렇게 더 외롭고 더 쓸쓸해진 세상에 우리가 사는 것 같아 마음이 착잡하다.

3관

환상 속 그대

마스터베이션에는 세 가지 특징이 있다. '혼자서 한다'와 '주변과 단절되어야 한다', 그리고 '자기 환상 속으로 들어간다'이다. 마스터베이션은 본질적으로 혼자서 하는 것이다. 은밀해야 하니 말이다. 서로 해준다면 그것은 성애지 마스터베이션이 아니다.

혼자서 하는 것이니 마스터베이션은 자신을 제외한 그 누구도 주변에 있어서는 안 된다. 자신만의 시공간 속에 홀로 존재해야 한다. 꼭 어두운 곳은 아니지만 주로 주변이 삭제된 어둡고 음침한 곳을 택한다. 바바리 맨 같은 사람은 환한 대낮에 다른 사람들에게 자신의 성기를 보여주는 행위를 하지 않느냐고 반문할지 모르지만, 그자 역시 주변과 단절되기는 마찬가지다. 상대를 대상으로 하는 것이 아니라 상대의 경악이나 비명을 병풍처럼 배경처럼 둘러놓은 그 한가운데에 그가 존재한다. 그리고 그 순간 주변과 단절된 자기만의 쾌락에 빠져든다. 그에게 주변은 단절된 어둠이나 마찬가지인 것이다.

마스터베이션이 혼자서 하는 행위라고 해서 아주 혼자는 아니다. 자기 상상 속에서 만들어낸 판타지와 조우한다. 그 환상 속에서 성적 희열을 느끼는 것이다. 한마디로 자기 판타지 속에서 환상 속의 상대를 만들어 같이 하는 것이 마스터베이션이다. 환상 속의 사랑인 것이다.

마스터베이션을 두고 사랑이라고 하는 사람은 없다. 당사자도 사랑이라 생각하지는 않는다. 단순한 소비(?)일 뿐이다. 짝사랑처럼 자신이 하는 행위가 사랑이라고 착각하지는 않는다는 점에서 마스터베이션은 확실히 다르다. 자신이 만들어낸 환상 속의 상대가 현실에 있는 진짜 상대와 아무 상관이 없다는 것도 안다. 마스터베이션은 신기루일 뿐, 현실이 아니라는 분명한 현실감각도 지니고 있다. 그러니 상사병이나 스토킹처럼 극단적으로 치닫지도 않는다. 그냥 홀로 헛된 흥분을 소모하는 것으로 끝낸다. 그다음에 몰려오는 허무감에 잠시 후회하기도 하고, 심하면 자책과 죄의식에 시달리기도 한다. 하지만 또다시 그 공허한 쾌락 속으로 자신을 빠뜨린다. 마스터베이션의 허황된 거품 같은 사이클을 알면서도 자신을 그쪽으로 몰고 간다. 그렇게 자신이 만들어낸 환상적 쾌락 속에서 좀처럼 헤어 나오지 못한다.

왜 그럴까? 그것을 알아보기 위해 이제 마스터베이션의 세계로 들어가 보자.

05

처녀 귀신을 불러낸 최치원

《수이전(殊異傳)》 쌍녀분(雙女墳)

유명한 사람을 두고 가십거리를 만들어내서 입방아를 찧는 것은 예나 지금이나 비슷하다. 이런 유명세를 톡톡히 치르면 치를수록 더욱 그가 대단한 인물이라는 반증이 되기도 한다. 그러니 가십에 오르는 것을 좋다고 해야 할지 나쁘다고 해야 할지 잘 모르겠다.

유명세를 치르는 사건이 자신이 한 일을 두고 그러면 그래도 괜찮은데, 대부분 근거 없는 얼토당토않은 일일 때가 많다. 그리고 신기한 것은 그런 일일수록 더 멀리 퍼진다. 이런 근거 없는 가십들이 돌아다닐 때면 당사자는 참 난감하다 못해 어처구니가 없다. 아니라고 하면 할수록 더 부채질하는 꼴이 되니 뭐라 대응하기도 쉽지 않다. 그냥 두는 수밖에 없는데, 그나마 위안은 간혹 진실이 밝혀져 오해가 풀리기도 하고 시간이 지나 잊히기도 한다는 것이다.

그런데 시간이 지나도 진실이 밝혀지지 않고 오해가 오해대로 대대손손 이어진다면 어떨까? 여기 그런 사람이 한 명 있다. 오래전 죽은 사람이니 그렇지, 지금까지 살아 있다면 답답해 미칠 지경일 것이다.

최치원(崔致遠, 857~?)의 이야기다.

역사상 유명한 사람이 적지 않지만 최치원은 누구도 부정할 수 없는 대단한 인물이다. 열두 살 때 홀로 당나라에 건너가 고생 끝에 과거에 급제한 것만 해도 엄청난 일인데, 당나라의 힘을 반 이상 소진시켜버린 황소(黃巢, ?~884)의 반란 때 〈토황소격(討黃巢檄)〉을 써서 황소의 간담을 서늘케 했다는 일화는 믿기 힘들 정도다.

아무튼 이런 어마어마한 최치원이다 보니 그를 두고 만들어낸 이야기가 한둘이 아니다. 그중 가장 유명한 것은 최치원이 사람의 아들이 아니라 금돼지의 아들이라는 황당한 이야기인 〈최고운전(崔孤雲傳)〉이다. 사람과 짐승이 교접해서 자식이 나올 수 없다는 것은 생물학적으로 분명한 사실이지만, 입방아를 찧는 사람들에게 그런 사실은 중요치 않다. 물론 최치원이 금돼지의 자식이라는 허풍은 최치원을 비하할 의도가 아니라 오히려 최치원의 탁월한 면모를 설명하고 부각시키기 위한 이야기지만 말이다.

최치원을 두고 지어진 또 다른 이야기인 〈쌍녀분(雙女墳)〉은 정말이지 최치원이 유명세를 톡톡히 치르는 이야기다. 최치원이 중국에서 과거에 급제한 후 율수현 관리 노릇을 한 적이 있었는데, 그때를 배경으로 최치원이 처녀 귀신 둘과 깊은 환락의 밤을 보냈다는 이야기가 바로 〈쌍녀분〉이다. 품위 있게 시문으로 포장했지만 내용 면면을 뜯어보면 사람들 입방아에 올려서 낄낄거리며 안주거리로 삼기 충분한 이야깃거리다.

이야기인 즉 이렇다.

열두 살에 당나라에 건너간 최치원이 열여덟에 급제를 한 후, 스무 살에 율수현의 현위(縣尉)가 되었다. 율수현은 지금으로 치면 중국 강소성(江蘇省) 남경(南京) 아래 즈음인데, 현위는 현승 밑에 소속된 직책으로 그리 높은 것은 아니지만 관직의 시작치고는 괜찮은 거였다.

이때 그의 나이 스물로 한창 젊었다. 일을 하는 데에 문제가 될 것은 없지만 외로움이 몸에 사무쳤다. 혈기는 방장한데 자신이 있는 곳은 고향이 아니라 멀고 먼 외국의 외진 산골이었다. 외롭고 외로운 최치원은 성적 욕망에 시달리고 있었다. 얼마나 절실했는지 귀신이라도 붙잡고 수작(?)하고 싶다는 생각으로 온 머리가 들끓었다.

율수현의 초현관이란 곳에는 오래된 무덤 둘이 나란히 있었는데, 자매 둘이 묻힌 곳이라 해서 사람들이 '쌍녀분'이라 불렀다. 어느 날 최치원이 그곳을 지나다가 마음이 동해 돌에다가 떡 하니 시 한 수를 썼다. 그 구절 중에 이런 말이 있었다.

고운 그대들을 꿈에서라도 만날 수만 있다면 [芳情儻許通幽夢]

길고 긴 밤 이 나그네의 시름을 위로하는 것이 무슨 허물이 되겠소. [永夜何妨慰旅人]

외로움이 사무치는 이 숙소에서 운우(雲雨)의 정을 나눌 수만 있다면 [孤館若逢雲雨會]

귀신이 되어서도 사랑을 나눴다던 옛사람들 이야기를 이어서 부르고 싶소. [與君繼賦洛川神]

시로 그럴듯하게 써서 그렇지 귀신이라도 좋으니 당장 나타나서 이 미칠 것 같은 외로움을 풀어달라고 애걸하는 내용이다. 아무튼 이런 시를 쓰며 감정을 풀어냈지만 그래도 잠이 오지 않았다. 밖에 나와 이리저리 서성이며 울적한 마음을 달래고 있었다.

그런데 홀연 날씬한 몸매의 아리따운 여자가 눈앞에 나타나더니 그에게 말을 걸며 붉은 주머니를 건네는 것이 아닌가.

"팔 낭자와 구 낭자께서 이것을 전해드리라고 하십니다."

여덟 명, 아홉 명이 아니라, 그녀들이 태어난 순서를 따서 그렇게 부르는 것이다.

"그분들이 누구시오?"

"조금 전에 돌에 시를 쓰신 곳이 바로 두 낭자께서 사시는 곳입니다."

최치원은 그제야 자신이 쌍녀분 앞에 있던 돌에 쓴 시의 내용을 무덤 속 여인들이 들었음을 깨달았다. 건네준 붉은 주머니를 열어보니 두 낭자가 쓴 시가 들어 있었다. 구구절절 아름다운 말들로 꾸몄는데, 결국은 최치원의 추파에 좋다고 응낙하는 내용이있다.

기분이 확 풀어진 최치원은 자신감을 얻었는지 붉은 주머니를 가져온 여자에게 이름이 뭐냐며 집적대기 시작했다. 시녀 취금(翠襟)이라고 자신을 밝힌 그녀가 최치원의 수작에 "답장이나 써주면 되지 왜 이러세요?"라며 핑 쏘아붙이자 비로소 능글거리던 그가 답으로 시를 써 준다.

> 취금도 보배처럼 이리도 어여쁜데 [翠襟猶帶瓊花艶(취금유대경화염)]
>
> 붉은 소매의 그대들은 옥(玉)나무에 봄기운을 품었겠지요? [紅袖應含玉樹春(홍수응암옥수춘)]

눈앞에 있는 시녀라는 이 여자도 눈이 돌아갈 정도로 아리따운데 두 낭자는 얼마나 아름답겠는가, 하며 너스레를 떤 것이다. 후끈 달아오른 최치원은 마지막을 이렇게 쓴다.

> 오늘 밤 선녀 같은 그대들을 만나지 못하면 [今宵若不逢仙質]
> 남은 인생 그대들을 찾아 땅속에라도 들어가 헤매겠소. [判卻殘生入地求]

당장 무덤을 파고서 관이라도 끄집어내서 거기에 고이고이 누워 있는 그녀들을 품에 안고설랑은… 음, 아무튼 정말 그렇게라도 할 기세였다. 어쨌든 최치원의 답장을 받은 취금은 바람처럼 사라져버린다.

그런데 한참을 지나도 감감무소식이다. 혹시 꿈이었나 하고 헛물켰다는 생각에 다시 울적해지려는 찰나, 문득 기이한 향기가 나더니 두 명의 여인이 나란히 눈앞에 나타났다. 정말 끝내주게 아름다운 여인들이었다. 최치원은 진짜로 올 줄은 몰랐다며 너스레를 떨며 그녀들과 밀고 당기기를 시작한다. 야릇한 말로 그녀들을 설레게 하며 살살 도발하자 그녀들이 신세를 털어놓았다.

그녀들은 율수현의 부호(富豪) 장 씨의 두 딸로 열여덟, 열여섯의 어린 자매였다. 아버지가 소금 장수, 차 장수에게 시집보내려고 하자 마뜩지 않아 우울한 마음에 분이 쌓이고 한이 맺혀 결국 죽게 되었다는 것이다. 그리고 오랜 세월 지나는 사람들이 이 무덤에 와서 집적댔지만 모두 하찮은 못난

이들이어서 만나주지도 않았다고 고백한다. 이런 소리를 들은 최치원은 기뻐 어쩔 줄 모른다. 둘 다 처녀였던 것이다.

주거니 받거니 술을 마시며 홍취에 젖어 흐느적거리다 얼큰하게 되자 작업의 선수인 최치원이 두 여자를 꼬드기고, 두 여자도 한껏 달아올라 결국 호로록 넘어온다.

새 이불을 훨훨 펴고는 나란히 베개 셋을 놓고는 셋이 몽땅 한 이불 속에 들어갔다. 이후 어떻게 밤을 보냈는지는 구체적으로 묘사하지는 않고 다만 '그윽하고 질펀한 정을 이루 다 말할 수가 없을 지경이다'라는 정도로 시치미를 뚝 뗀다.

그렇게 밤이 지고 날이 밝아오자 멀리서 닭이 울었다. 두 여인은 하룻밤의 즐거움으로 끝나는 것이 아쉽고 서글펐다. 그러나 정해진 운명이니 어쩔 수 없다며 탄식하고는 사라진다. 최치원도 두 여자가 사라진 아침, 쓸쓸한 마음에 심란해진다. 허탈한 심정으로 시를 읊으며 스스로를 달랜다. 이야기는 그렇게 끝난다.

굶주린 아귀 같은 마스터베이션

최치원은 어디다 내놔도 손색이 없는 남자 중의 남자다. 그러나 그것은 우리 입장에서 그렇지 중국 입장에선 다르다. 그냥 괜찮은 정도의 청년일 뿐이다. 그 어렵다는 과거에 급제하고 벼슬까지 한 것을 두고도 '좀 똑똑한가 보군.' 하는 것이 다일 것이다. 최치원이 훌륭한 것은 맞지만 냉정하게 말해, 허다한 인재들로 둘러싸인 중국 땅의 수많은 관리 중 하나일 뿐이다. 한마디로 고만고만한 외국인 중 조금 나은 청년인 것이다.

사람에 대한 아우라(aura)가 생기는 것은 그렇게 보려고 노력하는 사람들 속에 있을 때'뿐'이다. 매혹과 선망의 시선이 넘실거리는 곳에서'만' 가능한 것이지 데면데면한 낯선 곳에선 아우라가 생기지 않는다. 아이돌을 보고 매혹되는 것은 팬클럽 멤버들에게나 가능한 것이다. 바로 옆의 다른 아이돌 팬클럽 멤버들에게조차 소용이 없다. 우호적인 시선을 지닌 사람들 속에서나 아이돌이 '아이돌'이지 연예인에게 관심이 없는 사람에겐 아이돌이 아니라 그냥 '아이' 중 하나일 뿐이다. 아우라란 것이 본래 허깨비니 말이다.

그러니 최치원은 외로울 수밖에 없었다. 그것은 단지 성적 측면에서만이 아니었다. 그를 둘러싼 모든 것들이 적적함과 쓸쓸함을 부추겼다. 그는 관리가 되려고 과거를 보았으며, 그 과거를 보려고 고향을 버리고 낯선 이역만리에 왔다. 자신의 목표를 성취했으니 기쁠 만도 하지만 사람이란 것이 꼭 그렇게 목표 지향적으로만 사는 존재가 아니니 문제였다. 자신이 하고 싶었던 벼슬이 외려 자신을 더 외롭게 했다. 관리로 성공하면 성공할수록 그는 더더욱 고향에서 멀어질 수밖에 없었다. 외국이 바로 그의 직장이고 삶의 터전이니 말이다. 잠시만 참으면 끝날 것도 아니고 괜찮아질 것도 아니었다. 오늘이 지나면 내일이, 내일이 지나면 또 그다음 날이 기다리고 있었다. 죽을 때까지 계속 말이다. 아마도 그가 처음 중국 땅에 발을 디딜 때는 이런 상황이 될 줄 몰랐을 것이다. 어느 정도 짐작은 했겠지만 정말 이럴 줄 몰랐을 것이다. 머리로 알던 것도 가슴으로 부딪히면 그 충격의 온도차에 견디기 힘든 법이다.

너무 젊고 어린 나이에 많은 것을 이룬 사람들이 그렇듯이 그는 일종의 허무함에 빠졌던 것 같다. 실제로 그가 율수현에서 관직 생활을 한 것은 채 2년이 안 된다. 곧 사직하고 고변(高駢)의 막하로 들어가 버리니 말이다.

이렇게 외롭고 쓸쓸하고 허무한 마음을 끌어안고 있을 때, 그는 쌍녀분을 방문했다. 두 처녀의 무덤이란 말에 그는 상상을 펼쳤다. 그녀들의 아리따운 자태와 나긋나긋한 태도 그리고 고혹적으로 흐드러지는 향기를….

최치원이 두 낭자를 향한 마음을 표현했고 두 낭자 역시 적극적으로 응했다. 셋이 즐겁게 농탕질을 치다가 뒤엉켜 잠자리에 들어 트리플 플레이를 벌였다. 이를 두고 음란하고 저속하다고 매도하는 것은 자유지만 꼭 그렇게 볼 수만은 없다. 서로의 눈빛이 마주치고 마음이 통하고 비로소 육체적 맺음까지 이루어진 것이니 말이다. 이들 모두 어디에 의무를 지어야 할 유부남, 유부녀도 아니었다. 이들의 감정은 진정한 것이었고 그 감정에 충실했다.

문제는 정작 따로 있었다. 감정은 진실이지만 진정한 사랑이 되지 못하는 이유는 최치원 바로 자신에게 있었다. 그는 처음부터 자신이 귀신들과 상대한다는 것을 명확히 알고 있었다. 그것이 바로 문제의 핵심이었다.

그는 대놓고 두 무덤 앞에서 그녀들의 육체를 바랐다. 그녀들이 나타났을 때도 흔쾌히 맞았고 질펀한 정사를 스스럼없이 즐겼다. 그녀들이 누구란 것을 알았기 때문에 가능했다. 보통 연고가 있는 여염집 여자라고 한다면 그렇게 대뜸 동침할 수는 없다. 더욱 그는 그 지방의 관리였다. 그런 자가 기녀나 창녀도 아니고 하다못해 여종도 아닌 여성과 함부로 잠자리를 같이 하지는 않는다. 그가 그녀들과 스스럼없이 동침한 것은 그녀들이 누구인지 아니 어떤 존재인지 분명히 알았기 때문이다. 일반 여자가 아니라 옛날에 억울하게 죽은 원혼들이란 사실 말이다. 최치원은 그녀들이 귀신이란 것을 처음부터 알고 있었다.

죽은 귀신들과 상대한다는 것은 무엇일까? 아니 어떻게 귀신과 정사를 벌일 수 있을까? 진짜로 영혼이 존재한다고 해도 그 영혼과 몸을 섞는 것이 가능할까? 육체를 지닌 인간과 육체가 없는 영혼이 어떻게 육체관계를 맺는단 말인가? 좀 속되긴 해도 최치원에게 묻고 싶은 것은 이런 본질적인 물음이다.

"느낌이 어때?"

인간과 느낌이 똑같다는 답을 해도 여전히 고개가 갸우뚱거려진다. 당사자가 아무리 동일했다고 말해도 육체 없는 존재와 육체관계라는 풀 수 없는 난제 때문이다. 느낌이란 지극히 주관적인 것이고, 육체가 존재하지 않는 존재와의 사랑이란 것은 당사자 스스로 자신이 상상 속에서 피워낸 하나의 정염의 불꽃이 확산된 형태일 가능성이 높으니 말이다.

아무리 생각해도 최치원이 처녀 귀신 둘과 농탕질을 치며 섹스를 벌인 것은 실제의 일이 아닌 것 같다. 그저 최치원이 스스로 만들어낸 성적 판타지 속에서 이루어진 환상이었을 것이다. 없는 존재를 상상 속에서 만들어놓고 같이 사랑한다는 허상 속에서 혼자 배설했던 것이다. 〈쌍녀분〉은 최치원의 마스터베이션이었다.

최치원이 성적으로 굶주렸음은 취금에게도 집적대는 것을 통해 알 수 있다. 두 처녀귀신이 나타나지 않으면 땅을 파고 들어가 찾겠다고 할 정도로 정욕이 머리끝까지 차올라 있었다. 잔뜩 굶주린 아귀처럼 정신이 없었다. 잠이 올 리 없다. 그래서 달밤에 서성댄 것이다. 발정 난 수캐마냥 어쩔 줄 몰라 이리저리 배회했던 것이다. 심하게 말해 이때 최치원 앞에 뭔가가 나타난다면 그 무엇이라도 상관없었을 것이다. 원래 정욕이란 그런 것이다. 어느 철학자의 말처럼 인간이 신과 짐승의 중간에 있는 존재라고 한다면, 정욕이 차오른 인간은 짐승 쪽에 과도하게 치우친 상태인 것이다.

이렇게 끝 모르고 차오르는 정욕을 최치원은 마스터베이션으로 배설했다. 아름다운 그 여인들은 그의 환상적 판타지 속에 등장하는 농염한 여인들이었고 트리플 플레이는 상상력으로 극단까지 끌어올린 오르가슴의 절정이었다. 이것이 현실에서의 마스터베이션이 아니라 혹시 그의 꿈속에서 벌어진 일이었다면 그는 몽정(夢精)을 했던 것이다.

최치원이 마스터베이션을 했든 몽정을 했든 그것으로 최치원을 깎아내릴 일은 아니다. 인간적인 자연스러운 일이니 말이다. 비난할 일도 아니다. 다만 이를 두고 제대로 된 사랑이란 말을 붙일 수는 없다. 사랑은 혼자 하는 것이 아니니 말이다.

풍속산업과 게임, 그 허상과의 사랑

마스터베이션을 실제감 있게 하려는 생각에서 고안된 것이 리얼돌(Real Doll)이다. 실물 크기의 인형을 성적 대상으로 삼는 것이다. 성기의 모양과 느낌은 물론 고급품의 경우 실제 피부의 느낌과 질감까지 그대로 살렸다고 한다. 이런 섹스 인형을 애인처럼 대하는 사람들이 일본에는 꽤 많다고 한다.

이를 두고 이런저런 논평을 할 수 있고 찬반이 갈려 논쟁이 붙을 수도 있겠지만, 어떻든 마스터베이션은 마스터베이션일 뿐이다. 아무리 실제와 비슷하게 꾸며냈다고 해도 실제가 아닌 것은 아닌 것이다. 애견을 사랑해서 가족처럼 여기는 사람들이 많지만 그분들도 알 것은 안다. 개가 사람일 수는 없다는 것 말이다.

왜 사람이 아닌 인형을 섹스 상대로 대할까? 다른 사람을 대하기 어려운 피치 못할 이유도 있을 것이다. 하지만 그 근저에는 자신'만'의 방식으로 자기 식의 욕망'만' 채우겠다는 이기심이 내재되어 있는 것은 아닐까? 상대를 배려하지도 인정하지도 않겠다는 일방적인 욕정이 아니냐는 말이다.

리얼돌과 섹스하는 것을 두고 실제 사람과 더 유사해졌으니 마스터베이션보다 더 발진된 형태라고 한다면 틀린 말은 아니다. 하지만 더 실제와 가까워진 것처럼 보이는 것이 사실은 더 실제와 멀어지는 것임을 모르는 것 같다. 실제를 본뜨면 본뜰수록 그리고 거기에 더 매혹되고 빠져들수록 더욱더 현실의 사람을 만나고 상대하고 말하고 눈을 마주치기 힘들어지지는 않는가? 사랑을 나누는 것은 고사하고 타인과의 만남이란 상황에 들어가는 것조차 힘겨워하고 어색하고 괴로워하지는 않는가? 아마도 점점 더 버거워지고 불편해지고 피곤해지고 귀찮아질 것이다. 왜냐하면 이미 제 편한 대로의 일방적인 배출구를 만들어냈는데 굳이 귀찮고 힘겨운 방식을 뭐 때문에 따르겠는가. 때로는 두렵기까지 한데 말이다.

최치원이 만들어낸 판타지는 고단하고 외로운 삶에서 비롯된 것이지만, 오늘날의 리얼돌은 사람에게 다가갈 용기가 없어 만들어낸 판타지다. 사람을 만나기 꺼리고 말을 섞기 어려워하는 많은 일본 젊은이들이 자기만의 편리한 사랑을 고집하기 때문이다. 아마도 이들은 "남에게 피해를 주지 않는데 무엇이 문제야!"라고 항변하며 분개할 수도 있다.

그래, 그것에 바른 답은 없다. 다만 이렇게 묻고 싶다.

"'제 멋대로의 헛배 부른 사랑'이 신물 날 때가 오면 어떻게 할 거지요?"

끝없는 이기적 판타지 속에서 영원히 살 것인지, 아니 영원히 살 수 있는지 정말 묻고 싶다.

최치원은 자신이 만들어낸 판타지에서 벗어났다. 마스터베이션 이후에 오는 허탈한 상실감에서 그는 새롭게 결심했다. 〈쌍녀분〉의 마지막을 장식하는 그의 시에서 허황된 귀신들과의 사랑을 한낱 부질없는 것이라며 이렇게 읊조리고 있다.

> 내가 여기서 두 여자를 만난 것은 [我來此地逢雙女(아래차지봉쌍녀)]
>
> 옛날 양왕(襄王)이 운우(雲雨)의 꿈을 꾼 것과도 비슷한 일이다. [遙似襄王夢雲雨(요사양왕몽운우)]
>
> 대장부여! 대장부여! [大丈夫大丈夫(대장부대장부)]
>
> 이는 남아의 기운으로 아녀자의 한을 제거한 것일 뿐이니 [壯氣須除兒女恨(장기수제아녀한)]
>
> 마음을 요망스런 여우에게 연연하지 말지어다. [莫將心事戀妖狐(막장심사연요호)]

자신이 두 여자를 만나 질펀한 밤을 보낸 것은 처녀 몸으로 죽은 그녀들의 한을 풀어주기 위해서였다는 옹색한 변명에 픽, 웃음이 나오지만 그의 핑계를 받아줄 수는 있다. 어떻든 그는 적어도 리얼돌에 빠진 무리들과는 다르니 말이다.

앞서 마스터베이션을 환상 속의 사랑이라 했는데, 정확하게 말해 마스터베이션은 환상과의 사랑이다. 환상은 현실보다 더 멋지고 다채롭다. 환상에 빠지면 현실을 돌아볼 수 없다. 더 좋은 것에 몰두하고 빠져드는 것은 인간의 본성이다. 게임에 빠진 아이들이 현실보다 게임 속 상황에 더 열광하는 것은 어찌 보면 당연하다. 답답한 공부와 끝없는 잔소리가 넘치는 현실보다 조각처럼 아름다운 캐릭터가 되어 짜릿한 격전과 황홀한 스릴이 있는 게임 속으로 달려 들어가 환상을 즐기는 것이 훨씬 더 신날 테니 말이다.

풍속산업(風俗産業)이 발전한 일본에서 방에서 나오지 않고 자신만의 성적 판타지 속에서 헤어 나오지 못하는 젊은이들이 많은 것도 이런 맥락이다. 환상적인 성인 애니메이션과 에로무비가 넘치다 보니 현실의 실제 사람들과 교류하지 않고도 충분히 성적 만족을 꾀할 수 있는 것이다. 현실과는 다른 자기만의 환상 속에 줄곧 빠져 있다 보니 본래 있던 '현실적인 것'이 무엇인지조차 아예 망각하고 만다.

"남들을 해코지하는 것도 아닌데 뭐가 문제야?"

"내가 사회성이 있든 없든 네가 뭔데 상관이야? 내버려 둬!"

이렇게 말하며 방안에 틀어박혀 밖으로 나오지 않는 소위 '은둔형 외톨이[引き籠もり(히키코모리)]'들의 말을 들으면 조금 복잡해진다. 그 주변을 둘러싼 정황이 난감한 만큼 생각이 번잡해지며 그들의 상처받은 마음에 참연해지기도 한다.

하지만 그렇게 말하는 그들이 정말 사회와 완전히 단절된 것일까? 그들이 보는 텔레비전, 인터넷, 에로무비는 어디서 만들어져서 그들이 소비하는 거란 말인가? 그들은 정말로 사회와 문자 그대로 단절한 것이 아니라, 달콤한 열매만 똑똑 따먹으며 칭얼대기만 하는 버르장머리 없는 어린애 같은 심정은 아닐까? 심하게 말해 방문 밖에 단 한 끼라도 음식이 놓여 있지 않다면, 과연 그들은 당장 지금이라도 이 세상에 존재할 수 있을까?

"내가 언제 은둔형 외톨이라고 했어? 난 할 것은 다 한다고. 단지 방안에서 애니메이션을 보고 리얼돌을 안고 잘 뿐이지 다른 차이는 없어."

물론 크게 그른 말은 아니다. 사회의 한 구성원이니 당연히 사회적인 삶을 살아야 한다고 말하는 것이 그들에겐 강요일 수 있다. 학교도 졸업했고 군대도 다녀오고 내라는 세금도 다 냈는데 무슨 문제냐는 말도 틀리지 않다. 어느 정도의 사회적 유대를 가지고 직장생활까지 한다면 더욱더 그렇다. 단지 그들이 자기만의 마스터베이션에 몰두한다고 부정적으로 몰아붙일 수는 없다.

하지만 그들이 간과하는 중요한 한 가지가 있다. 그것은 마스터베이션에는 중독성이 있다는 점이다.

중독은 본래 사소하게 시작해 심각하게 되는 법이고 쉽게 헤어 나오지 못한다. 중독자는 무엇보다 자신은 중독되지 않았다고 철석같이 믿는다는 점에서 퍽 난감하다. 마스터베이션은 쉽다. 시도 때도 없이 가능하다. 쉬운 만큼 쉽게 빠지고 몰입하기 좋다. 첨단기술로 탄생한 컴퓨터 게임, 인터넷, 스마트폰에 중독되는 것도 같은 이치다. 쉽기에 더 잘 빠지는 것이다. 게다가 별다른 큰 문제의식을 갖지 않는다. 게임이 나쁜 것이 아니고 인터넷이 불필요한 것이 아니듯 마스터베이션이 악은 아니다. 그러나 게임과 스마트폰에 빠져 제대로 현실을 보지 못하는 것처럼 마스터베이션 역시 현실을 온전히 바라볼 눈을 잃어버릴 때 큰 문제가 불거진다. 현실을 게임처럼 생각해서 살인을 저질렀다는 어느 청소년의 말이나 현실과 야동 속 여성의 눈길을 혼동해 강간했다는 어느 남자의 말은 같은 말이다. 마스터베이션은 게임의 또 다른 이름인 것이다.

정말이지 마스터베이션과 게임은 놀랄 정도로 유사하다.

마스터베이션처럼 인터넷 게임도 환상을 제공한다. 현실과는 다른 새로운 자기만의 판타지를 만들어낸다. 인터넷 게임에 중독된 사람들은 현실에 적응하기 힘들기에 게임에 몰두한다고도 말한다. 조금 더 나아가 현실이 옳지 않아 가상세계 속에서 진정한 나를 추구한다고까지 항변한다. 현실이 문제란 말이다. 물론 맞는 말이다. 하지만 문제는 어디나 있는 법이고, 둘러싼 현실이 꼭 자신을 위해 맞춰줄 수도 없는 노릇이다. 무엇보다 그래야 할 이유가 어디에 있는가? 당신에게 맞추면 바로 옆 다른 사람은 어찌한단 말인가? 그도 자신에게만 맞춰달라는데 말이다. 하지만 이런 말은 그들에게 들리지 않는다. 이미 현실을 떠나 멀고 먼 어딘가에 가버렸으니.

게임은 지면 다시 하면 된다. 버튼만 누르면 너무도 쉽게 리셋(reset)된다. 마치 처음 하는 것처럼 새롭게 모든 것을 다시 시작할 수 있다. 마스터베이션에 실패란 없다. 정도와 느낌의 차이가 있을지는 모르지만 언제나 성공이다. 제 취향과 입맛에 맞는 것만 골라 짜깁기한 판타지 속의 상대가 언제나 동일한 쾌락을 준다. 그리고 이 쾌락은 언제나 새롭다. 꼭 처음처럼 말이다.

마스터베이션과 게임은 가상세계 속의 환상만 추구하는 것 같지만 간교한 현실 인식을 동시에 걸치고 있다. 마스터베이션의 상대는 언제든 현실 속의 존재의 복사판 아니면 미화된 짜깁기 판이다. 최치원도 두 여자의 무덤에서 촉발된 감정을 통해 얼굴도 모르는 두 명의 미녀를 상상 속에 구현해냈다. 가상현실의 게임도 그렇다. 게임 속의 모든 것이 현실의 복사판이나 확장판인 것은 물론이고, 게이머 역시 간교하게도 현실에 한 다리를 걸치고 있다. 게임 속의 일을 현실에서 해결하려고 한다. 게임에 자꾸 지면 돈을 지불하고 게임머니를 사고 아이템을 사는 것이 바로 그것이다. 물론 그 돈은 현실세계에서 발생한 재화다. 그리고 게이머는 당연히 그런 사실을 모르지 않는다. 하지만 신경 쓰지 않는다. 의도적으로 무시하고 외면한다. 현실에 몸을 얹고 있으면서 현실에서는 전혀 아무것도 받은 것이 없다고만 말한다.

이런 심리는 한마디로 '현실을 숙주로 삼는 기생충 같은 심술'이라고 할 수 있다. 필요하면 손 벌리고 뒤도 돌아보지 않고 환상 속으로 달려간다. 리얼돌이 망가지면 다시 사면 된다. 리얼돌을 두고 다시 감정을 쌓아 가면 된다. 애니메이션 속 미소녀는 언제든지 버튼만 누르면 재생되고 똑같은 흥분과 쾌락을 준다. 세상에…! 그녀들은 늙지도 않는다.

마스터베이션이 만들어내는 환상이 거짓이라는 것을 알면서도 이들은 현실의 이러저러한 정황을 핑계로 삼는다.

"현실의 그녀가 나를 사랑하지 않기에…."

그리고 점점 더 깊은 상상의 중독 속으로 빠져 들어간다. 그럴수록 더 헤어 나오기 힘든 자기만의 환상적 판타지 속으로 깊숙이 푹 빠진다.

06

귀신이 되어 돌아온 내 사랑

〈이생규장전(李生窺墻傳)〉

사람이 환상을 품는 이유는 현실에 부족함이 있기 때문이다. 현실이 만족스럽다면 꿈꿀 일이 없다. 모든 것이 충족되어 아쉬울 것이 없으면 결핍으로 인한 안타까움이 파고들 틈이 없다. 하지만 세상이 꼭 그렇게 만족스럽게 돌아가는 것은 아니다. 충족되었다고 생각하는 그 순간에도 인간은 자신의 처지를 불만족스럽다며 투덜대는 존재다. 어쩌면 인간은 라캉(Jacques Lacan, 1901~1981)의 말처럼 영원히 결핍을 채우겠다고 발버둥치는 존재일 수도 있다.

마스터베이션은 지금은 결핍되어 있지만 앞으로 채워질 수도 있을 그 어떤 것을 갈망한다는 점에서 나름 긍정적인 가능성이 있다. 하지만 절대 이루어질 수 없는 것을 두고 궁극의 판타지를 만들어낸다면, 그 끝은 돌이킬 수 없을 만큼 허무감의 나락으로 떨어질 것이다.

여기 한 남자가 있다. 최치원처럼 이 남자 역시 귀신과 사랑을 나눈다. 하지만 최치원과는 그 시작도 끝도 다르다. 그럴 수밖에 없는 것이 이 남자는 성적 욕망 때문에 사랑을 시작한 것이 아니라 후회, 아쉬움, 그리움, 그리고 죄책감 때문에 시작했다. 제목을 풀이하자면 '이생이 담장을 넘어 엿본 이야기' 쯤 되는 〈이생규장전(李生窺牆傳)〉의 이생이 바로 그다.

개성 낙타다리 근처에 살고 있는 이생은 열여덟 살이었다. 잘생긴 데다가 하는 짓이 신통방통한 것이 매사에 특출났다. 한편 개성에는 명문 최 씨 집안이 있었는데 그 집의 열대여섯 살 된 딸 역시 대단했다. 아름답고 총명한 데다 재주도 출중했다. 사람들은 이 둘이 천생연분이라고 생각했다.

어느 날 이생이 국학에 공부하러 가다가 최 씨네 집을 지나가게 되었다. 집 밖의 나무 그늘에서 쉬다가 집안을 들여다보았는데, 꽃이 흐드러지게 피고 나무가 운치 있게 드리운 다락 저편에 한 여자가 단정히 앉아 수를 놓고 있는 것이 아닌가. 그녀가 바로 최 씨 여인이었다. 그런데 이생보다 최 씨 여인이 먼저 그를 보고 나직이 시를 읊었다.

길가의 고운 저이는 어느 집 도령일까 [路上誰家白面郞]

청색 도포 넓은 띠만 수양버들 사이로 비쳐오네 [青衿大帶映垂楊]
이 몸이 대청 위의 제비처럼 날 수만 있다면 [何方可化堂中燕]
구슬 발 살짝 걷고 담장을 넘으련만 [低掠珠簾斜度墻]

곰실곰실하게 사랑의 감정을 던지는 이 노랫소리에 이생은 마음이 들떴다. 국학에 가서도 제대로 공부가 되지 않았다. 돌아오는 길에 그도 사랑의 시를 적어 돌멩이로 싸서 담장 안으로 던졌다. 그 시를 주워본 여인은 다시 자기 속마음을 적어 담장 밖으로 던졌다.

'해 질 무렵에 만나요.'

성사된 것이다. 한없이 달뜬 마음으로 시간을 보내다가 때를 맞춰 그 담장에 갔다. 그랬더니 담장 안에서 그넷줄에 광주리를 달아 내리는 것이 아닌가. 제 신분과 처지를 생각하고 잠시 망설였지만 감정이 이성을 이겼다. 그는 과감하게 줄을 타고 담을 넘어 들어갔다. 그렇게 둘은 만났다. 그들은 여인이 지내는 집안 뒷동산에 있는 다락에서 며칠 동안 정을 주고받으며 떨어지질 않았다.

꿈같은 며칠이 흘렀다. 사랑의 정이 깊어졌지만 이생은 문득 걱정이 생겼다.

"옛 성인의 말씀에 자식은 어디를 다니든 부모님께 아뢰어야 한다고 했는데, 지금 나는 사흘씩이나 소식 없이 나돌고 있으니 부모님께서 무척 걱정하실 것 같소."

돌아가겠다는 말이었다. 여인은 이생과 헤어지는 것이 몹시 서운하고 싫었지만 곧 수긍하고는 다시 담을 넘어갈 수 있게 해주었다.

그 후 이생은 밤마다 찾아왔고, 담을 넘어 여인의 다락에서 함께 지내다가 새벽이 되어서야 돌아갔다. 꼬리가 길면 밟히는 법이다. 이런 기척을 이생의 집에서 모를 리 없었다. 그의 아버지가 이생을 불러 꾸짖었다.

"새벽이슬을 밟고 다니는 것은 도둑놈들이나 하는 짓이다!"

그러고는 이생을 시골로 보내 농사짓는 종들을 관리하게 했다.

"돌아올 생각일랑 아예 하지도 마라."

이렇게 이생이 먼 시골로 쫓겨 갔지만, 사정을 모르는 여인은 이생을 기다리다 그리움에 지쳤다. 여인은 종들을 시켜 이생이 어디 있는지 알아보게 했다.

"도련님이 부친께 벌을 받아 영남지방으로 쫓겨 간 지 벌써 여러 달이 되었대요."

이 소식을 들은 여인은 자리에 누워 일어나질 못했다. 그리움에 상사병이 깊어졌다. 아무것도 먹지 못하고 헛소리까지 하며 점점 여위어 갔다.

여인의 부모는 딸이 이상한 것을 보고 백방으로 알아보려 했으나 알 수 없었다. 그러다가 우연히 이생과 여인이 주고반은 시들을 보고는 기미를 알아차렸다.

“아아, 하마터면 내 딸을 꼼짝없이 죽게 할 뻔했구나. 이생이 누구란 말이냐?”

자초지종을 모두 들은 여인의 부모는 이생의 집에 중매쟁이를 보내 청혼을 했다. 하지만 돌아온 대답은 냉랭하고 야멸쳤다.

“저희 집 아이가 비록 철부지여서 바람을 피우고 다녔으나, 학문에 정통하고 풍채가 남다르니 곧 과거에 급제해서 이름을 날릴 겁니다. 어찌 혼인을 서두르겠습니까.”

한마디로 더 좋은 혼처를 구하겠다는 말이었다.

그러나 딸이 죽어가는 최 씨 집에서는 목숨이 걸린 일이었다. 포기하지 않고 계속 혼담을 넣으며 모든 혼인 비용과 예물을 준비하겠다는 말로 설득했다. 그러자 이생 집에서도 더 이상 거절할 수가 없어 이생을 불러서 혼인 의사를 물었다. 당연히 이생은 뛸 듯이 기뻐했다. 결국 이생과 여인은 결혼했고, 이듬해 이생이 과거에 급제해서 높은 벼슬에도 올랐다. 두 사람은 꿈처럼 행복했다.

하지만 삶이 그렇게 술술 풀리지만은 않았다. 어느 날 홍건적이 쳐들어왔다. 왕까지 서울을 버리고 도망쳤다. 홍건적은 서울을 점령하고는 닥치는 대로 사람을 능욕하고 죽였다. 곳곳에서 살인, 강간, 방화가 끊이질 않았다.

이생도 부인과 함께 도망치다가 그만 도중에 홍건적을

만나고 말았다. 이생은 엉겁결에 도망쳐 목숨을 부지했으나 부인은 그들에게 잡혔다. 도적들이 아름다운 그녀의 미모를 보고 덤벼들었다. 그러자 부인이 분노하며 크게 꾸짖었다.

"이 더러운 귀신 같은 놈들아! 내가 이리 승냥이의 밥이 될지언정 어찌 네놈들 같은 개돼지의 짝이 되겠느냐!"

느닷없는 도발에 화가 머리끝까지 난 놈들은 부인을 대뜸 죽여버리고 말았다.

실컷 노략질을 한 홍건적들이 물러가자, 들판을 떠돌며 도망치던 이생이 자기 살던 집으로 돌아왔다. 집은 이미 불에 다 타 형체도 없었다. 이생은 처가에 가보았다. 다행히 타지는 않았지만 텅 빈 채 아무도 없었다. 예전에 부인을 처음 만나 같이 정을 나누던 다락에 올라가 보았다. 덩그러니 다락만 휑했다. 저절로 눈물이 흘렀다. 우두커니 앉아 옛일을 생각하니 한바탕 꿈만 같았다.

그렇게 멍하니 앉아 있는데 밤이 깊어졌다. 달빛이 희미하게 다락마루에 비치는데, 문득 복도에서 발자국 소리가 나더니 점점 가까워졌다. 무슨 일인가 조마조마한 마음으로 살펴보니 이것이 웬일인가. 바로 자기 부인이 다가오는 것이 아닌가. 이생은 분명 그녀가 죽은 줄로 알고 있었다. 하지만 너무도 그리워하는 마음에 아무런 의심도 없이 다가가 그녀의 손을 붙잡고 물었다.

"부인, 어디로 피했다가 오셨소?"

부인은 이생의 손을 잡은 채 통곡했다.

“서방님을 모시고 백년해로를 하려 했는데 뜻밖에 횡액을 만나 이렇게 되었습니다. 도적에게 정조를 잃지는 않았지만 몸이 찢겨 사방에 흩어지고 해골이 황야에 던져져 외로운 혼백이 의탁할 곳이 없게 되었습니다. 혼이라도 다시 환생하여 인연을 맺고자 이렇게 찾아왔습니다.”

부인의 말은 분명 살아 있는 사람이 아니라는 뜻이었다. 하지만 이생은 그런 것을 따지지 않았다. 그녀가 자신과 다시 인연을 맺고자 찾아온 것에 크게 감격하여 어쩔 줄 몰라 할 뿐이었다.

“그것이야말로 내가 바라던 바요.”

그러고는 돌아온 부인과 더불어 같이 살았다. 부인이 가르쳐주는 대로 난리 통에 돌아가신 부모의 시신을 찾아 장사를 지냈고, 또 부인의 가르침대로 집안의 재산이 묻힌 곳도 찾아내어 다시 집안을 일으켰다. 뿔뿔이 흩어졌던 종들도 돌아왔다.

이생은 부인과 더불어 지내며 세상일에 관심을 끊었다. 벼슬을 받은 몸이지만 관직에 나가지 않는 것은 물론 친구들과도 만나지 않았다. 그 시대에 친구와 내왕하지 않는다는 것은 아예 인간관계를 청산하겠다는 말이었다. 그렇게 세상과 담을 쌓고 오로지 부인과 더불어 시를 짓고 읊조리며 화답하는 것으로 즐거움을 삼았다.

그러던 어느 날 부인이 슬픔에 겨운 목소리로 말했다. 떠날 시간이라는 거였다.

"저와 서방님이 난리로 인해 헤어지게 된 것을 하늘이 불쌍히 여겨 서방님의 애타는 마음을 잠시나마 달래드리려고 온 것입니다."

부인이 눈물을 흘렸다.

"저는 이미 죽어 귀신이 된 몸이니 더 이상 인간 세상에 미련을 둔다면 그 죄가 서방님께도 미치게 돼요."

그러고는 자신의 유골이 흩어져 있는 곳을 가르쳐준 후 일어나 큰절을 했다. 그러더니 멍해서 어쩔 줄 몰라 하는 이생을 남겨둔 채 홀연히 사라져버렸다.

이생은 부인의 유언대로 그녀의 유골을 찾아 부모님 곁에 묻어주었다. 그러고 나자 부인에 대한 그리움에 이생은 그만 병이 들었다. 결국 부인이 떠난 지 몇 달이 못 되어 이생은 죽고 말았다.

후회와 그리움이 만들어낸 환상 속의 그녀

이생은 비겁한 놈이었다. 그는 잘 생기고 훤칠하고 능력도 있었다. 그런 이생에게 최 씨 여인이 반해 그를 불러들여 정을 통했다. 이생은 참으로 속 편하고 마음 편하고 몸도 편했다. 그는 그저 담을 넘는 것만 했을 뿐이다. 물론 그것도 여인이 바구니를 내주어서 가능했다.

아버지에게 쫓겨 먼 시골로 갔을 때도 그는 어떻게든 여인에게 연락할 생각을 하지 않았다. 어쩌면 못했을지도 모른다. 하지만 그는 여인이 그를 생각하는 것만큼 그녀를 생각한 것은 아닌 것 같다. 이생이 사랑을 했다 해도 그녀보다는 덜 했던 것 같다. 여인은 상사병으로 죽을 지경이 되었지만 이생은 아무렇지도 않았으니 말이다.

홍건적에게 쫓길 때도 이생은 더없이 비겁했다. 목숨이 눈앞에 있을 때 누구든 그렇겠지만 그는 부인을 버리고 혼자 도망쳤다. 그리고 부인이 죽었을 것이라고 생각했다. 부인이 혼령이 되어 왔을 때도 그는 그녀가 죽었다는 사실을 분명히 알고 있었다.

여인은 이렇게 이생을 위해 세 번이나 혼신의 사랑을 바쳤다. 처음 만나 사랑을 나눈 것도, 결혼이 성사되도록 한 것도, 혼자 살자고 도망친 이생을 다시 찾아온 것도 모두 그녀였다. 그녀는 전력을 다했지만 이생은 무엇 하나 한 것이 없다. 그저 주어진 대로 흘러가는 대로 그냥 있었을 뿐이다. 이런 이생을 생각하면 구제불능의 찌질이에 소심한 겁쟁이인데다가 무기력하기까지 한 놈팡이라 하지 않을 수 없다. 만나면 그에게 '꽥' 소리라도 한 번 속 시원히 질러주고 싶다.

그런데 이상하게도 〈이생규장전〉을 찬찬히 읽어가다 보면 이런 이생의 모습보다는 아련한 사랑의 느낌이 가슴속으로 스며든다.

'왜 이러지? 이럴 리가 없는데? 최 씨 부인 때문일까? 그녀의 의연하고 곧은 사랑 때문일까?'

아니, 그 때문이 아니다. 그 이유는 다시 돌아온 혼령과 사랑을 나누고 같이 살아가는 이생의 모습에서 죽은 부인을 지독히도 그리워하는 애달픈 한 남자의 모습이 보이기 때문이다.

여인은 귀신이 되어 돌아왔다. 이생은 그녀가 죽었고 지금 눈앞에 온 것이 귀신이라는 것을 잘 알고 있었다. 하지만 그는 자신 앞에 온 귀신을 거부하지도 돌려보내지도 무시하지도 않았다. 무서워하지도 않았다. 그냥 '그녀'로 받아들이고 그녀만 바라보고 살았다. 벼슬도 사임하고 친구도 만나지 않았다. 그녀와 처음 만났던 바로 그 다락에서 그녀와 단 둘이서 그 옛날처럼 시를 짓고 서로 화답하며 살았다. 이것은 이생의 진정한 마음이었다.

자, 이제 냉정하게 한 가지를 짚어보자. 그녀는 진짜로 돌아온 것일까? 그녀가 귀신이 되어 이생을 만나러 온 것일까? 아니면 이생이 그녀가 돌아왔다고 믿는 것일까? 다시 말해 잃어버린 그녀를 향한 사랑이 환상을 만들어낸 것은 아닐까? 이생은 자신이 만들어낸 환상 속에서 홀로 살고 있던 것은 아닐까? 그러다가 그리움에 목말라 죽은 것은 아닐까?

〈이생규장전〉은 확적히 뭐라 말해주지 않는다. 이생과 귀신으로 돌아온 부인이 함께 지냈지만 바깥출입을 하지 않았고 외부 사람들을 만나지도 않았다는 것만 말할 뿐이다. 부인이 작별 인사를 하고 홀연 떠나자 이생 역시 오래 살지 못하고 곧 죽었다고만 증언할 뿐이다.

과연 최 씨 부인의 혼령에 대한 진실은 무엇일까? 진짜 혼령이 온 것일 수도 있지만 아무래도 이생이 죽은 부인을 그리워한 마음에서 만들어낸 환상처럼 느껴진다. 그의 애절한 사랑이 이토록 간절하게 느껴지는 것은 바로 그래서인 것 같다. 자신의 비겁함을 후회하고 참회하는 눈물을 담은 환상이 아닐까. 나만 이런 느낌을 받지는 않았으리라.

이생의 판타지는 최치원의 판타지와 다르다. 최치원은 혈기 방장한 나이에 주체할 수 없는 욕망의 마스터베이션이었지만, 이생은 지난 세월에 대한 후회와 아쉬움이 불러낸 참회와 속죄의 자위였다. 어느 경우든 그들 둘은 이 꿈같은 환상이 곧 끝날 것을 알았다.

최치원이 불러낸 두 처녀 귀신은 하룻밤이 곧 마지막 밤으로 끝났다. 마스터베이션이란 절정에 오르고 나면 허무한 것이니 그 한 번이 곧 마지막인 것이다. 하지만 이생은 자신의 판타지를 버릴 수 없다. 버려서는 안 되었다. 거기에 자신의 잘못과 어리석음과 못난 과거가 뒤엉켜 있기 때문이다. '더 잘 할 수 있었는데…'라는 후회가 스스로 만든 환상을 놓지 못하고 붙들게 만들었다. 하지만 이생도 안다. 잘 안다. 그렇게 영원히 붙잡아 놓을 수는 없다는 것을.

이생의 환상이 흩어지는 날, 더 이상 환상 속의 사랑을 나눌 수 없게 된 날, 그는 결국 이 세상을 마치고 만다.

마스터베이션은 결핍에서 시작된다. 현실에 대한 결핍이 환상을 만들어내고 그 속에서 쾌락을 얻는다. 육체적인 성감대를 자극하는 문제는 부차적이다. 이미 그 환상만으로도 충분히 쾌락의 오르가슴에 오를 수 있다. 이것을 꼭 부정적으로 치부할 수는 없지만 진정한 사랑이라고 하기에는 모자람이 있다. 헛배 부른 헛물켜는 사랑이기 때문이다.

환상이 심해지면 현실을 떠나고 싶어진다. 환상이란 내가 선호하는 방향으로 지어낸 것이니 현실보다 더 좋은 것은 당연하다. 하지만 환상을 만들고 꿈꾸는 자 역시 현실에 발을 디디고 있다는 엄연한 현실이 눈앞에 있다. 현실에 자신이 있기에 환상이 있는 것이다. 현실에 내가 없다면 아무것도 없다. 하지만 환상이 심해져서 환상에 몰입하게 되면 현실과 환상을 구분하지 못하게 되고 급기야 주객이 전도되기까지 한다. 실제 성관계보다 포르노그래피 속의 판타지를 더 선호하고 실제 사랑보다 일본 애니메이션에 등장하는, 만들어낸 사랑에 더 몸이 들뜨는 것이 바로 그 징후다. 그 조짐이 심해질수록 현실 속에서 남녀가 말을 건네고 감정을 공유하고 사랑을 나누는 일은 더 어색해질 것이다. 제 편한 대로 사랑을 하고 있으니 현실에서 겪는 사랑은 모두 다 불편하고 괴롭고 힘들 수밖에 없지 않겠는가.

최치원은 환상에서 깨어났다. 이생은 만들어낸 환상에서 깨어나고 싶지 않았지만 그도 역시 깨어났다. 환상이 완벽하지 않아서가 아니라 균형 잡힌 현실감각을 지니고 있었기 때문이다.

최치원과 이생을 대비해보면 조금 씁쓸함이 남는다. 환상은 일순간이었다. 달콤하지만 환상인 것을 아는 최치원은 후일 자신이 사랑하는 여성을 찾아서 만나면 된다. 그러나 이생은 자신이 사랑하는 여인을 영원히 만날 수 없다. 세상을 떠난 그녀에게 제대로 해준 것이 하나도 없다는 자책감과 후회가 그를 짓누르기 때문이다. 지난날을 되돌릴 수만 있다면 얼마나 좋겠는가 하는 안타까움이 그를 바라보는 우리의 가슴에 아련함으로 남는다.

최치원보다 이생이 후대 사람이니 절대 이런 일은 생기지 않을 것이지만, 그래도 한 번 가정해본다. 이생이 최치원을 만난다면 뭐라고 충고를 해줄까? 내 생각엔 이런 말을 할 것만 같다.

"네가 편한 대로 사랑하지 마."

그리고 쓸쓸한 눈빛으로 이렇게 덧붙일 것이 틀림없다.

"있을 때 최선을 다해. 지나면 모든 것이 후회로 남으니까…."

4관

사랑과 집착 사이

욕망은 결핍에서 시작된다. 부족하기에 채우려고 마음이 움직이고, 가급적이면 빨리 꼭 맞게 충족되기를 원한다. 그렇게 해서 어느 정도 차면 만족할 것 같지만 그렇지 않은 것이 사람 마음이다. 어마어마한 부자라고 욕심을 그치지 않듯이, '먹어본 놈이 안다'고 오히려 더 심해지는 경우가 대부분이다. 욕망이란 것은 정말 끝이 없다.

욕망은 결핍이기에 뭔가를 더 채우려고도 하지만, 있는 것이 사라지지 않도록 애쓰기도 한다. 욕망의 두 얼굴은 새로운 것을 채우려는 욕심과 기존의 것을 잃지 않으려는 집착인 것이다. 그런데 채우려는 욕심보다 지키려는 집착이 더 문제적일 때가 많다. 새로운 것을 채우려면 '이것이든 저것이든' 가져다가 놓으면 되지만, 지키려는 안간힘은 '꼭 그것'이어야만 하기 때문이다.

집착이 피곤한 것은 시간의 흐름을 거스른다는 점이다. 부모는 걸음마 시기의 아이들이 변함없이 내 곁에 있어주고 웃어주기를 '바라지'만 자식들이 영원히 아이일 수는 없다. 아이여서도 안 된다. 하지만 부모는 바란다. 그래서 아이들의 말이 짧아지고 톤이 투박해지면, 부모의 잔소리를 견디지 못하고 여드름 난 얼굴로 인상을 쓰면, 부모는 그것을 도전이라 읽어버린다. 좋은 부모라면 자식에게 집착하지 말아야 한다는 것쯤은 알지만 말처럼 그리 쉽지는 않다. 시간에 따라 변할 것은 변해야 한다는 것을 아는 현명함이 있어도 가슴이 시린 것은 채워지지 않는다. 공연히 며느리를 탓하고 사위를 미워하는 것도 이런 채워지지 않는 가슴이 일조한다. 이런 부모의 마음은 충분히 이해된다. 하지만 그런 마음을 버려야 한다. 커버린 자식들이 다시 아장거리는 아이로 돌아가지 않아서 그런 것이 아니라, 그 부모들 역시 그렇게 훌쩍 커서 그들 부모를 떠나 오늘날의 자신이 된 것이니 말이다. 집착은 피곤한 이율배반인 셈이다.

사랑 역시 욕망이기에 부족한 것을 채우려는 행동과 한 번 채워진 것을 놓고 싶지 않은 상황에 놓인다. 생각해보면 어느 정도의 '집착'은 사랑의 필수 요소다. 사랑한다면서 상대가 어떻게 사는지, 누구를 만나는지, 무엇을 하는지 전혀 관심이 없다면 '쿨'하다기보다는 '방관'이고, 사실 사랑하지 않는 것일 수도 있다.

이렇게 사랑하는 사람은 서로가 서로에게 어느 정도 얽매이고 또 얽히기도 하는데, 언제나 그렇듯이 그 정도가 문제다. 적절한 지점을 찾기가 쉽지 않다. 의부증(疑夫症)인지 사랑인지, 의처증(疑妻症)인지 보호본능인지, 배려인지 방관인지, 도통 가늠이 안 된다.

사랑은 좋은 것이다. 그런데 그 사랑의 한 요소인 집착이 과하면 사랑이라는 본질까지 해치고 깨뜨린다. 그리고 그 자신까지 망가지고 부서지는 의도치 않은 결과를 초래한다.

사랑과 집착. 이 아슬아슬한 외줄 위 어디쯤에서 어떻게 중심을 잡아야 할지 지금부터 고민해보자.

7

기괴하고 해괴한 사랑

〈운영전(雲英傳)〉

아직도 학교에서 그렇게 가르치는지 모르겠지만, 전에는 '고전소설은 천편일률적이다'라는 말을 불변의 진리처럼 반복해서 가르쳤다. 고전소설의 내용이 비슷비슷하고 대부분이 행복한 결말로 끝나다 보니, 한마디로 좀 수준이 낮다는 것을 돌려서 하는 말이었다. 지금 보면 한심한 소리지만 한때는 맹위를 떨친 캐치프레이즈였는데, 그때 그에 대한 작은 반발로 "우리에게도 비극소설이 있다"는 소심한 외침이 있었다. 그 맨 앞에 섰던 것이 〈운영전(雲英傳)〉이다. 확실히 궁녀 운영과 김 진사의 비극적 사랑 이야기는 천편일률적이지도 않고 행복하게 끝나지도 않는다. 게다가 재미까지 있다.

그러나 언제나 그렇듯 문제는 엉뚱한 곳에서 소리 소문

없이 시작되었다. 중·고등학교에서 〈운영전〉을 가르치다 보니, 아니 가르쳐야 하다 보니, 좀 교훈적이어야 했던 것이다. 그래서 운영과 김 진사의 사랑을 무슨 '지고지순한 사랑' 같은 것으로 보기 시작했다. 당대 현실의 질곡을 벗어나 진정한 사랑을 꿈꾸다가 비극적으로 끝나고만 애달픈 사랑으로 미화시켜서 보는 것이 아주 타당성이 없지는 않다. 사람마다 자기 생각이 있으니 진정한 사랑으로 보는 것을 뭐라 할 수도 없다. 하지만 꼭 그렇게만 보아야 한다며 반복적으로 가르치며 재생산하는 것은 좀 짚어볼 문제다. 고전소설을 천편일률이라고 폄하하는 것과 똑같이 본질을 호도하는 것이기 때문이다.

〈운영전〉은 운영과 김 진사 그리고 안평대군, 이렇게 세 명의 애증이 얽히고설킨 이야기다. 진정한 사랑이라기보다는 광기와 집착이 빚어낸 비극적인 자기 파괴에 관한 이야기라는 편이 더 걸맞다. 세 사람 모두 집착 때문에 불행해지니 말이다.

세종의 셋째 아들 안평대군이 거처하는 수성궁에는 궁녀가 많았다. 그중 안평대군이 따로 열 명을 뽑아 총애했는데, 그녀들은 어릴 적부터 온갖 음률과 예술을 익힌 정예 중에 정예였다. 이 열 명 중에 운영이라는 어리고 아리따운 궁녀가 있었는데 그만 안평대군의 손님인 김 진사와 눈이 맞아버렸다.

어느 날 김 진사가 안평대군을 찾아왔다가 대군이 총애하는 열 명의 궁녀들과 함께 시를 지어 읊으며 흥겨운 시간을 보냈다. 보통 궁녀들은 바깥 남자들과 만나기 어려운데, 대군이 직접 불러 즐거운 시간을 보내게 한 것은 김 진사가 어리기에 크게 신경 쓰지 않았기 때문이었다. 그런데 그만 믿는 도끼에 발등 찍힌 격이 되고 말았다.

김 진사와 운영은 서로 사랑해서는 안 되는 사이였다. 운영이 보통 시녀라면 그리 큰 문제가 아니지만 운영은 궁녀였다. 궁녀는 궁에서 지내기에 신분이 높고 번듯해 보이지만 실은 그렇지 않다. 궁녀는 왕과 왕족을 위해 일하며 사는 노비나 다름없다. 오히려 노비보다 궁녀가 더 나빴다. 노비는 비록 신분이 낮아도 남녀가 짝을 찾아 가정을 꾸릴 수 있지만 궁녀는 오직 왕족 한 명만을 바라보며 평생 홀로 살아야 했다. 궁녀는 인간의 가장 근본적인 욕망마저 통제당해야 했다. 궁녀의 신분인 운영과 김 진사의 사랑은 애초부터 맺어질 수 없는 금지된 사랑인 것이다.

그렇다고 둘의 사랑이 이루어질 방법이 아주 없는 것은 아니었다. 운영이 궁녀가 아니면 되었다. 그러니까 운영의 주인인 안평대군이 운영을 풀어주면 자연스레 해결될 문제였다. 사실 왕이나 왕족을 모시는 궁녀들의 숫자가 너무 많아 때때로 궁녀들을 풀어주는 경우가 있었다. 나라에 흉년이

들면 궁녀들을 더 많이 풀어주기도 했다. 젊은 여자들을 궁에 꼭꼭 붙들어 매놓고서 홀로 늙어죽게 하는 것에 하늘이 진노해서 흉년이 났다고 여겼기 때문이다. 하지만 안평대군이 운영을 궁녀 신분에서 풀어줄 리 없었다. 안평대군이 끔찍이도 좋아하는 궁녀였으니 말이다.

운영과 김 진사는 서로 사랑해도 드러낼 수 없었다. 알려지면 목숨을 보장받을 수 없는 일이었다. 그러나 사랑에 눈먼 김 진사는 무모하게도 밤마다 궁궐 담을 넘었다. 그렇게 둘의 금지된 사랑이 피어났다.

한 번 맛본 사랑이 쉽게 사그라질 리 없다. 게다가 욕심은 끝이 없었다. 김 진사는 밤에만 운영을 만나는 것에 만족하지 않고 그녀와 언제나 함께 있고 싶어 했다. 완전히 그녀를 자신의 여자로 만들고 싶어 했다.

김 진사에게는 특이라는 종놈이 하나 있었는데, 괴로움에 몸부림치는 김 진사를 보고 그 이유를 알아챘다. 특이 김 진사를 슬며시 부추겼다.

"그깟 것을 가지고 뭘 걱정하십니까?"

번민에 빠져 제정신이 아닌 김 진사에게 특의 자신만만한 말은 천군만마를 얻은 듯 든든했다.

"제 친구들이 있는데, 녀석들이 매일 강도 짓을 일삼아도 나라의 군사들이 감히 어쩌질 못합니다. 저희에게 맡겨주십시오."

동네 양아치나 불량배 정도가 아니라 조폭 수준의 친구들이 있다는 말을 들으면 응당 걱정하고 우려해야 한다. 게다가 자기 목숨이 걸린 중요한 사랑 문제를 맡기려 들 때는 더욱 그렇다. 하지만 사랑의 열병에 온몸이 바짝 달아오른 김 진사는 올바른 사리판단을 할 여유가 없었다.

어리고 소견이 좁지만 김 진사는 운영과 함께 도망쳐서 살려면 재산이 필요하다는 것쯤은 알았다. 그래서 운영이 안평대군에게 받은 재물을 밤마다 조금씩 궁 밖으로 빼돌려 호언장담하는 종놈 특에게 맡겼다. 그렇게 말 열 필에 실어도 못 실을 만큼 많은 보화와 재산을 든든한 곳에 잘 두었다고 김 진사는 생각했다. 그는 정말 답답할 정도로 한심한 양반이었다. 고양이에게 생선가게를 맡겨두고 푹 안심한 것이다.

간악한 종놈 특은 막대한 재산을 그대로 꿀꺽 삼켜버리려 했다. 그러자니 김 진사가 거치적거렸다. 놈은 김 진사가 빼돌린 운영의 패물 중 팔찌 하나를 들고 동네방네 돌아다니며 거짓 소문을 퍼뜨렸다.

"밤에 궁에서 도망치는 자가 있더라고. 달려가 잡으려 했는데 글쎄, 이 팔찌를 하나 떨어뜨리고 도망가지 않겠어."

흔들어대는 팔찌를 보니 보통 사람들은 보지도 못할 만큼 진귀한 보배였다. 당연히 소문이 궁궐에까지 흘러들었다. 안평대군이 모든 궁녀들을 모아 그들의 소지품을 확인했고, 운영에게 팔찌는 물론 그 어떤 재물도 남아 있지 않음을 알게 되었다.

결국 운영은 모진 고문을 당하고 갇히고 말았다. 그녀는 끝내 바른대로 실토하지 않고 억울하단 말만 반복했다. 그러던 운영은 자신의 한스러운 삶과 김 진사에 대한 사랑을 마음속에 품은 채 목을 매 자살하고 말았다.

운영이 죽었지만 이야기는 조금 더 이어진다. 그녀가 죽었다는 것을 알게 된 김 진사는 어떻게 일이 여기까지 이르게 되었는지 자초지종을 비로소 알게 되었다. 따지고 보면 모두 종놈 특 때문이었다. 놈이 소문만 퍼뜨리지 않았다면 운영이 죽는 데까지 이르지 않았을 거였다.

슬픔에 휩싸인 김 진사는 죽은 운영을 위해 극락왕생하라는 재(齋)를 올리고 싶었다. 하지만 그런 일을 어떻게 해야 할지 몰랐다. 결국 이 한심한 김 진사는 모든 일의 근원인 나쁜 하인 특을 그래도 다시 한 번 더 믿었다. 놈에게 재물을 주며 절에 가서 죽은 운영을 위해 재를 올려달라고 당부했다. 하지만 이놈이 그럴 리 있겠는가. 받은 돈을 가지고 마음껏 방탕하게 홀랑 써버리고는 부처님께 이죽대며 낄낄거렸다.

"죽은 운영이 환생해서 나랑 짝이 되고, 김 진사는 빨랑 죽어라!"

하지만 하늘의 벌을 받은 특은 결국 우물에 빠져 죽게 되고, 김 진사 역시 운영이 죽어 없는 세상에 큰 미련이 없어 식음을 전폐한 채 시름시름 앓다가 세상을 뜨고 말았다.

죽은 김 진사와 운영은 혼령이 되어 이 세상을 떠돌다가 어느 한 젊은이를 만나게 되는데, 그에게 자신들의 옛이야기를 들려주었다. 그 젊은이가 기이한 사연을 적어 남겼다. 그것이 바로 〈운영전〉이다.

자기 분열을 견디지 못하는 광기의 집착

이 이야기에서 가장 궁금한 것은 안평대군이다. 그는 운영과 김 진사가 금단의 사랑을 하는 것을 알았을까, 몰랐을까?

안평대군은 그 사실을 알았다. 낌새를 차리고 짐작하고 있었던 것이다. 어느 날 언제나처럼 궁녀들에게 시를 짓게 했는데, 운영이 지은 시에 경험하고 느끼지 않으면 절대 알 수 없는 정감과 그리움이 담겨 있는 것이 아닌가. 영민한 대군은 운영의 여린 마음이 미묘한 사랑으로 흔들리는 것을 대번에 알아차렸다.

하지만 그는 내색하지 않았다. 궁녀가 사사로이 누군가를 사랑한다는 것은 있을 수 없고 있어서도 안 될 일이었다. 당장 잡혀가 고문과 죽임을 당할 일이다. 하지만 안평대군은 모른 척 넘어갔다. 왕족의 품위로 모른 척한 것일까? 아니면 운영의 신세가 불쌍해서, 궁녀로 평생 살아갈 그녀가 애달파서 그냥 눈감아준 것일까?

아니다. 그 반대였다. 안평대군은 질투심에 활활 불타올랐다. 자신이 애지중지 키우는 어린 궁녀가 자신이 아닌 다른 남자에게 눈을 돌렸다는 사실에 큰 충격을 받고 분노했다. 자신의 마음을 억누르려 할수록 질투심이 솟구쳤다. 그런 그가 감정을 억제한 것은 운영에 대한 사랑이나 배려 때문이 아니라 분노의 감정으로 폭주하게 될 자기 모습이 다른 사람에게 어떻게 비칠지 신경 쓰였기 때문이다. 한심하게도 고작 어린 궁녀 하나로 질투나 하는 하찮은 존재가 아니기에 의연한 모습을 유지하기 위해 그랬던 것이다. 어쩌면 그런 것이 왕족으로서의 품위겠지만 이미 그는 마음속에서부터 품위가 무너져내리고 있었다.

안평대군이 그야말로 인격과 품위를 갖춘 대인이었다면 운영을 궁녀 신분에서 풀어주면 그만이었다. 자기 주위에 궁녀들이 수두룩했고 운영 외에도 총애하는 궁녀들이 아홉이나 더 있었다. 게다가 운영이 사랑하는 상대는 평소 자신이 좋아해서 가까이 지내는 김 진사가 아니던가. 큰 도량으로 껄껄 웃으며 "잘 살아라." 하고 축복해줄 수도 있었다.

하지만 그는 그러지 못했다. 아니 안 했다.

안평대군의 감정을 질투라고 말하기는 했지만 그것이 정확한 설명은 아니다. 질투는 사랑하는 사람들 사이에서나 있을 수 있는 감정이다. 운영은 안평대군을 남자로 사랑한 것이 아니라 대군이기에 모셨다. 그것은 존중이고 경외였지 애정은 아니었다. 물론 안평대군이 진심으로 운영을 사랑했을 수 있다. 어긋난 사랑이지만 그랬을 수도 있다. 하지만 그의 이후 행동을 보면 그가 운영을 사랑했다고 보기는 힘들 것 같다. 그는 집착했을 뿐이다. 대군은 질투가 아니라 왜곡된 집착에 빠졌던 것이다.

'감히 나만 바라봐야 할 것이 다른 데 눈을 줘!'

이런 감정은 질투를 넘어 광기가 되어버린 집착이다. 그렇기에 그는 절대 운영을 놓아줄 수 없었다.

안평대군이 운영의 시를 보고 뒤통수를 맞는 충격을 받았지만 가까스로 억누른다. 그러나 곧 그렇게 억누른 감정이 종놈 특이 팔찌를 휘두르며 동네방네 소문을 내는 것으로 더 이상 묻어둘 수 없는 공식적인 사건이 되면서 터져나오고 만다. 막연히 느끼면서도 믿고 싶지 않았고 인정하고 싶지 않았던 일이 눈앞에 벌어진 것이다.

이제 안평대군은 더 이상 물러설 수 없는 지경에 처한다. 애초에 시를 듣고 낌새를 차렸을 때 그는 이런저런 수단을 간구했다. 궁녀들의 출입을 더 엄격히 통제했고 매섭게 경고도 수차례 했다. 그쯤에서 운영이 그만두기를 바랐던 것이다. 그랬다면 그냥 넘어갈 생각이었다. 서로 체면을 유지하면서 알면서도 모르는 척 그렇게 넘어가려 했다. 의도대로 그렇게만 된다면 대군은 더 품위 있는 의연한 주인이 될 수 있었다. 주위 사람들이 이렇게 생각할 테니 말이다.

"역시 안평대군이야, 알면서도 잘못을 덮어주시다니."

그랬다. 주위의 궁녀들은 모두 운영의 외도뿐만 아니라 안평대군이 눈치챘음을 알고 있었다. 그런데도 눈감아주는 것은 진정한 대인의 풍모가 분명했다.

그러나 이제는 어쩔 수 없었다. 팔찌 사건이 전면에 부각되면서 운영이 밖으로 재물을 빼돌린 것이 공식적으로 드러났기 때문이다. 이래도 다시 눈을 감아버리면 의연한 것이 아니라 겁쟁이가 되고, 품위가 있는 것이 아니라 멍청한 졸장부가 되는 것이다.

자신이 손가락질 받을 상황에 몰린 안평대군은 해결책을 찾았다. 운영을 궁지로 모는 거였다. 협박하고 위협했다. 물론 죄는 운영에게 있었다. 하지만 대군은 모든 것을 다 알면서도 모르는 척하고 약자인 그녀만을 추궁했다. 그는 하다못해 김 진사를 불러들이지도 않았다. 대군이 김 진사를 운영의 정인(情人)인지 몰랐기에 그를 잡아들이지 않은 것은 아니다. 운영이 만난 외간남자라고는 김 진사밖에 없다는 것을 누구보다 잘 알았지만, 대군은 김 진사는 내버려두고 운영만 거세게 몰아붙였다. 결국 운영은 목을 매달았다.

여기가 좀 이상하다. 운영이 핍박을 당하는 것은 맞지만 자살을 택한 것은 너무 느닷없어 보인다. 대군이 그녀를 궁지에 몰았어도 결정적인 한 방을 날리지는 않았는데 말이다.

"네 이년, 김 진사와 그런 짓을 한 것이냐?"

안평대군이 이러지는 않았다. 그러니 조금만 기다리면

다시 회복될 수 있었다. 운영은 무조건 모르겠다고 버티고 있다가 갑자기 극단적 선택을 한 것이다. 왜 그랬을까? 그것은 운영이 안평대군에게서 놀랄 만한 것을 보았기 때문이다. 위선과 비열함을 보았다. 자신의 품위와 체면을 위해 끝까지 가식적으로 대하는 무서운 진면목을 본 것이다.

운영 입장에서 재물이 사라진 것을 두고 대군이 의심을 하는 것은 당연했다. 그렇다고 대군에게 "김 진사와 내통해서 달아나려 했습니다."라고 답할 수는 없었다. 자신의 죄를 숨기려 해서가 아니라 사랑하는 김 진사를 발고해서 끌어들이는 일이기 때문이다. 그런데 정말 괴로운 것은 이미 안평대군의 눈과 말과 행동에서 '김 진사와의 밀회'를 감지하고 있으면서도 모르는 척하고 있음을 느낄 수 있었기 때문이다. 다 알면서도 모르는 척 품위 있게 '흠, 어허, 이를 어쩐다….' 하는 가식을 읽어냈기 때문이다.

운영의 눈에 그런 안평대군이 어떻게 그려졌을까? 예술을 논하고 고금의 사적을 읊으며 인생이 어떻고 삶이 어떻고 예의와 도덕, 염치가 어떻다고 말하던 바로 그 안평대군이 자신의 마음을 모두 헤아리면서도 이토록 폭력적이고 위선적으로 몰아붙이는 것을 눈앞에서 보면서 운영은 어떤 심정이었을까? 자신이 알고 느끼고 배운 모든 것이 어긋나는 세상을 안평대군의 겁박에서 똑똑히 보면서 어떤 마음이 들었을까? 그것은 그녀가 알고 있던 세상의 원칙과 믿음이 눈앞에서 산산조각이 나는 경험이었을 것이다. 어린 그녀가 주체하기에는 너무 벅찬 충격이었을 것이다.

그녀의 자살은 김 진사와의 사랑이 어긋났기 때문만은 아니다. 그녀에게 이 세상은 '사랑'이라는 의미조차 낯설게 보이는 이상한 세상이었기 때문이다. 운영의 이런 마음을 제대로 헤아린다면 자살이 뜬금없이 느껴지지는 않는다.

분명 안평대군이 길길이 날뛰며 불호령을 쳤다면 달랐을 것이다. 김 진사와 간통했냐며 세상이 떠나가라 윽박질렀다면 달랐을 것이다. 운영은 이렇게 하소연했으리라.

"쇤네를 죽여주시옵소서."

그러며 흐느꼈을 것이다. 이 말은 죽음이 아니라 살려달라는 간청의 소망이고 사랑을 하도록 자신을 풀어달라는 바람이다. 이렇게 살려고 애원하는 그녀가 스스로 목을 맬 가능성은 결코 없다.

분명한 것은 운영이 택할 그 어떤 출구조차 주지 않고 밀어붙이기만 한 안평대군의 위선이 그녀를 죽음이란 막다른 출구로 도망치게 했다는 사실 말이다.

안평대군을 너무 폄하한다고 생각할지도 모르지만 운영과 김 진사의 비극은 모두 안평대군의 삐뚤어진 마음이 빚어낸 일이다. 운영과 김 진사의 사랑이 시작된 것은 두 사람이 만났기 때문이다. 평생 서로 모르고 살 수도 있었지만 안평대군의 쾌락적 허영심이 그들을 비극적인 운명으로 끌어들였다.

대군은 따로 특별히 열 명의 궁녀를 길러냈다. 어려서부터 온갖 유교경전을 읽히고 시와 서예, 춤과 노래를 익히게 했다. 그야말로 이들은 그의 소중한 보물이나 다름없었다. 이렇게 멋진 궁녀들이 모두 다 자신만 바라보고 있다는 사실에 흠뻑 취해 있었다. 한껏 고취된 그는 자신의 이런 쾌락적 만족감을 자랑하고 싶었다. 다른 이들이 보고 자신을 부러워해주기를 바랐다. 그래서 김 진사를 불러들여 궁녀들의 공연을 보여주었다. 김 진사가 어리기에 황홀해할 줄로만 안 것이다. 그가 눈을 휘둥그레 뜨고 자신을 바라보며 대단하다고 손가락을 치켜세우기를 바랐다. 군침까지 흘려준다면 더할 나위 없이 흡족했을 것이다. 이때 안평대군은 분명하게 믿고 있었다. 외간남자가 자신의 궁녀들에게 반할 일은 없을 것이라고 믿은 것이 아니라, 절대로 '내 궁녀들은 다른 남자에게 눈을 돌리지 않을 것'이라고 믿은 것이다.

그랬다. 대군은 뻐기고 자랑하려고 자신이 공들여 키운 궁녀들을 외간남자인 김 진사 앞에 불러내 온갖 재주를 펼치게 한 것이다. 김 진사의 애가 끓으면 끓을수록 더 잘 된 일이었다. 젊고 어리기에 마음을 놓았다는 것은 김 진사가 혈기방장하게 덤빌 것임을 알았다는 말이다. 그럴수록 오히려 더 좋았다. 자신에게 누구나 탐내는 대단한 애완동물(?)이자 장난감 같은 궁녀들이 있으니 말이다. 그런데 예기치 않게도 절대로 믿어 의심치 않았던 자신의 애완동물에게서 문제가 생긴 것이다.

'내가 그토록 총애했건만 어찌 감히 이년이….'

안평대군의 가학적인 야비함은 이것이다. 그는 자신이 가진 것을 자랑할 뿐 남에게 줄 생각은 눈곱만큼도 없었다. 그리고 그렇게 자기만 소유해야 그 가치가 더 높아지고 덩달아 자신이 더 멋지고 높아질 것이라는 망상을 갖고 있었다.

이러니 안평대군이 운영의 사랑에 치를 떨지 않을 수 없었던 것이다. 아무도 그렇게 대놓고 말하지는 않지만 얼빠진 권력자들은 스스로를 완전체라고 생각한다. 거기에는 자신의 영향력이 미치는 모든 것이 포함된다. 그들은 자신의 생각과 영향력이 미치는 범위 안에서 뭔가가 분열되는 것을 조금도 견디지 못한다. 즉각 폭력적으로 대응한다. 물론 스스로에게는 모두를 위해 어쩔 수 없는 일이었다고 자위한다.

표면적으로 운영은 자살한 것이 맞다. 하지만 그녀의 죽음은 자살이 아니다. 타살이다. 죽은 운영을 앞에 놓고 안평대군은 무슨 생각을 했을까? 어떤 표정을 지었을까? 정말 궁금하다.

그래도 안평대군이 운영을 사랑해서, 그녀를 너무도 사랑한 나머지 이런 처참한 일이 벌어진 것이라고 믿는 분들이 있다면 이렇게 묻고 싶다.

'운영 말고 다른 궁녀가 김 진사와 사랑했다면 그 궁녀에겐 어떻게 했을까?'

답은 분명하다. 그 궁녀 역시 운영과 똑같은 상황에 처했을 것이고 그 결과는 역시 죽음이었을 것이다. 그렇다면 안평대군은 운영만 사랑한 것이 아니라 모든 궁녀들을 사랑했다는 말인가? 좋다. 그렇다고 치자. 그럼 모든 여자들을 다 자신이 사랑한다고 생각하는 남자가 여기 있다. 그가 왕족이든 왕이든 천자이든 아무튼 이런 광기 어린 집착을 벌이는 작자가 여기 있다. 이 작자가 정상인지 아닌지는 그만두고 딱 한 가지만 묻자.

'그의 사랑이 진정일까?'

대체 그것이 사랑인가 말이다.

어설픈 무능이 빚어낸 비극

운영은 어릴 때 일찍 궁녀가 되었다. 어떤 경로로 궁녀가 되었는지 〈운영전〉에는 자세히 나와 있지 않지만, 일반적인 경우를 보면 대개 예쁘고 참한 어린 여자아이들을 가려 뽑아 궁궐에 들인다. 물론 그 부모가 동의해야 하는데, 부모들은 쉽게 허락한다. 나라에서 하는 일에 대한 경외감도 있지만 왕명을 거부할 수 없다는 현실적 이유도 있다. 거기에 묘한 욕심도 개재되는데, 자기 딸이 궁에 들어가 잘만 되면 왕과 잠자리를 해서 비빈(妃嬪)이 될 수도 있다는 것이다. 하지만 그런 일은 하늘의 별 따기이고 대부분 평생 홀로 외롭게 살다 죽는다는 것을 안다. 그래도 어린 딸을 궁에 들이기를 주저하지 않는 이유는 일단 딸이 궁에 들어가면 자신들은 평생 먹고사는 문제가 해결되기 때문이다. 딸이 궁에 있는데 본가의 부모가 굶어죽는 일은 있을 수 없었다. 호의호식까지는 몰라도 굶지는 않았다.

궁녀인 운영을 바깥의 일반 백성들이 보면 어떻게 생각했을까? 열에 아홉은 부러워했을 것이 분명하다.

"어쩜, 저렇게도 예쁘냐."

"머리에 든 것은 또 얼마나 많은지. 얼마나 똑똑한데."

그러나 정말 운영이 행복했을까? 아니 그보다 운영 자신은 제 삶에 만족했을까? 사실 우리는 이 답을 알 수 없다. 문제는 운영 자신도 그 답을 몰랐다는 데에 있다. 완전히 갇힌 세계 속에서 주어진 대로 살아가고 있으니 그녀는 다른 무엇이 있다고 생각할 수도, 해본 적도 없었다. 그녀는 아는 것이 없었다. 똑똑하다고 하지만 그녀가 보고 듣고 알아야 할 것들을 제대로 보지도 듣지도 알지도 못했다. 궁 안에 갇혀 있기 때문이다.

"너희들 가운데 하나라도 궁 밖으로 나간다면 그 죄로 마땅히 죽을 것이고, 혹시 바깥사람이 너희들의 이름을 알게 된다면 이 또한 죽을 것이다."

안평대군의 엄포다. 이렇게 꽁꽁 갇힌 그녀는 제대로 보고 들을 수 없었다. 그러니 제대로 판단할 수 없었다. 몸이 갇혀서 생각이 갇히고, 결국 삶까지 갇힌 거였다.

운영이 김 진사를 만나서 사랑에 빠진 것은 어찌 보면 너무 당연하다. 김 진사가 천생연분이어서가 아니라 갇힌 세계에서 갑자기 툭 터진 외부 세계를 보았기 때문이다. 안평대군 외에 처음으로 제대로 된 남자를 본 것이다. 시골에서만 살다가 서울에 처음 올라온 것처럼, 산골에서만 살다가 갑자기 미국 뉴욕 한복판에 서게 된 것처럼, 눈이 확 뜨였던 것이다. 김 진사가 멋들어지지 않았다는 말도 아니고, 능력과 재능이 부족하다는 말도 아니다. 김 진사가 아닌 그 누구였다해도 운영은 첫눈에 반했을 것이라는 말이다. 그녀는 처음으로 다른 세상, 다른 사람, 다른 삶을 본 거였다. 궁녀라는 새장 속에 갇힌 그녀에겐 정말 황홀한 경험이었다. 새 세상이 열린 것이니 말이다. 그렇기에 감히 생각도 못할 금단의 사랑을 나누고 서슴없이 김 진사를 따라 도망칠 생각까지 했던 것이다.

이제 한 가지를 따져보자. 운영이 김 진사를 사랑한 것이 옳은 선택이었을까? 김 진사를 선택해서 모든 삶을 버리고 심지어 자기 목숨까지 내버리게 된 것이 올바른 판단이었을까?

궁녀의 삶 그대로 사는 것이 더 좋은 삶이었는지 아닌지는 쉽게 말하기 어렵지만 김 진사를 선택한 일을 잘한 일이라고 선뜻 동의하지 못하겠다. 이 무능하고 소견 없는 김 진사 때문에 결국 이 모든 일이 비극으로 끝나게 되었으니 말이다.

팔찌 사건만 없었다면 운영과 김 진사의 사랑은 그토록 극단으로 치닫지 않았을 것이다. 팔찌 사건은 김 진사가 간특한 종놈을 믿고 의지했기 때문에 빚어진 일이다. 김 진사는 살인과 반역을 찬물에 밥 말아 먹듯이 할 수 있다고 호언장담하는 조폭 같은 무뢰배들을 친구로 둔 종놈을 철썩 같이 믿고 한심하게도 의지했다.

한심함의 극치는 운영이 자살한 후 절에서 재를 드리라며 다시 그 종놈을 불러 용서로 다독이며 돈까지 줘서 보낸 일이다. 그야말로 한편의 희극적 부조리극을 보는 것 같다. 대체 무슨 정신으로 그랬는지 이해가 안 된다. 그는 유교 경전을 하나라도 제대로 읽기는 읽은 것일까? 어찌 그리도 분별력이 없단 말인가? 아무리 사랑에 눈이 멀었다고 해도 이 정도로 한심할 수 있을까?

운영이 세상 물정을 모르는 것은 궁궐 안에 갇혀 제대로 보고 들을 수 없는 처지라는 핑계라도 댈 수 있겠지만, 여기저기 활보하며 마음껏 세상에서 보고 들을 수 있었던 김 진사는 대체 뭐란 말인가? 멍청하게도 제 종에게 속아 사랑하는 여인까지 죽게 만들었으니 말이다. 시를 짓고 문장을 논하는 능력은 뛰어날지 모르지만 뭐하나 제대로 하는 것이 없는 이런 한심한 남자에게 평생을 맡기려고 했다니 운영이 불쌍하다 못해 안쓰럽기까지 하다.

운영은 왜 목을 매는 자살을 택했을까? 사랑이 불발되어서? 맞다. 안평대군의 광기 어린 눈빛에서 참담함을 느껴서? 그도 맞다. 하지만 그보다 더 본질적인 밑바탕에 혹시 김 진사에 대한 불안한 우려가 있던 것은 아닐까. 그런 불안이 그녀를 더 힘들게 하지는 않았을까.

김 진사가 운영을 진정으로 사랑한 것은 맞다. 하지만 궁녀를 빼돌려 도망치겠다는 대담한 발상까지 한 것치고는, 사랑을 제대로 유지하기에는 너무 무능하고 어리석었다. 아둔하고 멍청하고 한심했나. 제 앞가림노 제대로 못하는 자가 어떻게 사랑을 이룬단 말인가.

조금이라도 사랑을 이루어가려고 해본 사람이라면 안다. 가슴 깊이 천만 볼트의 강한 전류가 흘렀어도 그것이 사랑의 완성이 아니란 것을. 삶에서 뜨거운 사랑은 필요하다. 그런 강렬한 만남은 귀하지만 그것이 전부는 아니다. 강렬함은 사랑을 이어가는 원동력이 되지만 그것은 단지 시작일 뿐이다. 사랑은 가꿔가고 만들어가고 이루어가고 키워나가야 하는 것이다. 그러기에는 김 진사는 너무도 무능했다.

〈운영전〉은 비극적으로 죽은 운영과 김 진사가 원혼(冤魂)이 되어 저세상으로 가지 못하고 이승을 떠돌다가 먼 훗날 퇴락한 수성궁에서 한 젊은 선비를 만나 자신들의 이야기를 들려주는 형식으로 되어 있다. 운영과 김 진사는 왜 원혼이 되었을까? 왜 편안히 저세상으로 가지 않고 아직도 이 세상을 떠돌까?

그들의 사랑을 훼방 놓은 안평대군도 이미 죽었고 그의 궁궐도 퇴락했다. 그런데도 그들은 아직도 안식에 들어가지 못했다. 비록 살아서는 비극적으로 죽었지만 죽어서 서로 만났으니 이제 된 것 아닌가. 그런데도 이 세상을 떠돌고 있다. 안평대군 때문에 죽게 된 것이 한스러워서 그러는 것일까? 아니면 어리석게 종놈만 믿고 완전히 일을 망쳐버린 것에 대한 답답함과 속상함 때문일까? 대체 이들은 무엇 때문에 퇴락한 수성궁 주위를 떠도는 것일까?

그 이유는 확실히 알 수 없다. 다만, 운영에게 집착한 안평대군의 광기로 뒤틀린 집착만큼이나 아직도 이 땅을 헤매는 운영과 김 진사의 사랑 역시 퇴폐적인 분위기를 풍겨낸다. 원혼은 뭔가 한이 풀리지 않아 떠도는 혼령이다. 그들에게 남은 한은 무엇일까? 다시 태어나서 인간으로서 사랑을 나누고 싶다는 것일까? 너무나도 억울하고 비참했다는 하소연일까? 아니면 자신의 사랑을 애절하고 애틋하게 봐달라는 것일까?

그 어느 것이든 소유욕을 사랑으로 착각한 안평대군의 광기만큼이나 그들의 원혼도 뒤틀려 있다. 기괴하기 짝이 없다. 적어도 온전한 사랑은 아니다.

어디에도 내가 없는 의무적 사랑

〈열녀함양박씨전(烈女咸陽朴氏傳)〉

08

재미있는 이야기 하나.

1920년대 후반까지 미국에서도 대부분의 여자들은 담배를 피우지 않았다. 여성의 흡연을 별로 좋게 생각하지 않았기 때문이다. 그런데 담배 회사에서 더 많이 담배를 팔기 위해 에드워드 버네이스(Edward Bernays, 1891~1995)라는 사람을 고용했다. 그는 거대한 캠페인을 벌였고, 거기에는 모델들과 잘 나가는 인기 영화배우가 입에 담배를 물고 나왔다. 남자는 물론 여자들도 말이다. 예쁜 모델들의 입에 물린 담배와 그 연기는 이렇게 말하는 것 같았다.

"우리도 남자처럼 담배를 피울 수 있다."

"남자와 우리는 동등하다. 다르지 않다."

드러내서 말하지는 않았지만 여자들은 이렇게 생각했다.

'담배 피는 여자가 멋져 보인다.'

그리고 얼마 후, 여자들도 담배를 피우는 것이 자연스럽게 되었다.

이야기 둘.

또 에드워드 버네이스가 나온다. 이번에는 피아노를 만드는 회사에서 피아노를 많이 팔 수 있게 해달라고 부탁한다. 그리고 정말 얼마 후 피아노가 엄청나게 팔려나가기 시작했다.

그는 피아노를 사라고 광고하지 않았다. 그는 다만 품위있고 멋진 사람이라면 집 안에 차를 마시며 이야기하고 음악을 듣는 거실이 따로 있어야 한다는 것만 줄기차게 광고했다. 사람들은 차츰 집 안에 그런 가정 음악실을 만들었다. 그리고 거기서 차를 마시고 이야기를 나눴다. 그리고 자연스레 그 넓은 거실에 피아노 하나쯤은 있어야 할 것 같다는 생각이 들었다. 그들은 피아노를 사려고 피아노 회사에 전화했다.

정말 재미있는 것은 피아노를 산 사람 어느 누구도 광고때문에 샀다고 생각하지 않았다는 점이다. 그들은 모두 자신이 사고 싶어서 피아노를 샀다고 생각했다. 주체적으로 선택했다고 철석같이 믿었다. 하지만 그렇지 않았다. 그들은 당했던 것이다. 물론 자신이 당한지도 모르고 말이다.

이런 얘기가 지나간 남의 나라 이야기라고만 들으면 마음은 편하다. 하지만 그렇지 않은 것이 우리 현실이다. 교묘하게 당한 사람들 대부분이 자신이 주체적으로 선택했고 그 선택을 옳다고 굳게 믿으니 그것이 아니라고 아무리 말해봐야 역효과만 난다. 게다가 주변 모두, 온 사회와 나라 전체가 그들의 잘못된 판단을 옳다고 부추기는 상황이면 더 심하다. 이때 단호하게 그렇지 않다고 "노(No)"라고 말하는 사람은 잡혀가든지 정신병자 취급을 받게 된다.

정말 답답한 것은 "노"를 말하는 사람은 자신의 안락과 편의를 위해 "노"라고 말하는 것이 아니라, 억지로 만들어진 집착의 쇠사슬에 얽매인 자를 위해 "노"라고 한 것인데도, 정작 그들은 그렇게 말하는 사람을 배척하고 몰아낸다는 점이다.

아마 박지원(朴趾源, 1737~1805)도 이런 답답하고 미칠 것 같은 마음이었던 것 같다. 그가 지은 〈열녀함양박씨전(烈女咸陽朴氏傳)〉을 보면 그의 복잡한 심경이 너무나도 잘 드러난다. 사랑 아닌 것을 사랑이라 믿고 우기며 살아가는 불쌍한 사람의 이야기를 담고 있으니 말이다.

〈열녀함양박씨전〉은 하나의 이야기가 아니라, 서문과 서로 다른 두 이야기로 구성된 삼중 구조 이야기다. 우선 두 번째 이야기부터 보면 이렇다.

박지원이 안의현 사또로 있을 때의 일이다. 어느 날 새벽 웅성대는 소리가 나서 깨보니 아전 중에 박상효란 자가 서성대며 자신이 일어나기를 기다리고 있었다. 이야기인 즉 그의 조카딸이 독약을 먹고 자살했다는 소식을 듣고 급히 가보려는데 당번이어서 마음대로 떠나지 못하고 그가 깨어나기를 기다렸다는 거였다. 박지원이 급히 가보라고 지시하고는 하루 일과를 보았다. 저녁 무렵 다른 아전에게 어찌 된 사정인지 자초지종을 들었더니 이랬다.

박상효의 조카딸이 함양의 임술증이란 자와 결혼하기로 약속했단다. 그런데 그 남편 될 자가 병이 있는 것을 알고는 주변에서 시집가기를 만류했지만, 이미 정혼했으므로 그쪽 집안사람이라는 뜻을 굽히지 않았고 결국 조카딸은 결혼을 했다고 한다. 그런데 아니나 다를까. 결혼 후 반년이 못 돼 남편이 죽었다. 그녀는 남편의 장례를 치르고 시부모를 모시고 며느리의 도리를 다하며 사는 듯했는데, 소상(小祥), 대상(大祥)을 다 예법대로 지내고는 바로 오늘 남편이 죽은 같은 날 같은 시각에 죽은 남편을 따라 자살했다는 거였다.

이 말을 들은 박지원은 "열녀(烈女)로구나!"라고 감탄을 했다.

이 두 번째 이야기만 놓고 보면 조선시대 흔한 열녀 이야기와 꼭 같다. 유교적 예법에 따라 남편과 정혼하면 어떤 일이 있어도 그와 평생을 같이 하고, 그가 죽으면 정절을 지켜 진정한 예를 다하는 것이 아름답다는 것 말이다.

그런데 박지원은 이 이야기 바로 앞에 다른 이야기를 하고 있다. 첫 번째 이야기다. 어느 양반집에 젊어서 과부가 된 어머니를 모시고 사는 형제가 있었다. 그들은 둘 다 높은 관리였는데, 형제는 어떤 사람이 관직에 오르는 것을 탐탁하게 여기지 않아 막으려고 했다. 그 사실을 알고 어머니가 형제에게 물었다.

"그가 무슨 허물이 있기에 남의 벼슬길을 막으려 드느냐?"

"그의 선조 중에 과부가 있었는데 들리는 말이 조금 시끄럽습니다."

즉, 그의 선조 중 과부의 행실이 좋지 않았다는 소문인 것이다.

어머니는 여자들이 사는 깊은 방안의 이야기를 어떻게 알 수 있느냐며 헛된 소문만 듣고 그리 행하면 안 된다고 말했다. 그러고는 품속에서 엽전 한 닢을 꺼내 보였다.

"이 엽전에 테두리가 있느냐?"

"없습니다."

"그럼 새겨진 글자가 있느냐?"

"없습니다."

그러자 가슴이 북받친 어머니가 눈물을 흘리며 엽전에 얽힌 이야기를 했다. 젊은 시절 과부가 된 그녀는 밤마다 정욕이 끓어오르면 이 엽전을 만지작거리며 방안 이리저리 굴리며 잡으려고 뛰어다녔다고 한다. 그렇게 허위허위 뛰어다니는 것으로 걷잡을 수 없는 혈기를 밤새도록 가라앉히며 살았던 거였다. 차츰 나이가 들면서 그렇게 엽전을 굴리는 횟수가 줄어들었고, 이제는 늙어 엽전을 굴릴 필요가 없어졌다는 말을 했다.

"그러니 이 엽전은 네 어미를 살린 부적이나 다름없다. 지금까지 이것을 간직한 이유는 이 엽전의 공을 잊지 않기 위해서다."

이 말을 들은 아들들은 어머니와 부둥켜안고 울었다.

이 첫 번째 이야기는 두 번째 이야기와는 정반대다. 남편이 죽었지만 과부로 평생을 살았다는 이야기다. 서로 상반되는 이야기 둘을 합해 한 편의 글로 만들었으니 대체 박지원은 무슨 말을 하고 싶었던 것일까? 재기발랄한 그이니 의미심장한 뜻이 있을 것이 분명하다.

그는 의도적으로 두 개의 이야기를 요상한 방식으로 꾸며 놓았다. 대놓고 말하면 안 되는 심각한 것을 담아내기 위해서였다. 대놓고 말하면 돌팔매 맞아 죽을 만한 내용인 것이다. 그것도 엄청난 질곡에 매인 자들을 위해 바른말을 하는데, 바로 그 질곡에 얽매인 이들이 가장 먼저 돌을 들어 던질 것이니 말이다.

얼어 죽을 놈의 열녀 타령

두 이야기는 크게 보면 모두 '열녀' 이야기지만 사실 조금 다르다. 이야기를 나란히 놓고 보면 정말 이상하다. 앞의 이야기는 양반(兩班) 여자가 과부가 되어 평생을 정욕에 시달리며 살았다는 이야기이고, 뒤의 이야기는 양반이 아닌 중인(中人) 여자가 남편이 죽자마자 3년 동안의 모든 장례를 법식대로 마친 후 자살했다는 이야기다. 생각해보면 중인보다 더 상위 계층인 양반이 정절을 지켜 자살을 하는 것이 맞아 보인다. 하지만 그렇지 않고 거꾸로 되어 있다. 즉, 양반 여인은 살고, 중인 여인은 자살한 것이다.

이 둘을 나란히 배치해놓은 박지원에겐 속 깊은 꿍꿍이가 있었다. 겉으로 말하는 것과 속으로 말하는 것 두 가지를 동시에 말해야 했기 때문이다. 그래서 말하면서도 말하지 않고 말하지 않으면서도 말하는 것이 되도록 했다.

쉽게 드러나는 의미는 간단하다. 시집가서 남편을 따라 죽은 함양 박 씨처럼 열녀가 되란 이야기다. 예법대로 정혼한 자가 병이 들었다는 것을 알고도 그대로 시집가고, 남편이 죽자 따라죽는 것을 "열녀로군!"이라며 감탄한 것처럼 그렇게 하란 말이다. 조선시대 가치 윤리를 고스란히 반복한 소리다.

사실 이런 말은 당대에는 너무 당연한 것이어서 특별할 것도 없다. 하지만 박지원이 정말로 하고 싶었던 말은 "아니 뭐 하러 죽어?"였다. 하지만 그렇게 대놓고 말하면 곤란했다. 큰일 날 일이었다. 박지원은 안의현 사또였다. 사또는 지방 백성들의 풍속을 교화하고 발전시킬 의무를 지고 있었다. 그런 그가 유교적 사회 기강을 흔드는 말을 해서는 절대로 안 되는 거였다. 일반적인 보통 사람들도 그런 말을 함부로 할 수 없는 시대에 관직을 맡은 관리가 당대 풍속을 거스르는 말을 한다는 것은 있을 수 없는 일이다.

그래서 박지원은 속으로 그런 말을 했다. 겉으로 드러나는 것처럼 "함양 박 씨는 열녀다."는 말과 반대말을 이야기 속에 해놓은 것이다. 그것이 바로 첫 번째 이야기의 주인공인 양반 과부의 이야기다. 이 양반 과부 이야기를 함양 박 씨 이야기와 나란히 놓으면, 그 순간 놀라운 은밀한 말소리가 들린다. 이런 말이다.

"이 바보야! 양반 여성도 죽지 않고 그냥 과부로 사는데, 너는 왜 죽니? 죽으면 안 돼. 알았어?"

사실 이야기를 면밀히 살펴보면, 양반 과부 이야기 다음에 박지원은 이렇게 짤막한 논평을 대놓고 한다.

"슬프다. 이 양반 과부처럼 깨끗하게 절개를 지키는 사람들이 세상에 없지 않은데도 그 사연은 잘 들리지 않는다. 그것은 과부가 절개를 지킨다는 것이 흔한 일이기 때문이다. 그래서 목숨을 끊는 방식이 아니면 절개가 제대로 드러나지 않는 것이다."

박지원의 말은 남편이 죽어 과부가 되었을 때, 다시 시집가지 않고 그대로 홀로 사는 것만 해도 엄청난 희생이고 큰 절개라는 말이다. 즉, 양반 과부도 '열녀'란 말이다.

따지고 보면 과부로 혼자 외롭게 사는 사람들이 많다는 것은 결국 이 여성들이 모두 유교적 가치를 충실히 따랐기 때문이다. 유교적 가치를 무시했다면 모두 다시 시집을 갔을 것이다. 홀로 정절을 지키며 사는 것은 밤새도록 땀을 뻘뻘 흘리며 끓어오르는 정욕을 누르려고 엽전을 굴리는 세월의 반복이다. 얼마나 굴리고 굴렸으면 그 엽전에 새겨진 무늬가 닳아서 사라지고 엽전 테두리가 사라져버리겠는가. 처절하리만큼 괴롭고 힘든 삶인 것이다. 바로 유교적 윤리를 충실히 지키고 예법에 따랐기 때문에 그토록 괴로운 고통으로 살았던 것이다.

그런데 함양 박 씨는 그보다 한 술 더 떠 대뜸 자살해버렸다. 죽지 않고 그냥 살아도 되는데, 그래도 열녀인데, 자살해야만 하는 줄로 알고 죽어버린 것이다. 그것이 진정한 정절이고 열녀가 되는 것인 줄로 알고 죽어버렸다.

박지원 생각에 안타깝게도 이 함양 박 씨는 '한참 오버' 한 거였다. 아무도 대놓고 그러지 말라고 하지 못하는 세상이기에, 제대로 가르쳐주지 않아 그런 일이 벌어졌다. 꾀바른 인간들은 알아서 피하고 도망치고 숨는데, 우직하고 곧은 자만 날벼락을 맞는 형세다. 좋게 말해 우직한 것이지 달리 말하면 아둔한 것이다. 하지만 그녀의 죽음 앞에 그 어떤 말도 할 수 없다. 제대로 입을 열지 않은 자의 책임도 있으니 말이다. 방조하고 방관한 포괄적 죄가 있는 것이다.

박지원이 함양 박 씨의 죽음을 놓고 "열녀로군!"이라고 한 감탄사는 찬탄이 아니라 아쉬움이 섞인 탄식이었고, 제 자신을 향한 부끄러움의 자책이자 한숨이었다. 그런데 그 자책과 한숨에는 더 큰 의미가 숨어 있다. 드러내 말하기 어려웠던 박지원은 복잡하게 비비 꼬아서 말하고 있는데, 한마디로 함양 박 씨는 쓸데없는 짓을 공연히 했다는 것이다.

첫째 이야기에서 양반이었던 과부는 자식 둘이 고위 관직에 나갔다. 자식들이 다른 사람의 앞길을 막는 것을 보고 그 양반 과부는 자신의 지난날을 들려주었다. 과부라고 해서 정욕이 없는 것은 아니라는 말과 함께, 젊은 날의 정욕에도 불구하고 참고 참아 다시 시집가지 않았기에 자식인 너희들이 관직에 나가는 데 걸림돌이 되지 않았다는 훈계이자 호소였다.

이 두 형제가 다른 사람의 관직 진출을 막으려고 했던 이유는 바로 '그 사람의 선조 중에 소문이 안 좋은 과부가 있었다'는 사실 때문이었다. 그것을 자신들의 이야기로 돌려서 생각해보면, 만약 자신들의 어머니인 과부가 이러저러한 구설수에 오르내렸다면 자신들은 관직에 나갈 수 없었다는 의미다. 결국 양반 과부는 처절하게 동전을 굴리며 참고 참을 만한 이유가 있었던 것이다. 그것은 바로 자기 자식들을 관직에 나아가게 하기 위해서였다.

그런데 함양 박 씨는 혼자서 잘 살아도 될 것을 죽는 것이 더 옳은 줄 알고 대뜸 죽어버렸다. 슬픈 것은 함양 박 씨는 양반이 아니라 아전의 딸, 즉 중인이었다는 점이다. 그것은 그녀의 자식이 있든 없든, 그녀의 먼 친척의 자제들이 있든 없든, 그녀가 '열녀'가 되지 않았다고 관직이 막히는 일 따위는 애초에 일어나지 않는다는 의미다. 이래저래 그녀와 가족들은 중인이고 그들이 오를 관직은 뻔했다. 그녀의 행동으로 크게 바뀔 것은 하나도 없었다. 그녀는 정말 쓸데없이 '오버'했던 것이다.

정절을 지키는 문제에 대해서 박지원은 바로 〈열녀함양박씨전〉의 맨 앞에 이런 말로 핵심을 지적하고 있다. 서문으로 적은 글이다.

"우리나라 법전에 '다시 시집간 여자의 자손은 양반들이 임용되는 문무관(文武官)에 임명하지 않는다'는 규정이 있다. 이것은 일반

서민들에게는 해당되지 않는다.

그러나 우리 왕조가 들어선 지 400년 이래 백성들이 오랫동안 모두 교화에 젖어 여자들이 양반이건 아니건 너나없이 수절하는 것이 하나의 풍속이 되었다. 옛날에 '열녀'라고 했던 자들은 모두 지금의 과부들이다. 시골의 젊은 아가씨나 평민들의 젊은 과부들은 자손들의 벼슬길이 막힐 것도 없는데도 과부로 평생을 늙거나 심하면 자살까지 한다. 정말 모질고 지나치다."

양반 여성들은 정절을 지킬 이유가 있었다. 자식들의 앞길을 위해서라도 정절을 지켜야 했다. 하지만 죽지 않아도 되었다. 애초부터 정절을 지키라고 했지 죽으라고 하지는 않았다. "옛날에 열녀라고 했던 자들이 모두 지금의 과부들이다."라고 한 것이 바로 그 말이다. 정절을 지켜 과부로 사는 것만 해도 엄청난 열녀란 소리다.

그런데 양반 여성도 아닌 함양 박 씨가 지킬 필요도 없는 정절을 너무 과잉으로 지켰다. 다시 시집가도 되는데 그러지 않았고, 그냥 살아도 되는데 목숨을 스스로 끊어버렸다. 대체 이를 어쩐단 말이냐.

죽은 자를 두고 망령된 말을 하기는 꺼려진다. 그래서 박지원은 그냥 탄식처럼 "열녀로군!"이라는 짧은 말로 자신의 깊은 고민과 괴로움을 모두 담아 말했다.

"과부로 살아가는 것만 해도 열녀야. 그런데…."

그가 더 하고 싶었던 말은, 조금 심하지만 풀어 말하자면 이랬을지도 모른다.

"중인은 열녀일 필요가 없어. 그러니 너는 개가(改嫁)해도 돼. 그런데 죽다니…."

그의 탄식 뒤에 이런 말이 덧붙여져 있을지도 모른다.

"아, 이런 답답한 사람아… 이 죽음은 개죽음이야."

사기당하는 줄도 모르는 어리석은 선택

도둑을 맞거나 사기를 당하는 거나 기분 나쁘기는 마찬가지지만 사기당하는 것이 더 불쾌하고 괴롭나. 도둑맞는 것은 자신이 어쩔 수 없는 불가항력적인 측면이 있지만 사기당하는 것은 자신의 잘못이 섞여 있기 때문이다. 속임을 당한 것이긴 해도 자신의 잘못된 선택이 지금 같은 일을 초래했다는 것은 부인할 수 없는 사실이니 말이다. 내가 남의 꾐에 홀딱 넘어갔으니 '나는 바보다'는 느낌이 두고두고 불편하게 스스로를 괴롭힌다.

하지만 사기당하는 사람들이 잘 모르는 것이 있다. 도둑맞는 것만큼이나 사기당하는 것도 주의한다고 피할 수 있는 것이 아니란 사실이다. 작정하고 덤비는 사기꾼은 호시탐탐 노리는 도둑보다 더 집요하고 무섭다. 게다가 사기당하는 것이 재물 정도가 아니라 다시는 돌이킬 수 없는 것이라면 그 결과는 더 심각하다. 무거운 이야기지만 자살도 그렇다.

"설마, 누가 사람 목숨을 뺏으려고 사기를 쳐요?"

이럴지 모르겠다. 하지만 사기의 본질은 당하는 사람은 당하기 바로 직전까지 사기라는 것을 모른다는 점이다. 그것이 사기인 줄 알면 누가 넘어가겠는가. 게다가 목숨인데 말이다. 하지만 노리는 사기꾼을 피하기란 정말 어렵다.

아랍 쪽 테러리스트들이 어린 소년들에게 폭탄벨트를 채우고 자살폭탄 테러를 하도록 시킨 일이 뉴스에 가끔 나온다. 우리나라 청소년들과 또래인 소년들은 자신이 성전(聖戰)을 위해 온 몸을 산화하면 천국에서 온갖 보화에 둘러싸여 행복하게 살 것이라고 굳게 믿는다. 그래서 폭탄벨트를 허리에 두르고 나선다. 그리고 당당하게 자신들은 옳은 판단을 했다고, 좋은 선택을 했다고 믿으며 그렇게 죽어간다. 그렇게 천국에서 행복할 것이라고 말해주고 가르친 작자들은 정작 자살할 마음이 전혀 없어 보인다는 것을 미처 깨닫지도 못하고 죽어간다. 폭탄 스위치를 누르는 그 순간에도 자신이 속았음을 모를 것이다.

당연히 우리는 그 모든 사기극의 전말을 소상히 안다. 그런 꾐과 사기에 넘어가는 아수라장에서 한 발짝만 뒤로 물러나 전체를 보면 알 수 있는 것이다. 정작 폭탄벨트를 두른 아이들의 얼굴에 결연한 의지가 흐르면 흐를수록 더 참담하고 복잡한 마음에 휩싸이는 것은 바로 그 때문이다. 열녀였던 함양 박 씨를 보는 마음이 그와 꼭 같다.

여기까지 오는 동안 우리는 잠시 너무 당연하고 본질적인 물음을 잊고 있었다.

'함양 박 씨는 남편을 사랑했을까?'

죽고 사는 열녀 이야기에 정말 뜬금없이 들릴 정도로 낯선 질문이다. 하지만 이것이 본질이다. 함양 박 씨는 남편을 사랑했을까? 그래서 그가 없는 세상을 도저히 혼자 살 수 없어 자살이란 길을 택한 것일까?

미안하지만 아무리 생각해도 아닌 것 같다. 박 씨는 병으로 곧 죽을 것을 알면서도 남편 될 자와 결혼을 감행해버렸다. 사랑이 아니라 그 무엇에 의한 강박처럼 말이다. 아니 제대로 얼굴도 보지 못하고 사랑의 감정을 쌓을 겨를도 없었는데 어떻게 사랑한단 말인가?

소위 열녀들은 무엇 때문에 '열(烈)'을 지킨 것일까? 그것이 사랑이어서? 남편 된 자에 대한 도리여서? 도리라면 도리가 사랑인가? 그것은 집착일 뿐이다. 마땅히 그렇게 해야 한다고 나라가 선포하고 사회가 강요하고 부모가 용인하는 그 문화적 압력 안에서 벌어지는 이념적 협박일 뿐이다. 박 씨는 사랑을 한 것이 아니라 이데올로기와 결혼하고 이데올로기에 집착했을 뿐이다.

정절을 지키는 열녀(烈女)의 반대말은 음란한 독부(毒婦)다. 옛날에는 그 중간의 여자는 존재하지 않았다. 그러니까 열녀가 아니면 방탕하게 노는 여자란 말이었다. 그러다 보니 여성들은 독부가 되지 않기 위해 스스로를 열녀 이데올로기 속에 묶어야 했다. 정절을 지키려는 여자에게 뛰어난 미모나 육감적인 여성미는 대단히 귀찮은 거였다. 수절하는 과부들은 그래서 둘 중 하나를 택했다. 일찌감치 스스로 목숨을 끊든지, 아니면 제 모습을 가능한 한 평범하다 못해 추하게 보이도록 애써서 아예 여자라는 사실을 잊고 사는 거였다. 죽든지 아니면 무성화(無性化)하는 거였다.

이념을 스스로 내면화하고, 그 이념과 결혼한 줄도 모르고 살아가는 것을 두고 사랑이라 할 수는 없다. 집요한 집착일 뿐이다. 그것이 외부에서 전략적으로 자신에게 씌워진 사기라는 것을 모른다는 서글픈 사실이 가슴을 아리게 한다. 사회로부터 강요된 슬픈 집착이다.

집착과 도착의 페티시즘

집착은 본질을 삐뚤어지게 만든다. 사랑 때문에 시작한 집착이 오히려 사랑을 망치고 왜곡시키는 경우가 많은 것은 이 때문이다. 삐뚤어지고 탈선한 집착은 본질까지 잡아먹는 도착이 되고 만다. 왜 이런 마음, 행동, 극단적 선택까지 하게 되었는지 그 끝에 가 있는 사람은 결코 모른다. 목을 매기 직전에 함양 박 씨는 자신이 왜 목을 매야 하는지 한번 생각해 봤을까? 그랬을 리 없다. 한번 호랑이 등에 탄 것처럼 떨어질까 무서워 그냥 달려갔을 것이다. 사랑의 시작, 그 마음과 생각이 떠오르지도 기억나지도 않을 것이다. 이미 집착이 도착으로 변질되었으니 말이다.

안평대군은 운영을 사랑하지 않았다. 그 처음은 어땠을지 모르지만 그 나중은 분명 광기의 발호일 뿐이다. 인간인 운영을 인형처럼 보고 사람인 운영을 사물화시켜 도착했을 뿐이다. 운영이란 존재의 본질을 전부 인정하고 받아들인 것이 아니라 자신이 가꾸고 만들고 길러낸 것만을 집요하게 탐닉했다. 그에게 운영은 '말하는 인형'이었다. 안평대군의 행동을 사랑이라 한다면 그것은 인간을 인형으로 사물화시켜 도착하는 페티시즘(fetishism)일 뿐이다.

열녀들은 이데올로기에 집착했다. 그래서 안평대군이 사물의 페티시즘이었다면 함양 박 씨는 정신적 페티시즘에 빠져 있었다. 이념을 사랑했다. 이념이 페티시로 작용하자, 반대를 위한 반대, 논리를 위한 논리가 저절로 흘러 나왔다. 당장 죽을 남자에게 시집을 가야만 하는 정당성을 도도하게 설파해서 그 부모들의 입을 꾹 막히게 한 함양 박 씨의 말과 행동이 꼭 그렇다. 자기 스스로를 정당화하기 위한 정신적 오르가슴과 그로 인한 강한 이데올로기와의 결합을 통한 희열을 추구했던 것이다. 그것이 무엇인지도 모르고 말이다. 폭탄을 허리에 차고 천국에 가겠다는 단호하고 들뜬 눈빛이 바로 함양 박 씨에게도 있었다. 그래서 열녀 담론 속에서는 언제나 여성들이 등장해서 여성들에게 호령한다.

"이년아, 나는 했는데 왜 넌 못하니!"

죽은 귀신이 되어 돌아온 이념의 망령들이 살아 있는 꽃다운 처자들을 집단 학살하는 형국이 열녀 담론인 것이다. 박지원이 통탄하며 자책하며 비통해했던 본질이 바로 이것이다.

돌아온 귀신들에게는 그 죽음이 '혹시 옳지 않다면, 틀린 거라면, 사기당한 것이라면?' 같은 불온한 질문은 통하지 않는다. 앞서 죽어 열녀가 된 귀신들은 절대 인정하지 않는다. 그 사실을 인정한다면 자신의 과거가 허물어지기 때문이다. 돌아갈 수 없는 그 과거가 모두 사라지기 때문이다. 과거가 사라지면 그녀는 결국 아무것도 아닌 것이 된다. 자신이 아닌 것이다. 정신적이고 이념적인 페티시즘은 결국 '나의 존재의 근거'이고 '나의 존재 증명'이었던 것이다.

운영과 김 진사의 사랑은 안평대군과 함양 박 씨의 광기 어린 집착에 비하면 오히려 온건해 보인다. 그래서 그들의 사랑은 순수한 사랑처럼 여겨진다. 하지만 쉽게 목을 매는 선택을 한 운영이나 현실감각이라곤 손톱만큼도 없는 김 진사의 행동 앞에 다시 말문이 닫힌다. 게다가 이 둘은 귀신이 되어 아직도 이승을 헤매고 다닌다지 않은가. 귀신이 되어 돌아온 이들은 대체 무슨 말을 하고 싶은 것일까? 함양 박 씨의 귀에 대고 정절의 이데올로기를 느물느물 읊어대고 싶은 것일까? 아니면 자신들은 안평대군의 집요한 도착의 피해자라는 것을 하소연하려는 것일까? 사랑하는 둘이 죽어서 결국 만났는데도 그들은 둘이 손을 꼭 잡고 이 세상을 떠돌고 있다. 죽어서도 풀리지 않는 한이 대체 얼마나 크기에 그들 역시 정말 지독히도 집착하고 있다.

뭔가에 집착하는 사람들은 모른다. 다른 것을 택할 수 있다는 사실을, 다른 것이 더 아름답고 더 즐겁고 행복할 수도 있다는 사실을 말이다. 어떻게든 그런 사실을 애써 부인한다. 인정하면 자신이 파괴될 것이기 때문이다.

아무리 생각해도 집착은 사랑이 될 수 없다.

5관

사소해서 더 애틋한 사랑

옛이야기 중 지고지순한 사랑 이야기를 꼽으라면 이몽룡과 춘향의 이야기를 빼놓을 수 없다. 첫사랑으로 맺어져서 모진 고난과 핍박 속에서도 기약 없이 서울로 가버린 서방님을 기다리는 춘향의 정절과 사랑은 분명 지고지순한 사랑이라 할 것이다.

하지만 〈춘향전(春香傳)〉의 이야기가 유명한 만큼 그에 대한 반론도 만만치 않다. 춘향이가 이몽룡과 동침한 이유는 그가 남원 부사의 자제라는 것을 알고, 그를 통해 기녀의 신분에서 벗어나고자 하는 욕망이 있었기 때문이란 것이다. 그럴듯도 하다. 또 춘향이가 기녀는 아니었다고 하나 퇴기(退妓) 월매의 딸이니 어머니의 신분을 그대로 따르는 종모법(從母法)에 따라 역시 천민인데, 천민 주제에 신임 사또인 변학도의 수청(守廳)을 거절한다는 것은 반상(班常)의 기강을 흔드는 큰 문제가 아닐 수 없다. 사또 입장에서 그대로 둘 수 없는 문제였다. 그런데도 그녀는 옥에 갇혀 죽을 작정으로 항거한다. 결과야 알다시피 행복하게 끝났지만 참 무모할 정도의 사랑이다. 목숨을 걸었으니 말이다. 목숨을 건다는 것은 아무나 흉내 낼 수 없는 대단한 용기지만 문득 이런 고얀 질문이 떠오른다.

'혹시 자신이 선택한 것이 틀리지 않았다고 고집을 피우는 것은 아닐까?'

이래저래 이판사판이니 극단적 상황까지 치달은 것은 아닐까 하는 삐딱한 생각이 드는 것은 〈춘향전〉이 당대 민중의 바람을 담은 판타지적 상황이 너무 많기 때문이다. 이몽룡이 서울로 올라가자마자 과거를 보고 급제한다는 것도 그렇지만, 자기 출신 지역으로는 어사를 파견하지 않는 상피제도(相避制度)가 있는데도 불구하고 전라어사가 된다는 것은 정말 비현실적이다. 게다가 과거에 급제하자마자 곧 어사가 된 것도 그렇다. 어사란 보통 5, 6급 정도의 관리에게 제수하는 것으로, 급제하고도 최소한 3, 4년은 지나야 될 수 있었다. 아무튼 이런 삐딱한 생각들이 춘향과 이몽룡의 사랑을 지고지순하게만 바라보지 못하게 훼방해도, 그들의 사랑이 진정이었다는 것은 의심할 여지가 없다.

그래도 이런 마음은 남는다.

'그냥 맥쩍게 기다리기만 한 것이 뭐 그리 대단해?'

춘향과 이몽룡이 들으면 난리가 날 소리지만, 이런 생각은 그들 둘이 보여주는 사랑 이야기가 너무 크고 화려한 면모만 부각되어 보이기 때문이다. 암행어사 출도의 스펙터클은 멋지고 신나지만 그럴수록 둘 사이 사랑의 감정을 알기 힘들게 만든다. 아기자기하고 순수한 감정의 교감을 느끼기에 춘향과 이몽룡이 보여주는 사랑 이야기는 너무 스케일이 크다.

지고지순한 사랑이 꼭 이들처럼 큰 담론과 서사 속에만 있는 것은 아니다. 우리 모두 영화 '007' 시리즈처럼 스펙터클한 삶을 살지 않듯이 사랑 역시 피맺힌 고문을 받고 감옥에 갇혀서도 끝까지 사랑을 지키고야 마는 식으로 처절하지만은 않다. 남이 보기에 피식 웃을 정도로 사소할 수도 있다. 그렇게 작고 보잘것없다고 해서 사랑이 아닌 것은 아니다. 오히려 아기자기한 조그만 사랑이 더 순수할지도 모른다.

09

대자연이 깨닫게 해준 사랑

〈옥소선(玉簫仙)〉

여기 한 기녀와 평안감사 아들과의 사랑 이야기가 있다. 아마도 이 사랑 이야기는 춘향과 이몽룡의 이야기보다 훨씬 사실적으로 여겨질 것이다. 이 이야기는 양반들이 주로 읽고 듣던 야담집(野談集)에 실려 있는데, 이야기가 주는 진지한 감동 때문인지 꽤 여러 야담집에 두루두루 전해진다.

어느 재상이 평안감사로 있었다. 그는 자신을 따라온 외아들에게 동갑내기 어린 기녀를 붙여주어 수청을 들게 했다. 수청이라고 하면 변학도와 춘향을 떠올리며 성관계만을 생각하는데, 물론 성관계도 포함되지만 그것만이 아니라 본래 양반 곁에서 이런저런 잔심부름을 하는 것을 말한다. 물도 떠오고 옷도 다리고 소식도 전하는 등 자잘한 일들을 맡아 하며, 때로는 어깨도 주무르고 다리도 주무르고 밤에 잠자리 시중도 들었다.

아무튼 감사의 아들은 동갑인 데다가 용모가 아리따워 이 기녀를 좋아했다. 서로 마음이 맞아 잘 지내다 보니 정이 깊어지고 두터워졌다.

아버지인 평안감사는 임기가 끝나 서울로 돌아갈 때가 되자 아들이 걱정되었다. 쉽게 정을 끊고 떠날 수 있을지 염려가 된 것이다.

아들에게 붙여준 기녀는 관리들을 모시기 위해 그 관청에 부속된 관기(官妓)였다. 보통 관청의 규모와 수준에 따라 달랐지만 서너 명의 기녀와 한둘의 어린 기녀[童妓]들의 숫자가 정해져 있었고 그것은 함부로 바꿀 수 없었다. 보통 지방관으로 가서 기녀와 정이 든 관리가 사사로이 데리고 오는 일이 있으면 나라에선 그 일을 엄히 다스렸다. 그도 그럴 것이 본래의 목적인 관청에 부임한 관리의 수발을 들 수 없게 되기 때문이다. 즉, 관기들은 〈춘향전〉에서 변학도가 남원에 내려와 기생점고(妓生點考)를 한 것처럼 인수인계 때 반드시 확인해야 하는 존재였다. 냉정히 말해 관기는 관청에 딸린 부속물이기에 함부로 데려갈 수 없었다. 그래서 아버지 평안감사가 걱정했던 것이다.

그런데 걱정스러워하는 아버지의 말에 소년이 흔쾌히 대

답했다.

"한갓 풍류에 지나지 않았는데 무슨 미련이 있겠습니까."

그냥 데리고 놀았다는 말이다. 기녀 입장에서는 조금 속상하겠지만 따지고 보면 당연한 거였다. 소년은 정말 서울로 떠나는 날에도 별다른 감정이 없어 보였다. 기녀는 퍽 슬퍼했지만 소년은 무척 담담했다. 부모는 다행이라 생각했다. 사실 조선시대 대부분의 기녀와의 관계는 이렇게 끝난다. 양반 남성과 기녀의 관계는 개인적 감정이 얽히기는 하지만 공식적인 것이고 지극히 기능적이기까지 한 것이니 말이다.

그런데 이 소년은 조금 남과 달랐다. 아마도 감수성이 있는 선한 성품이었던 것 같다. 서울로 올라간 소년은 다른 양반 자제들도 그렇듯이 과거 공부에 매진했다. 요즘엔 독서실이나 고시원에 파묻혀 공부하는 것처럼 그때는 깊은 산에 있는 절에 들어가서 공부를 했는데, 이 소년도 친구들과 어울려 절에 가서 학업에 힘을 썼다.

어느 날 밤이었다. 낮부터 펑펑 쏟아지던 눈이 그치고 하얀 달빛이 뜰 안에 가득했다. 혼자 난간을 비끼고 앉아 쓸쓸히 사방을 둘러보았다. 모든 소리가 그친 듯 산천이 고요했다. 문득 대자연 속에 자신만 혼자 무리 잃은 학이 슬피 우는 것 같은 심경이 되었다. 바위틈에서 짝을 부르며 외로워하는 잔나비가 구슬피 부르짖는 것도 같았다. 그런데 이때 홀연 평양에서 같이 지내던 그 기녀 생각이 났다.

그녀의 아리따운 자태와 아담한 용모가 눈에 선하게 떠오르며 그리움이 샘솟듯 일었다. 잊으려야 잊히지 않았다. 도저히 주체할 수 없었다. 소년은 그대로 일어나 친구들이 깨지 않도록 절을 빠져나와 그 길로 평양을 향해 냅다 달렸다.

아침에 깨어난 친구들은 소년이 보이지 않자 난리가 났다. 백방으로 찾다가 소년의 집에 사실을 알렸다. 소년의 집에서 사람을 풀어 산을 이 잡듯이 뒤졌으나 찾을 수 없었고 결국 산의 호랑이에게 물려 죽은 것이라고 결론지었다.

그동안 소년은 여러 날 동안 고생해서 홀로 평양에 당도했다. 즉시 그 기녀의 집을 찾아갔다. 그녀는 없고 그녀의 어미만 있었다. 어미는 그의 행색이 초라한 것을 보고 쌀쌀맞게 대하며 반기지 않았다. 하루아침에 벼슬이 떨어져 패가망신하는 집안이 많다 보니 그 아버지 집안이 망했다고 여긴 거였다. 그녀가 보고 싶어 왔다는 말에 퉁명스럽게 대꾸했다.

"공연히 헛걸음 하셨소. 내 딸이 이곳에 있기는 하지만 신임사또 자제 분 수청을 드느라 저도 제대로 보지 못하는 형편입니다. 하물며 도련님이야… 어서 그냥 올라가세요."

그렇게 말하고는 방으로 쏙 들어가 버리고는 내다보지도 않았다. 완전히 무시당했지만 소년은 이대로 돌아갈 수 없었다. 아버지가 감사 시절 감영에서 친하게 지냈던 이방을 찾아갔다. 이방이 깜짝 놀라 그를 맞았다.

"아니 도련님, 웬일이십니까? 귀하신 몸이 천 리 먼 길을 어쩌자고 오신 겁니까?"

소년의 고백을 들은 이방은 머리를 흔들었다.

"정말 곤란해요, 곤란해. 요즘 사또 자제가 그 기생을 독차지해서 조금도 곁을 못 떠나게 해요."

그럴 만했다.

"일단 저희 집에 머무시면서 기회를 보도록 하시지요."

그렇게 이방의 집에 있는데 그의 대접이 극진했다. 그러던 어느 날이었다. 절에서 공부하던 때처럼 또 눈이 내렸다.

"도련님, 오늘 그 기생을 만날 기회가 있는데 하실 수 있겠어요?"

얼굴만 보게 된다면 죽음도 피하지 않겠다는 소년의 말에 이방은 한 가지 계책을 냈다. 눈이 많이 온 날에는 신임 사또가 종들을 시켜 감영 뜰 안의 눈을 치우게 하는데, 소년이 사또 자제의 방 앞에 쌓인 눈을 쓸도록 조치할 수 있다는 거였다.

"그때 혹시 기회를 봐서 상면할 수도 있습지요."

전 평양감사의 귀한 외아들이자 지체 높은 양반인 그를 보고 하인 옷을 입고 눈이나 치우는 허드렛일을 하라는 거였다. 하지만 소년은 흔쾌히 따랐다. 그는 상놈 복장을 하고 종들 틈에 끼어 빗자루를 들고 눈을 쓸었다. 사또 자제의 방, 그러니까 예전에 자신이 지내던 그 방 앞을 쓸며 흘낏흘낏

방문을 훔쳐봤다.

하늘이 감동해서일까. 한참 후 방문이 열리고 그 기녀가 나와 눈 쌓인 경치를 구경하는 것이 아닌가. 소년은 저도 모르게 눈 쓰는 일을 멈추고 뚫어져라 그녀를 쳐다보았다. 주변의 시간이 모두 멈춘 듯 그는 멍하니 그녀만 바라봤다.

기녀는 그런 소년을 보고 안색이 싹 변하더니 부리나케 방으로 들어가서는 야속하게도 다시는 나오지 않았다. 소년은 너무 드러내놓고 나섰음을 자책하며 속으로 자신을 끝없이 저주했다. 이방 집으로 돌아와 이방에게 앞뒤 사정을 말했다.

"도련님 너무 마음 상하지 마세요. 기생이란 것들이 본래 그런 거지요. 달면 삼키고 쓰면 뱉는 것들이지요. 너무 괘념치 마세요."

소년은 자신의 행색을 돌아봤다. 낙심이 되지 않을 수 없었다. 그리고 이젠 무엇을 할지도 몰랐다.

그런데 소년이 생각지 못하던 곳에서 일이 벌어졌다. 소년을 본 기녀는 그가 누구인지, 그리고 그가 왜 종의 옷을 입고 거기에 그렇게 서 있었는지 대뜸 알아챘다. 무슨 마음으로 서울에서 멀고 먼 이곳까지 왔는지 알게 되었다. 그녀도 소년을 만나고 싶었다. 하지만 사또 자제가 옆에 달라붙어 있어 몸을 뺄 도리가 없었다.

생각다 못한 그녀가 문득 눈물을 뚝뚝 흘리며 사또 자제에게 슬픈 표정을 지었다. 사또 자제가 그 이유를 묻자 그녀가 답했다.

“저희 집은 다른 형제는 없고 저 혼자입니다. 그래서 집에 있을 때는 이렇게 눈이 온 날 제가 직접 아버지 산소에 올라가 눈을 쓸었지요. 그런데 지금은 그럴 수 없으니 그것이 가슴 아파요.”

종들을 보내서 쓸게 하겠다고 하자, 관청의 종들을 사사로운 일에 쓰는 것은 옳지 않다며 이렇게 덧붙였다.

“이렇게 추운 날 종들에게 그런 일을 시키면 제 아버지 산소를 쓸면서 욕을 죽어라 할 거예요. 그것은 불효막심한 일이지요.”

산소가 멀지 않고 두세 시간이면 쓸고 오겠다는 말로 사또 자제를 설득하고는 드디어 몸을 빼냈다. 그녀는 집에 가서 어머니에게 소년의 행적을 물었다. 어미는 그깟 놈을 뭐 하러 찾느냐는 듯이 심드렁하게 며칠 전에 왔었다는 말을 했다.

“어머니, 어쩌면 인정이 그러실 수 있어요. 저를 보자고 천리 먼 길을 오셨는데 어떻게 그렇게 하실 수 있어요?”

집을 나온 그녀는 전에 소년이 이방과 친하게 지냈던 일을 떠올리고는 이방네를 찾아갔다. 그렇게 결국 만났다. 둘의 기쁨은 이루 말할 수 없었다. 하지만 만남은 잠시고 이별은 길 수밖에 없었다. 그녀 자신은 관에 묶인 관기이고 소년은 양반의 자제라고는 해도 아무 연고도 힘도 없었다.

결국 생각다 못한 기녀는 소년과 도망치기로 결심했다. 집으로 돌아가 모아둔 돈과 패물을 가져와서는 이방이 내준 건장한 말을 타고 깊은 산골의 외진 곳으로 사랑의 도피 행각을 벌였다. 그렇게 둘은 깊고 외진 산속에 숨어 살았다.

그러던 어느 날 그녀가 소년에게 말했다.

"저는 감영에서 도망쳤고 도련님은 부모를 배반하고 이렇게 되었으니 우리는 천하에 죄인입니다. 속죄할 길은 오직 과거에 급제하는 길밖에 없습니다. 부지런히 공부하세요. 먹고사는 걱정은 제게 맡기시고 오로지 학업에만 전념하셔야 합니다."

그러고는 값에 상관없이 널리 책을 구해서 소년이 공부할 수 있도록 뒷바라지를 했다. 소년은 부지런히 글을 읽어 과거를 준비했다. 그렇게 4, 5년이 지나고 과거를 보게 되었고, 소년이 장원으로 급제했다. 이때 소년의 아버지는 이조판서로 왕을 곁에서 보좌하고 있었다. 왕이 이조판서를 불러 말했다.

"내가 전에 듣기를 경의 아들이 절에서 공부를 하다가 호랑이에게 물려 죽었다고 하던데, 이번 과거에 장원한 자의 이름이 경의 아들과 동일하니 이것이 무슨 일이오? 게다가 그가 쓴 아버지의 이름도 경과 동일하니 어찌된 일이오?"

과거 답안지에는 자신의 이름과 함께 자신의 신분 내력인 부친과 가문을 밝히게 되어 있었다.

"비록 동명이인이 있다고는 하나 자신과 부친의 이름까지 이토록 같을 수 있단 말이오? 무슨 영문인지 알아보도록 하시오."

판서 역시 알 길이 없었다. 결국 장원급제 한 자를 불러 보니 바로 자신의 아들이 아닌가. 그에게서 지난 일을 소상히 들은 왕은 책상을 두드리며 기특한 일이라며 놀라워했다. 그리고 그의 잘못을 용서해주고 또한 기녀의 절개와 지혜를 칭찬하며 그녀를 부실(副室)로 삼게 했다.

그렇게 집으로 돌아온 그들은 행복하게 살았다. 그 기녀의 이름은 자란(紫鸞)이고, 호를 옥소선(玉簫仙)이라 했다.

흰 눈이 맺어준 순수한 사랑

이야기 내내 소년의 이름은 끝내 나오지 않는다. 《동야휘집(東野彙輯)》이란 야담집에서는 소년이 성현(成俔, 1439~1504)의 아들 성세창(成世昌, 1481~1548)인 것으로 나오지만, 본래 《동야휘집》이 특정 의도로 내용을 매끄럽게 다듬은 야담집이기에 꼭 성세창의 일이라고 집어 말하기는 어렵다. 하지만 그가 누구이든 이 소년이야말로 멋진 남아고, 진정한 사랑을 아는 로맨티스트라는 점은 틀림없다.

소년은 처음부터 그녀를 사랑하지는 않았다. 비록 가까이서 친근하게 지내고 몸도 섞었지만 단지 그뿐이었다. 자신은 사또의 자제이고 상대는 기녀일 뿐이었다. 자신은 그냥 있는 동안 편하게 마음대로 지내다가 가면 되고 그녀 역시 제 일이니 그렇게 지내면 될 뿐이었다. 계약이라면 계약이고 규칙이라면 규칙이었다. 아무리 친하게 지내고 동침했다 해도 거기에 특별한 의미를 부여할 필요가 없었다. 처음엔 그렇게 생각했다.

사람이 든 자리는 몰라도 난 자리는 안다고, 있을 때는 당연해서 모르지만 없어져 보면 얼마나 귀한 것인지 비로소 깨닫게 된다. 바로 소년에게 그런 일이 생겼다. 문득 그녀가 다르게 느껴지는 순간이 다가왔다. 그녀의 몸이 탐나서도 아니고 그녀의 향기에 취하고 싶어서도 아니었다. 그랬다면 평양까지 올라가서 그 어미에게 수모를 당하고 종의 옷을 입고 눈을 쓰는 일을 하지는 않았을 것이다. 이방의 집을 찾아온 그녀를 만나자마자 달려들어 몸을 섞자고 덤비지 않은 것만 봐도 그렇다. 소년은 앞서 본 여러 다른 남자들과 달랐다. 여성의 몸만 탐하고 취하는 것이 목적이었던 남자들이나, 몸을 차지한 후 사랑을 핑계로 책임지지 않으려는 듯한 제스처를 벌이는 자들과 분명 달랐다. 소년이 그녀와 사랑의 도피행을 벌인 후 열심히 공부한 것도 그가 그녀의 몸만을 탐한, 육체적 사랑에 빠져 이런 일을 벌인 것이 아니란 사실을 분명하게 말해준다. 소년은 더없이 진지했다.

눈이 하얗게 내린 바로 그날 밤, 소년이 그녀를 떠올린 것은 문득 여자가 그리워, 그녀의 몸이 그리워 떠올린 것이 아니다. 소년은 진정으로 미처 알지 못했던 그녀의 아름다움을, 그녀가 가지고 있는 그 깊이 있는 정감을 비로소 깨달았던 것이다. 소년이 비로소 그 순수함을 느낄 수 있었기에 자신의 처지도 잊고 그 밤으로 평양으로 달려갔고 구차스런 고생을 사서 했다.

눈이 내린 그날 밤 소년에게 대자연이 주는 순수한 정감이 밀려들어 왔다. 어두운 밤 하얀 눈이 온 세상을 덮은 고요한 밤, 달만이 하얗게 빛을 비추는 바로 그 밤, 소년의 마음속에는 잊고 있던 인간다운 순수미가 발현되었다.

이 진정한 마음은 자신이 양반이라는 것과 그녀가 천한 기녀라는 것, 자신이 물건처럼 그녀를 대하고 야멸치고 냉정하게 떠났다는 것, 그리고 자신이 지금 과거 공부를 하러 절에 올라와 있다는 것, 과거시험을 봐서 가문을 창달하고 외아들로서 부모에게 효도해야 한다는 것까지 모두 있는 그대로 보게 했다. 그것들이 얼마나 자연스럽지 못한 이상하게 만들어낸 것인지를 보았던 것이다. 대자연 앞에서 순수한 마음이 나이, 계층, 이념, 관념을 초월하게 했다. 그 모든 것을 넘어 소년은 있는 그대로의 '자기'가 되고 또 마음속의 그 기녀는 있는 그대로의 한 여성으로서의 '그녀'가 되는 거였다. 여기에는 외모, 계급 같은 것이 딸려 들어올 틈이 없고 금전의 마력이 비집고 들어올 여지도 없다. 그냥 있는 그대로의 사람과 사람, 그들 사이의 순수하고 지고한 사랑만이 있기 때문이다.

대자연이 소년의 깊고 순수한 마음을 이끌어냈고, 그 순수한 사랑이 진정한 그리움의 정을 촉발시켰다. 그래서 소년은 즉시 길을 떠났던 것이다.

많은 사람이 상대의 외모를 보고, 또 서로의 경제적 위치와 가능성을 보고 이것저것 따져서 결혼을 한다. 그것이 꼭 나쁘다고 비난하려는 것은 아니다. 하지만 그 속에 진정한 사랑이 있는지를 먼저 보는 것이 필요하다. 높은 지위에 오르는 것도 금전을 많이 모으는 것도 다 인간답게 살기 위함이다. 그런데 인간은 사라지고 그 자리를 다른 것이 차지해서 호령하며 주위에 벽을 쌓게 된다. 재물, 권력, 계급, 신분 같은 것들 말이다. 사랑이라 하지만 사랑이 되기 힘든 것은 그런 장벽을 당연하게 여기는 생각 때문이다. 사랑 앞에선 정말 부질없는 데도 말이다.

소년은 깊은 산골 절에서 눈이 하얗게 온 바로 그 밤에 그것을 깨달았다. 그래서 소년은 그 기녀가 자신이 아닌 신임 사또의 자제와 그토록 친밀하게 붙어 있는 것을 보고도 질투나 악감정이 생기지 않았다. 그녀를 향한 진심이 사그라들지도 않았다. '기녀이니 어쩔 수 없이 일을 해야겠지.' 하는 이해심도 아니고, '지금은 그렇지만 나에게 오기만 해봐라.' 하는 질투와 절치부심도 아니었다. 그냥 그녀가 있는 그대로 좋고 아름답고 사랑스러운 거였다.

그래서 그는 사랑의 도피를 했고 또 책임감을 느꼈다. 사랑하기에 책임감이 생긴 것이다. 그는 쉬운 길을 택할 수도 있었다. 아버지는 평안감사를 역임했고 도피 행각을 벌인 당시에도 아버지는 고위직에 재직 중이었다. 아버지에게 가서 그녀를 첩으로 삼겠다고 하며 도망친 것을 빌면 해결될 일이었다. 아버지는 귀한 외아들이 기녀와 정이 깊이 들어, 나중에 헤어질 때 곤혹스러울까 봐 걱정할 만큼 인자한 사람이었다. 꾸중을 심하게 듣기는 해도 큰일이 벌어질 정도는 아니었다. 관기인 그녀의 문제도 어렵지 않았다. 그녀 대신 다른 여자를 물색해서 관기로 충원시키면 되었다. 아버지는 재물도 있고 권력도 있었다. 그런 정도의 일은 번잡하기는 해도 어렵거나 불가능한 일은 아니었다. 하지만 소년은 그러지 않았다. 그것은 자신의 사랑에 대한 책임 있는 행동이 아니기 때문이다. 자신을 믿고 무단이탈을 한 그녀를 향해서도 부끄러운 일이었다.

소년은 쉬운 길 대신 어려운 길을 택했다. 과거 공부에 매진한 것이다. 말이 쉬워 과거 급제이지 똑똑한 자들도 수십 번 낙방하는 경우가 부지기수였다. 그래도 그 길을 택했다. 자신의 사랑에 대해 스스로 부끄럽지 않기 위해서였다. 자기 사랑에 발전적인 방향으로 책임지려는 거였다. 마지못해 시늉만 하는 것이 아닌 진정한 사랑의 책임 말이다.

진지하게 책임지려 한다고 모두 성공하는 것은 아니다. 하지만 부끄럽지는 않다. 실패해도 상관없다. 자신이 택한 선택의 결과가 꼭 아름다워야 떳떳하고 당당한 것은 아니다. 스스로 마음의 중심을 세우는 것이 중요하다.

소년이 앞서 본 많은 남자들과 가장 다른 점이 바로 이런 마음가짐이다.

춘향이인가? 옥소선인가?

소년이 그토록 사랑한 기녀 옥소선에게는 무슨 아름다움이 있었을까? 무엇이 있기에 그토록 소년이 그녀를 사랑했을까?

춘향보다 옥소선이 더 나은 점이 하나 있다. 그녀는 소년을 다독이며 그가 앞으로 나갈 길을 제시하고 격려했다. 그리고 소년을 위해 최선을 다해 노력했다. 도피 행각을 벌인 것도 그렇지만, 현실에 안주하지 않게 격려하며 과거를 보도록 앞길을 제시했다. 생활이 궁핍하지만 아무리 비싸도 반드시 책을 구해서 소년을 뒷바라지했다. 그 결과가 어찌 될지 자신도 모르지만 온 힘과 노력을 기울였다. 소년이 중도에 포기할 수도 있고, 소년이 결국 잘 된 후에 자신을 버릴 수도 있었다. 사실 그런 일이 세상엔 꽤 많다. 직장 다니며 남자친구 고시공부 뒷바라지했더니 판사나 검사가 된 후 이름 있는 집안 여식과 결혼했다는 이야기가 1980, 1990년대만 있는 일이 아니다. 그래도 옥소선은 최선을 다했다. 자신의 이기적인 욕망만이라면 그와 함께 지내는 편이 가장 좋았을 것이다. 하지만 그녀는 자신이 아니라 사랑하는 그를 위해 최선의 방법을 강구했다. 목숨을 걸고 수청을 들지 않겠다며 옥에 갇혀서도 이몽룡을 기다린 춘향도 대단하지만, 내 생각엔 옥소선이 더 나아 보인다.

옥소선을 두고 당시 사람들이 이렇게 말했을 지도 모른다.

"어머, 재는 무슨 복이야? 호박이 넝쿨째 굴러 들어왔네."

하지만 우리는 안다. 호박이 넝쿨째 굴러 들어온 것이 아니라, 씨를 심고 잘 키우고 가꿨다는 것을 말이다.

춘향이를 두고 당시 사람들은 누구도 대박이 터졌다고 말하지 않았다. 그녀의 목숨을 건 사랑과 노력을 모두 다 보았으니 말이다. 하지만 옥소선의 노력과 사랑의 정성은 잘 보이지 않기에 선망과 질시가 섞이기 쉽다.

춘향이는 이몽령을 기다렸다. 그것이 그녀의 최선이었다. 이미 떠난 이몽룡을 기다리는 것 외에 그녀가 할 수 있는 다른 일은 없었다. 옥소선은 자신을 찾아온 소년과 함께 위험을 무릅쓰고 사랑의 도피를 감행했다. 그리고 소년을 독려하고 온 힘을 다해 뒷바라지를 했다. 그것이 그녀가 할 수 있는, 그리고 해야만 하는 최선이었다.

둘 중 누가 더 뛰어난가 하는 소모적인 신경전은 무의미하다. 각기 그녀에게 주어진 최선을 다했다는 것만은 분명하니 말이다.

다만, 춘향이처럼 스펙터클한 일보다 옥소선처럼 보이지 않는 사랑의 노력이 세상에 더 많다는 것만은 틀림없다.

10

겁박에도 흔들리지 않은 사랑

〈윤지경전(尹知敬傳)〉

사랑하는 사람과 결혼해야겠지만 세상이 꼭 그렇지만은 않다. 별 다른 감정 없이 결혼했지만 살다보니 정이 새록새록 쌓이는 경우도 있다. 이혼하는 커플이 모두 사랑 없이 결혼한 경우 같지만 사실 그렇지 않다. 좋아서 결혼하고도 헤어지고, 떠밀려 별 마음 없이 결혼했지만 죽어도 헤어질 수 없는 사이가 되기도 한다. 시작이야 어찌 되었든 사랑이란 어떻게 이루어가는가가 결국 핵심인 것이다.

조선 중종 때를 배경으로 사실인 양 교묘하게 꾸며낸 소설 〈윤지경전(尹知敬傳)〉이 있다. 윤지경이란 남자가 등장하는 이 이야기는 어떻게 사랑하고 어떻게 사랑을 이어가야 하는지에 대해 좋은 실마리를 제공한다.

윤지경의 결혼 생활은 그야말로 지뢰밭으로, 산 넘고 산 넘어도 또 큰 산이 버티고 막아서는 격이었다. 그의 결혼은 시작부터 폭탄이었다. 왕이 작심하고 결혼을 방해하고 나섰으니 말이다.

중종 때 재상 윤현의 셋째 아들 윤지경은 총명했다. 열여섯에 벌써 진사가 되어 주위에 구혼하는 사람들이 많았다. 그런 그가 최 참판의 소생인 최 소저를 보고 한눈에 반한다. 서로 격이 맞는 집안이었기에 순조롭게 두 집안의 허락으로 윤지경은 최 소저와 혼약한다. 그렇게 결혼해서 행복하게 살 참인데 뜻하지 않은 일이 발생한다. 왕의 빈인 경빈 박 씨가 왕에게 압력을 넣어 제 소생인 연성옹주와 결혼하도록 강요한 것이다. 왕도 평소 윤지경의 성품과 능력을 알고 있기에 적극적으로 나섰다.

하필이면 그날이 윤지경과 최 소저가 혼례를 올리는 날이었다. 막 혼례를 올리려는데 윤지경에게 입궐하라는 왕의 명령이 내려온다. 그가 궁으로 들어가자 왕은 최 씨와는 파혼하고 연성옹주와 결혼하라고 명했다. 왕의 말은 곧 법이었다. 쉽지 않은 상황이었다. 게다가 옹주와 결혼하는 것은 자신에게도 나쁘지 않았다. 그런데 윤지경은 이미 최 소저와 결혼했음을 이유로 거절한다.

"신이 옹주와 결혼하면 최 씨 여자는 청춘과부가 될 터인데, 이것이 어찌 어진 임금의 은혜라 하겠습니까."

감히 자신에게 대들다니, 왕은 분노하지 않을 수 없었다. 즉시 감옥에 가두었지만 윤지경은 요지부동이었다.

큰 화를 부를 상황이 되자 최 소저의 아버지인 최 참판과 윤지경의 아버지 윤현이 결국 서로 합의하여 파혼한다. 조선 시대 결혼은 부모들끼리의 약속이니 가능했다. 그리고 신하들이 거듭 왕에게 하소연하는 형식을 빌어 윤지경이 옥에서 풀려난다.

이제 파혼이 되었으니 윤지경이 최 소저와의 혼인을 들어 반대할 명분도 없었다. 결국 그는 억지로 왕의 딸인 연성 옹주와 결혼해 부마가 되었다.

하지만 윤지경은 옹주를 거들떠보지도 않는다. 그리고 파혼한 최 소저를 찾아간다. 서로 사랑을 확인한 상태였고 또 결혼식을 올리던 중이었으므로 둘은 스스럼이 없었다. 윤지경은 그렇게 최 소저의 방에서 밤을 새우고 아침에 조정에 출근하는 생활을 시작했다.

이를 알게 된 경빈 박 씨가 분노한다. 왕에게 고자질을 하고 왕은 윤지경을 크게 꾸짖지만 생활과 태도를 바꾸지 않았다. 억지로 옹주와 결혼은 시켰지만 신랑 신부가 방에 들어가는 것까지 강요할 수는 없었다.

결국 윤지경의 아버지와 최 소저의 아버지가 다시 한 번 공모한다. 이번에는 최 소저가 죽었다고 거짓말을 하고 그녀를 멀리 보내 숨겨버린다. 윤지경을 속이려고 거짓 장례까지 치른다. 아예 마음을 끊어버리려는 거였다.

윤지경이 땅을 치며 통곡했고, 그는 그녀를 위해 삼년상까지 치른다. 그러고도 그녀를 잊지 못해 매일같이 그녀가 거처하던 곳을 배회하며 눈물로 세월을 보냈다. 이 정도면 아무도 막지 못할 지경이다. 그의 그런 모습에 가슴 아파한 최 참판의 처조카가 결국 진상을 알려주었고, 그렇게 둘은 다시 만나게 되었다.

도무지 식지 않는 윤지경과 최 소저의 사랑에 격분한 왕은 옹주를 박대한 죄를 들어 윤지경과 최 소저를 각각 멀리 귀양을 보낸다. 그렇게 둘은 어쩔 도리 없이 또다시 떨어져 지내게 되었다.

그 즈음 궁중에 흉흉한 일이 일어나 주모자를 찾아보니 바로 경빈 박 씨였다. 왕은 경빈 박 씨를 처형하고 그 주변 사람들을 모두 귀양 보냈다. 윤지경에게 시집간 옹주 역시 박 씨의 소생으로 벌을 받아 귀양을 가게 되었다. 반대로 윤지경과 최 소저는 유배에서 풀려 돌아오게 된다.

귀양지에서 돌아온 윤지경은 최 씨를 부인으로 정식으로 맞아들인다. 그리고 왕에게 옹주가 경빈 박 씨의 딸일 뿐이지 흉계에 참여한 것이 아니니 옹주를 풀어달라고 상소한다. 그렇게 돌아온 옹주까지 맞이하여 셋이 함께 행복하게 산다.

섬세한 사소함이 사랑이다

억지로 하는 결혼을 좋아할 사람은 없다. 마음이 움직여야 하는 사랑을 두고 강요한다는 것은 어리석은 일이다. 하지만 조선시대에 결혼은 사랑 같은 감정과는 전혀 상관없는 정략결혼이었다. 처는 그냥 받아들이는 것이고 사랑은 첩과 이루면 되는 거였다. 막장 TV 드라마에 등장하는 재벌 집 같은 이야기이지만 그것이 현실이었다. 혼자만 그렇게 억지 결혼을 한다면 속상할지 모르지만 그 시대에는 누구든 그러니 그 때문에 마음 상할 것도 없었다.

이러니 결혼할 상대가 좋은 문벌이면 문벌일수록 좋은 거였다. 그런데 윤지경은 왕가와의 혼사를 거부했다. 더욱이 왕이 직접 나서서 권유하는데도 대뜸 거절했다. 따지고 보면 왕의 요구는 나쁜 것이 아니었다. 임금인 자신의 딸과 결혼하여 부마가 되란 것은 일종의 은혜요, 복이다. 하지만 그는 단호하게 거절한다. 왕정시대에 왕에게 그렇게 대드는 것은 목숨이 열 개여도 모자란 행동이다. 잔인무도한 독재자 면전에서 독재자를 비난하는 것만큼이나 무모한 짓이다. 하지만 윤지경은 서슴없이 그렇게 행동한다.

그렇게 결혼을 거부했던 일차 원인은 옹주의 모친 경빈 박 씨의 음험함을 잘 알기 때문이었지만, 가장 중요한 이유는 최 소저를 사랑하는 마음이 컸기 때문이다. 최 소저를 향한 간절한 마음이 있었기에 두려운 왕의 겁박에도 저항했던 것이다.

최 소저의 어떤 면모가 그토록 윤지경의 마음에 매혹적이었는지는 궁금할 만큼 윤지경의 사랑은 절대적이었다. 한시도 최 소저와 떨어지고 싶어 하지 않았다. 그녀가 죽었다는 말을 듣고는 삼년상을 치르기까지 하고, 그러고도 잊지 못해 밤낮 통곡하며 지내는 것이 바로 그런 마음이다. 이런 그의 마음과 행동은 단순히 순간적인 충동에 따른 사랑이 아니라 진심에서 우러난 절대적 사랑이었다.

사실 이 이야기에서 잘 이해되지 않는 사람은 최 소저다. 윤지경은 그렇다고 쳐도 최 소저는 너무 과도하다. 윤지경이 남편인 것이 맞지만 왕의 개입으로 둘은 결혼이 완전히 틀어져버렸고 부모들이 합의하에 파혼했다. 그런데 최 소저는 옹주와 결혼한 윤지경이 자신을 찾아오자 스스럼없이 받아들였다. 음…, 아무래도 문제가 있다.

최 소저는 막돼먹은 여인도 아니고 그렇다고 평민 여자도 아니었다. 예의와 도덕, 염치를 아는 자였고 성현의 글을 읽어 현숙한 법도를 아는 여인이었다. 그런데 파혼한 것이 분명한 상황에서 남의 남편이 된 남자와 동침하고 날마다 붙어 지내다니, 이것은 아무리 좋게 봐도 옳다고 할 수 없다. 정확하게 말하면 간통인 것이다.

하지만 최 소저는 윤지경이 오는 것을 금하지 않는다. 아버지가 거짓으로 죽었다고 소문내고 장례를 치른 후에 그녀를 숨겼다. 그녀는 윤지경을 만나고 싶어도 그러지 못했다. 하지만 진상을 알게 된 그가 찾아오자 또다시 그를 맞아들였다. 이는 윤지경의 부인인 옹주를 무시하는 것은 물론이고 나아가 왕을 능멸하는 행동이었다. 그래서 윤지경이 귀양 갈 때 그녀도 귀양을 가게 된 것이다. 사실 죽지 않은 것만 해도 왕이 크게 선처한 거였다. 이렇게 당장 끌려가 목이 떨어져도 어느 누구 하나 대신 변명해줄 수 없는 일을 벌이다니, 총명한 그녀가 모를 리도 없는데 대체 무슨 생각이었을까?

당연히 그녀는 왕과 주변 사람들의 이목을 속일 수 있다고 착각한 것은 아니었다. 그녀는 자신이 윤지경의 정당한 부인이라 생각했다. 왕이 권력으로 압박해서 결혼을 깨뜨린 것이 옳지 않다고 생각했다. 그래서 항거했다. 집안에 갇히다시피 한 사대부 여자이니 남편을 찾아갈 수는 없었고, 파혼 결정에 참여할 수 없었고, 죽었다고 남편을 속이는 것도 막을 수 없었다. 하지만 그녀는 자기가 할 수 있는 항거를 했다. 목숨을 걸고 윤지경을 받아들인 것이다.

그녀는 옹주가 자신의 사랑을 빼앗아 갔다고 생각하지는 않았다. 눈앞에 벌어진 이 문제적 상황은 자신과 옹주의 문제가 아니라 세 사람이 손쓸 수 없는 높은 곳에서 벌어지는 권위적이고 폭력적인 문제임을 분명히 알았다. 옹주를 질투한 것도, 시기한 것도 아니다. 오히려 그녀의 처지를 이해했다. 그녀 역시 폭력적 상황의 피해자였던 것이다. 그랬기에 윤지경을 통해 왕에게 옹주를 위해 직간하게 했고 옹주와 함께 셋이 행복하게 살았다.

최 소저는 옹주를 질시해서 바람피우듯 윤지경을 받아들인 것이 아니라, 목숨을 걸고 권력의 부당한 압력에 저항했다. 사랑을 깨뜨리는 간통이 아니라 사랑을 깨뜨리라고 윽박지르는 폭력에 저항한 것이다.

물론 최 소저는 자신이 정당한 부인이기에 이렇게 행동한 것이다. 하지만 세상 모든 이들이 춘향이가 될 수 없는 노릇인데, 최 소저의 이런 사랑의 힘이 무엇일지 궁금하다. 대체 윤지경의 어떤 점이 좋아서 그렇게 목숨까지 내버릴 정도가 된 것일까?

우선 윤지경이 절대 권력인 왕에게 대들 정도로 자기편이 되어준 것에 대한 감동이 한 부분을 차지할 것이다. 목숨까지 걸고 자기를 사랑해준 남자라면 자신도 목숨을 걸 만하다고 생각했으리라. 분명 윤지경은 호쾌한 남자 중에 남자니 말이다.

하지만 그것이 전부가 아니다. 그의 놀라운 매력은 그렇게 겉으로 드러나는 것이 전부가 아니라, 남들은 쉽게 눈치채지 못하는 곳에 숨어 있다. 그리고 그 윤지경의 매력에 완전히 매료된 최 소저는 그와 함께라면 저승길이라도 손잡고 걸어갈 마음이 되었다. 윤지경의 매력은 사소한 일상생활에 있었다. 그는 소소한 일을 잘 챙겼다. 그것이 바로 매력의 핵심이었다. 그는 남자 중에 남자였지만 작은 것에도 섬세하고 예민했다.

어느 날 왕이 윤지경에게 더 이상 최 소저를 만나지 말라며 억압하기 위해 사신을 보냈다. 그때 윤지경은 심드렁하게 왕의 사신을 대하며, 아녀자들이 하는 일인 명주실 꾸러미로 실을 잣는 일을 최 소저와 같이 앉아 했다. 그가 최 소저와 그런 일을 한다는 것을 전해들은 왕은 분노하던 마음에도 불구하고 그만 피식 웃어버린다. 화를 푼 것이다.

아마 요즘은 바느질은커녕 집에 실이 없는 집도 있어 잘 모르겠지만, 예전에는 뽑아낸 실이 뭉치로 헝클어져 있을 때 한 사람이 양손을 벌리고 그 두 손을 얼레 삼아 실을 길게 칭칭 감으며 정리했다. 그러니까 한 사람은 두 손을 30센티미터 정도 눈앞에 벌리고 다른 사람이 뭉쳐진 실 가닥을 가져다가 풀면서 벌린 두 손 사이를 왔다갔다 하며 둥그렇게 실타래를 만들었다. 그렇게 둘이서 실을 정리하는 것이다. 본래 실을 잣는 것은 순전히 여성의 일인데, 그런 일을 고관대작이자 부마인 윤지경이 최 소저와 함께 하고 있었던 것이다.

그것은 엄청난 파격이었다. 도저히 있을 수도 없고 생각할 수도 없는 일이었다. 독도가 우리 땅인 것이 당연한 것을 굳이 말하지 않아도 아는 것처럼 남존여비(男尊女卑)가 당연하기에 따로 말하지 않아도 되는 시대에, 여성들의 일을 남성이 그것도 아내의 일을 남편이 같이 한다는 것은 눈이 확 떠질 만큼 놀랄 일이었던 것이다. 왕이 분노하기보다는 어처구니없다는 듯 피식 웃어넘기고 만 것은 그 때문이다.

지금은 집안일을 아내와 함께 하는 남편들이 많을 테니, "그깟 것이 뭐가 대단하다고?"라고 할 수 있겠지만, 1980년대만 해도 "부엌에 얼씬거리면 고추 떨어진다."라고 엄포를 놓는 할머니와 어머니들이 서슬 퍼렇게 살아계셨다는 것을 상기해보라. 여자 일을 대신하거나 같이 하기는커녕 여자들이 일하는 곳에 알짱거리기만 해도 큰일 나는 때였다. 그런 상황인데, 더 먼 옛날 조선시대 윤지경은 최 소저와 함께 앉아 손을 벌리고 실 잣는 일을 함께했던 것이다. 윤지경은 시대를 앞서간 섬세한 로맨티스트였다.

그는 귀양을 가 있을 때 더 큰 파격을 벌였다. 보통 양반들이 귀양을 가면 글을 읽거나 책을 저술하는 일을 했다. 귀양지에서 놀랄 만한 업적을 이루어낸 다산(茶山) 정약용(丁若鏞, 1762~1836)이 대표적이다. 그렇게 책을 읽거나 저술하지 않으면 주변 고을의 아이들을 가르치거나 산천을 둘러보며 시를 읊조리는 일을 했다. 한마디로 양반다운 고상한 일을 했다.

그런데 귀양 간 윤지경은 그런 일들을 다 버려두고 딱 한 가지 일에만 몰두했다. 그것은 바로 '서답' 만들기였다. 서답이란 지금으로 말하면 생리대다. 지금은 일회용 생리대가 있지만 그런 것이 없던 조선시대에는 갓난아이 천 기저귀처럼 생긴 생리대를 만들어 썼다. 적당한 크기로 천들을 잇대어서 두툼하게 만들어 사용했는데, 천 기저귀가 그렇듯, 서답은 한 번 쓰고 버리는 것이 아니라 빨아서 다시 썼다. 말귀를 알아들을 정도가 되면 여자아이들은 바느질을 배우기 시작하는데 시집가서 옷을 짓고 이불을 만들어야 하기에도 그랬지만 더 근본적인 것은 적어도 자기 서답은 자기가 만들어 써야 했기 때문이다. 생리를 시작하면 한 번에도 여러 개가 필요하고 또 빨아서 쓴다 해도 영구적인 것이 아니기에 서답 만드는 일은 여성에게 중요한 일이었다. 그래서 여자아이들은 결혼 전에 서답을 만드는 바느질 훈련을 했다. 남자들은 잘 모르고 알 수도 없는 그런 일이었다.

일회용 생리대를 쓰는 요즘도 대부분의 남편들은 부인의 생리대를 자신이 사지는 않는다. 간혹 그런 경우가 있기도 하겠지만, 웬만하면 부인들도 남편에게 생리대 심부름을 시키지는 않는다. 정말 가까운 사이긴 하지만 남우세스럽다고 생각해서다. 그런데 그 옛날, 케케묵은 생각들로 온 사회가 찌들어 있던 그때, 윤지경은 부인의 서답을 직접 만들어서 사람 편에 시켜 최 소저에게 보냈다. 입이 떡 벌어질 만한 일이었다.

이 정도로 자상한 남자가 있다면 지금도 홀딱 반할 만한데, 조선시대 여인 최 소저가 어찌 윤지경에게 푹 빠지지 않겠는가. 귀양이 아니라 당장 목이 달아나도 그와의 사랑을 절대 놓지 않았을 것이다.

윤지경의 사랑은 왕에게 항거하여 멋지고 호탕한 것은 물론이고 이렇게 작고 세밀한 부분도 놓치지 않고 일일이 챙기는, 그야말로 안팎이 충실한 사랑이었다. 그는 돈 좀 벌어온다고 집에서 거드름 피우는 남자도 아니고 설거지하고 청소하고 애들과 놀아준다고 바깥일은 속 터지게 하는 찌질이도 아니었다. 헛소리만 펑펑 치는 떠버리도 아니고 소심한 좀팽이도 아니었다. 이러니 어느 여자가 좋아하지 않겠는가.

기다리고 들어주고 웃어주기

연예인이나 스포츠 스타들의 이혼 소식이 들려올 때마다 그들도 역시 사람이구나 하는 생각이 든다. 겉으로 보이는 것과 달리 그들도 속이 많이 복잡하겠구나 하는 생각에 미치며 그래서 오히려 일반인들보다 더 힘들겠구나 하는 안타까움이 겹친다.

그들이 이혼하는 이유는 여러 가지다. 언제나 느끼는 거지만 글로 적다 보면 특히 이혼서류 같은 공식 서류의 빈칸에 뭔가를 채워 넣다 보면 실상보다 '성격 차이'나 '서로 맞지 않아서' 같은 낱말이 너무 단순하다는 느낌이 든다.

누군가는 그 '성격'이 개성이나 취향을 뜻하는 성격이 아니라, 둘이 뒤엉켜 벌이는 성격이라고 비꼬지만 꼭 그런 것만은 아니다. 마음이 안 맞는 것이 가장 큰 문제다. 하지만 그 맞지 않는 마음이란 것을 몇 마디 낱말로 꼭 집어 말하려니 여간 어려운 것이 아니다. 사실 그렇게 뭐라고 딱 말하기 어렵게 된 것부터가 문제이긴 하다.

연예인들의 이혼 사유는 들쭉날쭉한 스케줄 때문에 부부가 같이 할 시간이 부족해서가 아닐까. 물론 둘이 같이 있을 시간이 절대적으로 부족하고 서로의 시간대가 달라 얼굴조차 보지 못하는 것도 이혼하는 하나의 사유가 될 것이다. 하지만 꼭 그런 것은 아니다. 같이 있는 시간이 절대적으로 부족해서 이혼하는 것 같지만 실은 그 반대일 수 있다.

연예인이나 프로 선수들과 결혼한다고 마음먹었을 때, 이미 그렇게 같이 지낼 시간이 부족할 것은 어느 정도 예상하고 있었다. 당연히 감내할 생각이 있었기에 결혼했을 것이다. 그런데 결혼해보니 생각보다 못 견디게 힘들고 괴로울 수 있지만 그 때문에 이혼이란 극단적 결정을 하지는 않는다. 같이 할 시간이 부족한 것이 영원히 한도 끝도 없이 이어질 것도 아니니 말이다. 어느 누구든 힘들어도 결혼 생활을 이어가려 하지 깨뜨리려 하지는 않는다. 외적으로 주어진 상황은 시간이 지나면 좋아질 것이라고 누구든 믿는다. 무엇보다 남편이나 아내가 밖에서 열심히 일하는 것이 꼭 제 자신만을 위한 것이 아님을 알기에 혼자만의 시간을 감내하며, 오히려 밖에서 고생하는 상대에게 연민의 감정까지 품는다.

정말 같이 할 시간이 부족해 이혼하는 것은 아니다. 시간이 부족하기 때문이라면 이 세상에 결딴 날 가정이 한둘이 아니다. 주말 부부는 모두 당장 이혼해야 할 테니 말이다.

정말 심각한 문제는 같이 지낼 시간이 없어서가 아니라, 같이 있는 시간에 함께 할 일이 없어서 일어난다. 며칠 만에 만났는데, 그리운 그를 만났는데, 막상 할 것이 없는 것이 문제다.

"건강은 괜찮죠?"

"애들은 별일 없지?"

"식사는?"

"괜찮아."

이런 몇 마디 의례적인 말을 나누고는 서로의 입이 꾹 닫히는 것이다. 경험이 있는 사람은 다 알겠지만 매일 보는 사람들끼리는 할 말이 무궁무진하다. 그러나 가끔씩 만나는 사람들끼리는 사실 할 말이 별로 없다. 어제 보고 오늘 보면서도 무슨 수다를 그토록 떠느냐고 하겠지만 정말 샘솟듯 이야기가 끊임없이 이어진다. 하지만 가끔 보는 사람은 정말 할 말이 없다. 사랑하지 않아서가 아니라 사랑하는 사람들끼리도 그렇게 데면데면해진다. 이유는 뭔가 소통할 그들 사이에 이야깃거리가 없고, '스토리'가 생기지 않다 보니 그야말로 입이 콱 막히는 것이다. 겨우 한다는 소리가 애들 학교 성적, 집안 분위기 같은 민감한 것들에 대한 것이고, 말하다 보니 따지는 말이 되고 지적질이 되어버린다. 그 결과, 말하는 사람도, 듣는 사람도 모두 마음이 푹 상한다. 그리고 각기 침대에 등을 돌린 채 누워 생각한다.

'뭐가 이리 힘들지…?'

몇 번 이런 일이 반복되면 그 불편한 상황 때문에 스트레스를 받는다. 차라리 일을 하는 편이 낫다고 생각한다. 영화나 드라마를 찍으러 멀리 로케를 떠나 있는 것이 더 홀가분하고, 시즌이어서 동료 선수들과 합숙하는 것이 더 편하다는 생각을 한다. 그렇게 일과 익숙해진다. 정확하게는 바깥과 친해진다. 그러다 집으로 돌아가야만 하는 때가 오면 문득 불편해진다. 어떤 때는 정말 피하고 싶을 정도로 괴로워진다. 자신이 왜 그런지도 잘 모른 채, 그 불편함과 괴로움의 이유를 결혼한 상대방에게서 찾는다. 정작 본질은 따로 있는데 말이다. 그들은 같이 할 시간이 없어서가 아니라 같이할 시간을 메울 방법이 없어서 힘든 것이다. 아이디어가 없는 것이다. 그런데 그 사실조차 모른다.

생각해보면 자신이 한 일이라곤 밖에서 하는 일이 다였다. 그러다가 새로운 환경인 집에서 새로운 일을 하려니 힘든 것이다. 그래서 찾은 대안이 집에 오면 그냥 잠을 자든지 어떻게든 회피하려 한다. 친구들을 만난다며 나가버리는 것이 대표적인 수법이다.

이러니 오랫동안 집에서 홀로 기다리던 사람은 힘이 쪽

빠진다. 같이 있을 시간이 되었는데도 그는 밖으로만 도니 말이다. 같이 앉아도 같이 말을 나눠도 마음은 허공을 헤맨다.

이렇게 되면, '언제까지 이래야 하지?'부터 '왜 나는 결혼했지?'까지의 스펙트럼 사이에서 무수한 질문을 스스로 하게 된다. 결혼한 이유와 의미가 사라졌기 때문이다.

이런 상황이 되지 않으려면 한 가지 방법밖에 없다. 둘이서 뭔가 해야 한다. 무엇을 해야 할까? 가장 쉬운(?) 것은 물론 성(性)이다. 하지만 만날 그럴 수는 없다. 그럴 힘도 없고 벌건 대낮부터 대체 몇 번이나 하잔 말인가. 그리고 그것만 하면 쉽게 물린다. 함께할 새로운 뭔가를 찾아야 한다.

꼭 집지 말고 아무거나 뭐든 하면 사실 된다. 영화를 함께 보는 것도 좋다. 게임을 같이 하는 것도 괜찮다. 산책이나 등산, 낚시도 좋다. 하다못해 보드게임이나 화투도 좋다. 그도 아니면 같이 음식을 만들어 먹고 동네 마트에 가서 시식코너를 누비든지, 같이 만화책이라도 보고 뒹굴어라. 그도 아니면 뜨개질이라도 같이 배워서 서로 목도리를 짜주는 것도 좋다. 윤지경은 실을 같이 감아주고 생리대를 만들어주지 않았던가. 윤지경도 고리타분한 유교적 소양으로 그득한 남자였다. 하지만 그는 명민했다. 여자의 마음을 사로잡는 법을 알았다. 그래서 윤지경을 향한 최 소저의 애정은 언제나 따끈따끈했던 것이다.

일상의 소소한 즐거움을 나누는 것이야말로 사랑의 필수

요건이다. 거기서 스토리가 생겨난다. 사랑 이야기가 샘솟는 것이다.

이런 것이 다 어렵다면 정말 마지막 방법이 있다. 그냥 상대의 말을 무작정 그냥 들어주라. 당연히 하찮은 이야기로 들릴 테고 또 사실 중요한 이야기도 아닐 것이다. 그래도 들어라. 그렇게 들어주는 귀를 갖는 것이 지혜이자 현명함이다.

〈성경〉에 나오는 솔로몬 왕은 역대 최고의 지혜를 지닌 왕이다. 그가 하나님에게 제사를 지내자 하나님이 그에게 소원이 무엇이냐고 물었다. 그때 솔로몬이 왕으로서 백성을 다스릴 '지혜'를 달라고 했고 그 대답에 흡족한 신은 그에게 지혜를 주었다. 하지만 원문을 자세히 살펴보면 솔로몬이 원했던 것은 지혜가 아니라 '듣는 마음'이었다.

> "누가 주의 이 많은 백성을 재판할 수 있사오리이까. 듣는 마음(discerning heart)을 종에게 주사 주의 백성을 재판하여 선악을 분별하게 하옵소서."
>
> —〈열왕기상〉 3장 9절

그러자 신이 '지혜'를 주었던 것이다. 즉, 남의 말을 귀담아 듣는 마음이 곧 진정한 지혜인 것이다.

오랜만에 사랑하는 이를 만난 당신이 무엇을 할지 몰라

갈팡질팡한다면, 지혜로운 자가 되라. 그냥 듣는 귀를 열고 한없이 들어주고 웃어주라. 잘 몰라도 그냥 미소를 지어주면 된다.

너무 하찮다고? 별것 아닌 것 같다고? 당신은 정말 뭔가 모르는 사람이다. 사랑이란 것이 왕 앞에 나서서 자기 여자를 변호하고 두둔하고 목숨을 거는 엄청난 일이라고만 생각하는 당신은 아직도 구제불능이다. 사랑은 그런 것만이 아니다. 오히려 사랑은 늘 작고 소소한 일상 속에 존재한다. 사소함 안에 진정성이 있기 때문이다.

이것이 사실 사랑의 핵심이다.

6관

은폐된 사랑

강간을 사랑이라고 생각하는 사람은 지구상에 단 한 명도 없을 것이다. 머릿속에 나사가 몇 개쯤 풀리지 않고서야 어느 누가 그것을 사랑이라 하겠는가. 강간범도 제 짓거리를 사랑이라고 말하지는 않는다. 범행을 호도하려고 파렴치하게 변명할 때를 빼고는 말이다. 강간은 사랑이 아니라 폭력이다. 강간범도 피해자도 우리 모두가 다 그렇게 생각한다.

그런데 묘한 것이 있다. 강간을 사랑해서 저질렀다는 데에 절대로 동의하지 않을 사람들도 어떤 상황에 따라서는 강간을 호도하고 정당화한다는 점이다. 그러니까 강간인데도 그것을 사랑이라고 착각하는 사람들이 적지 않다는 말이다.

미리 말하지만 지금부터 할 이야기는 옛날에만 있던 일이 아니다. 마음이 번잡하고 심란해지기에 요즘 우리 주변의 일을 일일이 예로 들지는 않을 생각이지만, 이 옛이야기들을 잘 따라가다 보면 지금도 이런 은폐된 강간이 폭력적으로 횡행한다는 사실에 소스라치게 놀라게 될 것이다.

11

강요에 의한 결혼의 상처

〈선녀와 나무꾼〉

두메산골에 홀로 사는 남자가 있었다. 약초나 땔감 같은 것을 모아 장에 가져다 팔아 생계를 유지했다. 궁핍하고 고단한 삶이지만 그보다 더 아쉬운 것은 장가를 못 갔다는 거였다. 가난은 그렇다 해도 깊은 산골에 들어와 살 여자가 없었다.

그러던 어느 날 이 남자는 뜻밖의 이야기를 듣는다. 보름달이 뜰 때면 산 중턱에 있는 폭포가 시원하게 떨어지는 연못에 하늘에서 선녀들이 내려와 목욕을 한다는 것이 아닌가. 자신이 구해준 사슴이 알려준 정보를 철석같이 믿은 남자는 보름달이 뜨는 밤에 몰래 그 폭포 탕으로 간다. 살금살금 다가가 보니 이게 웬일인가. 정말 선녀들이 여기저기 옷을 벗어놓고 시원하게 풍덩풍덩 목욕을 하며 까르르거리지 않는

가. 눈이 화들짝 만하게 커진 남자는 사슴이 일러준 대로 선녀들이 벗어놓은 옷 중 하나를 몰래 감춘다. 그러자 정말 사슴의 말처럼 날개옷이 없어져 하늘로 올라갈 수 없게 된 선녀 하나가 어쩔 줄 몰라 하며 남게 되었다. 그렇게 해서 나무꾼은 그 선녀와 함께 살게 되었다. 어린아이들도 아는 〈선녀와 나무꾼〉 이야기다.

이 이야기는 설화로 지역에 따라 조금씩 다르게 전해져 내려오기도 하는데, 앞부분 여기까지의 내용은 비슷하고 같이 살게 된 이후부터 조금씩 달라진다. 어떤 이야기는 나무꾼과 선녀가 행복하게 살았다는 것으로 끝나기도 하고, 또 어떤 이야기는 나무꾼이 선녀에게 날개옷을 돌려주자 선녀가 하늘로 올라가 버려 나무꾼은 홀로 살다 죽었다고도 한다. 자식을 낳을 때까지 날개옷을 돌려주지 말라고 사슴이 당부했는데 나무꾼이 그것을 어기고 돌려줘서 벌어진 일이다. 선녀가 자식 둘을 낳을 때까지 날개옷을 주지 말라고 한 이야기에서는 자식 하나를 낳자 돌려주고, 자식 셋을 낳을 때까지 주지 말라고 한 이야기에선 자식 둘을 낳자 날개옷을 돌려준다. 아무튼 사슴이 가르쳐준 대로 하지 못한 나무꾼은 선녀와 헤어져 결국 홀로 살다 죽어 수탉이 되었다고 한다.

또 다른 이야기에선 나무꾼이 선녀가 떠난 후 시름에 잠겨 있는데 다시 사슴이 정보를 알려준다. 예전 사건 이후로 선녀들이 직접 내려와 목욕하지 않고 하늘에서 두레박을 내려 물을 길어다 한다는 것이다. 나무꾼은 다시 그 폭포 탕으로 가서 하늘에서 내려온 두레박을 타고 하늘로 올라간다. 올라가다 두레박이 끊어져 떨어져 죽는 이야기도 있고 용케 올라가 선녀를 다시 만나는 이야기도 있다.

아무튼 〈선녀와 나무꾼〉 이야기는 시작은 똑같지만 끝은 제각기 다르다. 이런 여러 각편 중 가장 많은 이야기는 결국 나무꾼이 홀로 된다는 것이다.

이야기 제목이 '선녀와 나무꾼'이지만 주인공은 나무꾼이다. 나무꾼 입장에서 보면 가난한 농촌 총각이 결혼도 못 하고 고생하다가 힘겹게 선녀와 결혼한다는 이야기다. 행복하게 살기도 하지만 불행히도 부인이 집을 나가버리는 비극이 펼쳐지기도 한다. 홀로 남은 충격에 얼이 빠져 있을 나무꾼을 떠올리면 비루먹은 강아지를 볼 때처럼 불쌍한 마음이 들기도 한다. 하지만 나무꾼을 마냥 그렇게 볼 수만은 없는데, 모든 문제의 근원은 바로 나무꾼이기 때문이다.

그런데 선녀의 입장이 한번 되어보면 어떨까? 그러면 또 다른 진상이 보이기 시작한다. 나무꾼 측면에서는 신나는 모험담일지 모르겠지만 선녀에게 이 이야기는 끔찍한 납치극일 뿐이다. 어느 날 불현듯 자신의 약점이 잡혀 억지로 끌려가 살 수밖에 없는 신세가 된 여자의 이야기인 것이다.

천상의 고귀한 선녀가 느닷없이 멀고 먼 낯선 곳으로 끌려 내려와 더럽고 비참한 상황에 갇힌 신세가 된다. 그것도 봉두난발에 덥수룩한 수염이 나고 탐욕스럽게 침을 흘리는 끔찍한 사내와 함께 평생 살아야 한다. 굳이 비유하자면 외국에 배낭여행을 간 여대생이 납치를 당해 어느 슬럼가로 억지로 끌려가 사는 신세와 비슷하다면 비슷할까. 너무 끔찍한가? 하지만 진실이 바로 그렇다. 보고 싶지 않고 인정하고 싶지 않아 그렇게 보지 않았을 뿐이다.

〈선녀와 나무꾼〉 이야기는 나무꾼에게는 본드걸이 고혹적인 눈빛으로 유혹하는 신나는 '007' 시리즈 영화겠지만, 선녀에겐 끔찍하고 참혹한 호러 무비일 뿐이다.

야수만도 못한 나무꾼

나무꾼을 너무 매도한다고 비난하는 사람도 있을 것이다. 그래도 둘은 알콩달콩 살았을 것이라고 말하는 사람도 있으리라. 그렇다면 이 이야기는 어떤가.

딸 셋을 둔 장사꾼 아버지가 있었다. 장사하러 가는 아버지에게 첫째 딸과 둘째 딸은 보석 같은 선물을 요구했는데, 착한 막내딸은 장미 한 송이를 부탁한다. 그런데 이 아버지가 장사에 실패하고 돌아오다가 숲에서 길을 잃고 한 성에 이른다. 성안에 가득 피어 있는 장미를 보고 막내딸을 주려고 장미를 꺾었더니 느닷없이 괴물 야수가 튀어나와 잡아먹을 듯 으르렁거린다.

"목숨을 바치든지 네 딸을 바쳐라."

겁먹은 아버지는 당장 눈앞의 죽음을 피하려 딸을 주기로 약속한다. 그렇게 아버지는 무거운 마음으로 돌아오고 결국 막내딸은 아버지의 목숨을 구하려 괴물의 성으로 가서 야수와 함께 산다. 아버지를 생각하는 마음도 그렇지만 따지고 보면 그녀가 장미꽃을 원했던 것이 사단이었으니 말이다. 사실 이 괴물은 마녀의 저주를 받아 야수로 변한 왕자였다. 한 여자의 사랑을 받아야 비로소 풀리는 저주에 걸려 있었던 것이다. 결국 막내딸은 야수를 진정으로 사랑하게 되고 저주에서 풀려 아름다운 왕자가 된 야수와 함께 행복하게 산다.

디즈니가 애니메이션으로 만들어 더욱 유명해진 〈미녀와 야수〉인데, 원작도 여러 각 편이 있고 애니메이션이 되면서 약간 이야기가 변하기는 했어도 대략의 내용은 비슷하다.

디즈니의 〈미녀와 야수〉를 보면, 미녀도 아름답지만 야수 역시 그리 못나 보이지 않는다. 보기에 따라 멋지기까지 하다. 크고 듬직하고 용맹하고 게다가 계속 보면 잘생겨 보이기까지 한다. 조금 더 은밀한 상상력을 보태면 성적(性的) 능력도 장난이 아닐 것처럼 느껴진다. 크고 우람하고…. 아무튼 게다가 큰 성의 성주(城主)이기까지 하니, 굳이 위로의 말을 한다면 "너 땡 잡은 거야."라고 할 수도 있다. 사실 두 언니는 그렇게 막내딸을 부러워하기도 한다. 아무튼 미녀는 억지로 결혼한 것이긴 해도 이 정도면 잘한 결혼이라고 해줄

만도 하다.

하지만 그것은 애니메이션 속의 이미지일 뿐이다. 결국 나중에 잘생긴 왕자로 변하고 궁극적으로는 선한 캐릭터이기에 흉측하게 표현하지 않았을 뿐이다. 진짜 이야기 속의 야수는 그렇게 멋지게 생기지도 또 아름답지도 않다. 이 이야기를 입에서 입으로 전해주던 당시 사람들의 머릿속에 떠올린 이미지는 제각각이었지만 적어도 디즈니가 그려낸 듬직한 야수의 모습은 아니다. 가장 비슷한 것을 찾으라면, 저승에 사는 귀신이나 〈반지의 제왕〉에 나오는 트롤이나 고블린 정도를 떠올리면 된다. 얼굴이나 외모만 그런 것이 아니다. 몸서리쳐질 정도로 차가운 피부에 풍겨나는 악취도 장난이 아니다. 침을 질질 흘리는 입 냄새는 말할 것도 없다. 바로 그것이 〈미녀와 야수〉에 등장하는 진짜 야수의 모습이다. 미녀인 막내딸이 억지로 야수의 성에 가서 야수와 함께 살면서 한 침대에서… 생각만 해도 소름이 끼친다. 대체 누가 이 미녀를 이렇게 만들었단 말인가? 내 일이 아니라 남의 일이어도 꺼림칙하고 불편하다. 그 주책바가지 아버지가 제 목숨 대신 약속을 그리 하는 바람에 막내딸이 이리 고생하는 것이 아닌가. 인생에 중대사인 결혼을 말도 안 되는 괴물과 하다니, 참 가엾고 신세가 처량하다.

그래도 그녀는 괜찮다. 이 더럽고 냄새나고 흉측하게 생긴 야수가 사실은 아름답고 멋진 왕자님이었으니까 결국 야수가 저주를 풀고 잘생긴 왕자가 되어 행복하게 살았으니 말이다. 이 이야기에 헤어지는 내용은 없다. 막내딸은 도망치지 않는다. 오히려 더럽고 흉측한 야수를 있는 그대로 사랑한다. 잘생긴 왕자가 되기 전 야수의 모습 그대로 진정으로 사랑한다.

그런데 〈선녀와 나무꾼〉 이야기를 〈미녀와 야수〉와 비슷한 이야기라고 보면 정말 곤란하다. 두 이야기는 도저히 비길 수도 없다.

"야수는 괴물이지만 나무꾼은 그래도 인간이니까 아무래도 좀 낫지 않겠어?"

이런 핀잔 섞인 물음은 아이들이 보는 색깔 예쁜 그림책에 늠름하게 그려진 나무꾼의 이미지에 현혹된 사람들이나 하는 소리다. 그 정도의 때깔(?)이 나오는 모습이려면 적어도 잘 먹고 잘 사는 양반집 도령 정도가 되어야 한다. 지금보다 덜 씻고 또 씻어야 금방 더러워지는 산골에 사는 나무꾼은 그렇게 멋지지 않다. 수염이 덥수룩한 데다 언제 감았는지 알 수 없을 까치집 머리를 북북 긁으며 꾀죄죄한 홑껍데기 옷을 입고 이 산 저 산 헤매며 나무하고 약초 캐는 것으로 사는 것이 전부인 사람이 바로 나무꾼이다. 아무도 보아줄 사람 없는 깊은 산골에서 대체 무슨 외모에 신경을 쓴단 말인가. 그림책에 그려진 그 정도 외모였다면 벌써 누군가를 만나 살림을 차렸을 것이다. 실제 나무꾼은 마주보기에도 소름끼칠 만큼 더럽고 냄새나는 거북스런 외모였으리라. 물론 잘 씻지도 않는.

"그래도 나무꾼은 인간이잖아."

좋다. 일단 나무꾼은 인간이고 야수는 짐승이다. 하지만 야수는 부자였다. 큰 성을 소유한 성주였단 말이다. 하지만 나무꾼은 단순히 가난하다는 말로는 부족할 만큼 궁핍하고 한심스런 상황이었다. 솔직히 말해 경제적 능력이 있었다면 선녀를 만나기 전에 이미 결혼을 하고도 남았을 것이다. 야수와 결혼한 미녀 입장이 되어 보면, 미녀는 그래도 성 안에 있는 시종들을 부리며 호의호식은 할 수 있었다. 비록 남편이란 자가 생각만 해도 토가 나올 정도의 작자이기는 해도 말이다. 하지만 나무꾼은 달랑 혼자였다. 시종은커녕 하루 먹으면 그다음 날을 걱정해야 할 정도로 찢어지게 가난한 형편이었다. 나무꾼과 결혼해 여유롭게 안방마님 같이 누린다는 생각은 사치스럽기만 하다. 선녀는 틀림없이 바로 그다음 날로 밭을 갈고 김을 매고 나물 캐고 밥을 짓고 청소하고 빨래를 해야 했을 것이다.

그래도 나무꾼과 사는 선녀가 낫다고 한다면 정말 너무하다. 나무꾼과 결혼한 선녀가 야수와 결혼한 미녀보다 낫다고 한다면 정말 억울하다. 왜냐하면 미녀는 그래도 '아버지의 약속을 지키기 위해', '내가 가지 않으면 아버지가 죽을 테니까'라는 이유가 있었으니 말이다. 억지이기는 해도, 주어진 상황 안에서 미약하나마 자신이 선택한 부분이 있다. 다시 말해 그래도 미녀는 야수와 살겠다는 결심을 하고 야수와 산 것이다. 썩 내키지는 않지만 그래도 야수를 택했다.

하지만 선녀는 아니다. 선녀는 나무꾼이 있는지도 몰랐고 나무꾼이 누구인지도 몰랐다. 단 한 번도 나무꾼을 생각해본 적이 없다. 아버지 옥황상제의 잘못된 약속으로 결혼한 것도 아니고, 누군가를 위해 선의로 결심하고 나선 것도 아니다. 선녀가 나무꾼과 결혼한 이유는 단지 날개옷이 없어졌기 때문이다. 그리고 그 날개옷을 훔친 자가 바로 남편인 나무꾼이었다. 그러니까 자신이 평생 같이 살아야 하는 나무꾼이 바로 자신을 훔치고 뺏고 심하게 말해 능욕한 나쁜 인간이었던 것이다. 선녀가 한 일이라고는 단지 즐거운 마음으로 목욕하러 왔던 것뿐이다. 그런데 그만 느닷없이 황당한 일을 당해 끔찍한 상황에 빠지고 말았다. 평생 씻을 수 없는 일이 벌어진 것이다.

야수는 미녀를 진정으로 사랑할 생각이었다. "딸을 내놓으라"고 아버지를 협박한 이유도 딸을 데려다가 하녀로 삼아서 부리고 착취하기 위해서가 아니었다. 진정으로 사랑할 목적으로 딸을 달라고 했다. 그래야 저주에서 풀리기 때문이다. 하지만 나무꾼은 달랐다. 그가 선녀를 납치하다시피 데려간 이유는 야수와 같지 않았다. 하녀로 만들어 부리고 성적으로 착취할 생각이 아니었다고 온갖 이유를 들먹이며 변명해도 이 한 가지는 분명하게 답할 수 없을 것이다.

"야수처럼 진정으로 사랑할 목적으로 그녀를 데려간 거니?"

당연히 답을 하지 못할 것이다. 이렇게 처음부터 잘못 꿰어진 시작은 끝까지 어긋날 수밖에 없다. 미녀를 진정으로 사랑하려고 결혼한 야수는 그녀를 사랑으로 대했다. 그러니 미녀는 야수의 진정성을 보고 감동해서 그를 진심으로 사랑하게 된 것이다. 하지만 사랑이 목적이 아닌 강탈과 착취가 우선이었던 나무꾼은 선녀를 사랑으로 대했을 리 없다. 선녀가 날개옷을 되찾자마자 뒤도 돌아보지 않고 떠나버린 것은 어찌 보면 당연하다. 나무꾼에게 눈곱만치의 애정도 없었으니 말이다.

왜 사슴은 날개옷을 감추라고 했을까? 결혼한 후에도 돌려주지 말라고 했을까? 아이를 셋 낳을 때까지 절대 줘서는 안 된다고 신신당부했을까? 이유는 너무도 분명하다. 납치해서 억지로 강제로 동거했기 때문이다. 우격다짐으로 여권을 빼어서 억류시키는 조폭들과 같은 짓을 한 것이다. 야비한 능욕을 자행했던 것이다. 이를 두고 강간을 떠올리는 것은 너무 과한 생각일까? 나무꾼을 납치범에 강간범이라고 한다면 너무 심하게 매도하는 것일까?

"대체 선녀는 왜 도망친 거야?"

몰라서 묻는다면 한 번 생각해보라. 지상에 잡혀 있던 매일 밤 나무꾼이 잠자리로 다가올 때마다 그녀는 어떤 심정이었을까? 제 몸을 더듬어 오는 손길에 온 몸이 흥분되었을까? 소스라치게 놀라 바르르 떨었다면 선녀가 나쁜 것일까? 아니면 나무꾼이 나쁜 것일까?

"왜 그렇게 선녀는 나무꾼과 사이가 안 좋은 거야?"

이런 질문은 그야말로 얼간이들이나 하는 소리다.

선녀를 사랑했는가?

자, 이제 나무꾼에게 물어보자.

"당신은 진정으로 선녀를 사랑했는가?"

강간범도 사랑해서 그런 것이라고 법정에서 진술하는 세상이니 뭐라 말해도 곧이들릴 것 같지는 않다. 그래도 묻지 않을 수 없다. 나무꾼이 진정으로 선녀를 사랑했는지를 말이다. 야수가 미녀를 진정으로 사랑해서 그녀를 감동시켰던 것처럼 나무꾼도 선녀를 진심으로 사랑했을 수 있다. 선녀는 도망쳤다는 결과만을 놓고 나무꾼이 선녀를 진심으로 대하지 않았다고 매도할 수만은 없다. 선녀가 나무꾼의 진정한 마음을 몰라줬을 수도 있으니까.

그러니 나무꾼은 답을 해야 한다. 선녀의 어디가 그토록 좋아 그녀를 사랑한 것인지. 아름다워서? 산속에 여자라곤 아무도 없는데 한 명이 생겼기 때문에? 그렇다면 그것은 선녀를 위한 진정한 마음인지 아니면 스스로의 욕정에 못 이겨 흥분한 것인지 스스로 생각해봐야 한다. 혹시 나무꾼이 선녀의 성(性)을 탐내고 선녀가 낳을 자식들을 바라고 빨래하고 밥해주는 노역을 바랐던 것은 아닐까?

나무꾼에게 이 질문에 대한 답을 꼭 듣고 싶다. 그렇지 않다면 미국에서 종종 뉴스를 타는 흉흉한 이야기의 주인공과 무엇이 다르겠는가. 어린 여성을 납치해서 지하실에 감금하고 수십 년을 사육하듯 착취했다는 엽기적 뉴스 말이다. 못되고 비정상적이고 사이코라는 말로는 부족한 그 못된 미친놈과 "나는 다르다."라고 나무꾼이 항변하려면, 나무꾼은 성실하게 앞의 질문에 대답을 해야 한다.

"당신은 정말 진심으로 선녀를 사랑했는가?"

나무꾼이 진정으로 선녀를 좋아했다고 대답할지라도 선녀가 싫다고 하면 그 사랑이 이루어질 수는 없다. 사랑은 혼자 하는 것이 아니니까 말이다.

분명한 것은 사랑이든 결혼이든 상대방을 배려하고 아껴주기 위해 한다는 점이다. 누군가에게서 일방적으로 뺏고 할퀴고 착취하는 것은 사랑도 아니고 결혼의 바른 모습도 아니다. 세상사 대부분이 그렇듯이 강요로 시작된 것이 좋게 이어지고 행복한 결말을 맺기란 매우 어렵다. 사랑은 더더욱 그렇다.

선녀가 떠난 후 홀로 남게 된 나무꾼은 죽어서 수탉이 되었다고 한다. 그래서 하늘로 날아가 버린 선녀를 향해 새벽

마다 울어댔다고 한다. 수탉이 우는 것이 지난날에 대한 애타는 후회인지 아니면 짐승이 되어버린 데에 대한 슬픔인지 모르겠지만, 수탉이 우는 모습과 소리를 들으면 애틋함보다는 분통으로 꽥꽥대며 벼르는 것 같다. 퍼드덕거리는 것이 꼭 떠나버린 선녀를 향해 을러대는 것처럼 보인다.

'이년, 잡히기만 해봐라. 내 이년을 당장에….'

그래서 그런지 수탉 소리에 새벽 단잠이 홀라당 깨버린다. 시뻘건 벼슬을 빳빳이 세우고 성난 부리로 들이받을 것만 같다.

미녀는 사람도 아닌 야수와 함께 살면서 애정을 느끼고, 결국에 마법에 걸린 야수의 저주를 풀어주기까지 했다. 그래서 야수는 멋진 왕자가 되었다. 야수가 왕자가 되는 동안 나무꾼은 수탉이 되어버렸다. 야수는 사람이 되었는데 사람인 나무꾼은 짐승이 된 것이다. 마음속 진심을 따라 외모가 변한 것일지도 모른다는 생각이 든다. 야수와 나무꾼, 이 둘의 대조는 퍽 재미나다.

자, 이런데도 선녀에게 "너도 마음을 잡고 나무꾼을 잘 다독여서 뒷바라지하면 되지, 날개옷을 받았다고 도망을 치다니!"라고 말할 사람이 있겠는가.

그녀는 귀신이 되어 돌아왔다

〈아랑(阿娘) 전설〉

12

예외는 있지만, 주로 강간은 남성이 여성에게 가하는 폭력이다. 가해자는 남성이고 피해자는 여성인데, 성폭력을 둘러싼 담론의 불온함은 피해자인 여성에게 이중 삼중의 폭력이 이어진다는 점이다. 게다가 그것이 너무나도 그럴싸하게 호도된다.

"여자가 먼저 꼬리를 쳤겠지, 가만히 있는데 그랬겠어?"

"여시처럼 호리는 눈빛이 장난이 아니었다니까."

"원체 헤픈 여자니… 쯧쯧…."

정말 분통 터지는 것은 당사자인 피해자나 가해자가 아닌 아무 상관없는 제삼자가 나서서 입방정을 떤다는 점이다. 무심코 던진 돌에 개구리가 맞아서 배가 터져 죽든 말든 무

신경한 얼간이들의 말에 피해자는 두 번, 세 번 다시 죽는다.

성폭력을 둘러싼 담론에서 여성이 하릴없는 약자 처지로 전락하는 것은 지금보다 옛날이 더 했다. 조선은 반상의 계급 질서가 엄연한 사회였지만 성폭력 앞에서는 양반이고 귀족이고 상관이 없었다. 단지 '여자'만 있었다. 귀족이든 평민이든 단지 여자라는 이유만으로 여성들은 성폭력의 잠재적 피해자 위치에 놓였고, 일단 성폭력이 벌어지고 나면 그것으로 끝이었다. 즉, 사회가 만들어낸 신분보다도 더 상위에 있는 것이 껄떡대는 욕망으로 꿈틀거리는 '남자'라는 담론이었던 것이다.

밀양 부사(府使)의 딸 아랑(阿娘)은 재색을 겸비한 여인이었다. 그런데 관아에서 심부름하는 통인이 그녀에게 흑심을 품었다. 아랑은 양반 여성이었고, 사또의 딸로 고귀한 신분이었지만 인면수심(人面獸心)의 통인 놈에게는 단지 성욕을 배출할 도구로만 보였던 것이다.

통인은 아랑의 유모를 들쑤셨고, 유모는 달구경을 핑계로 아랑을 깊은 밤 영남루(嶺南樓)로 불러냈다. 그때 유모 대신 나타난 통인 놈이 대뜸 강간하려고 달려들었다. 놈은 한사코 저항하는 아랑에게 화가 나서 그녀를 칼로 찔러 죽이고는 대숲에 시신을 던져버렸다.

그렇게 아랑이 쥐도 새도 모르게 사라져버리자, 아버지

밀양 부사는 상황을 제대로 알아보지도 않고 딸이 바람이 나서 도망쳤다고 생각하고는 관직을 사임하고 낙향해버렸다.

이후 밀양에 내려오는 사또들마다 죽어나가기 시작했다. 억울하게 죽은 아랑이 귀신이 되어, 자신의 억울함을 풀어달라며 사또의 처소에 나타났기 때문이다. 깊은 밤 느닷없이 머리 풀어 헤치고 소복을 입은 여자가 나타나는 통에 담력이 약한 사또들의 심장이 터져나갔다. 부임해 오는 족족 첫날밤을 못 넘기고 사또는 싸늘한 시체가 되어버렸지만, 고을에 사또가 없을 수는 없으니 나라에선 계속 신임 사또를 내려 보냈다.

시간이 흘러 어느 굳센 사또가 내려왔고 죽지 않고 귀신 아랑을 마주하게 되었다. 비로소 아랑은 제 원통함을 하소연할 수 있게 되었다. 상황을 알게 된 사또가 통인 놈을 잡아 죽이고 아랑의 시체를 찾아 양지 바른 곳에 묻어주자 아랑은 한을 풀 수 있었다.

이야기는 이렇게 간단하다. 한을 품은 여인이 귀신이 되어 돌아왔고, 영민하고 담대한 사또가 그 한을 풀어줬다는 나름대로 해피엔딩인 이야기다. 겉으로는 그렇다.

아랑은 왜 아버지에게 나타나지 않았을까?

이 유명한 〈아랑전설〉은 못내 씁쓸하다. 아마도 《청구야담(靑邱野談)》, 《금계필담(錦溪筆談)》, 《동야휘집(東野彙輯)》 등 조선시대 여러 문헌에 기록되어 전하는 이유도 내 생각과 비슷할 것이다.

말끔하지도 개운치도 않은 이유는 아랑이 원통하게 죽었다는 것 때문만이 아니라, 아랑은 귀족 여자고 통인은 관청에서 심부름하는 천민이라는 사실 때문이다. 일개 천민이 양반 여성을 그것도 자신이 사는 밀양 전체를 관할하는 고위 관리의 딸을 강간하려 했다는 사실은 세상의 어떤 기준이나 규칙보다도 여성을 함부로 보는, 또 그렇게 볼 수 있다는 시각이 전제되어 있다.

아랑을 둘러싼 환경은 좋지 못했다. 잠재적으로 여성은 남성에게 복종을 해야 한다는 생각을 하고 있는 듯하다. 무엇보다 같은 여성인 아랑의 유모가 바로 그랬다. 유모는 통인이 강간할 마음을 알고 있었다.

"아니 이 미친놈이 어떻게 감히 아기씨를…."

이렇게 소리를 지르며 혼쭐을 내야 정상이다. 하지만 유모는 오히려 통인의 강간을 용인하고 인정했다. 아랑에게 달구경을 하자며 누각으로 꾀어낸 것이 바로 유모다. 어릴 적에 모친을 잃고 제 손에서 자란 아랑을 강간범에게 내주는 유모의 속마음은 대체 어떻게 생겨 먹었단 말인가. 이것이 과연 인간이 할 짓이란 말인가.

심각한 것은 이런 문제가 단순히 유모 개인의 성격 결함이나 못된 품성의 문제가 아니라, 당대 여성을 둘러싼 상황이 이러했다는 점이다. 유모만 그랬던 것이 아니라 아버지 밀양 부사도 마찬가지였으니 말이다.

너무 뜬금없는 소리처럼 들린다면, 한 번 곰곰이 생각해 보자. 〈아랑전설〉의 핵심은 귀신이 된 아랑이 밀양의 신임 사또들에게 나타났다는 점이다. 다른 곳, 다른 사람이 아닌 꼭 밀양의 신임 사또들에게만 나타났다. 물론, 자신의 시신이 영남루 대숲에 유기되어 있고, 범인 놈이 밀양에 있으니 놈을 징치하려면 밀양에 그것도 권력자인 사또 앞에 현신하는 것이 맞기는 하다. 하지만 조금 이상하지 않은가? 왜 하필 신임 사또'들'에게만 나타났을까?

그렇다. 그녀는 아버지에게는 나타나지 않았다. 아버지도 밀양 사또였는데 말이다. 게다가 그는 자신의 아버지이기도 하지 않은가.

"에이, 뭔 소리야. 아버지 밀양 부사는 딸이 사라지자 사직하고 고향으로 돌아갔잖아."

맞다. 그랬다. 사또였던 아버지 밀양 부사는 아랑이 그런 처참한 꼴을 당한 줄도 모르고, 낙심해서 관직을 사임하고 낙향해버렸다. 아랑이 나타났던 것은 모두 아버지 후임으로 온 다른 사또들의 처소였다.

그런데 아버지 밀양 부사는 딸이 사라지자마자 그날로 사임을 한 것이 아닐 텐데, 왜 아랑은 아버지에게는 나타나지 않았던 것일까? 왜 아버지의 후임들이 오고서야 귀신이 되어 나타났을까? 설마, 귀신이 되려면 죽은 후 시간이 좀 걸리는 것일까? 아니 어쩌면 아버지도 후임 사또들처럼 놀라서 돌아가실까 봐 일부러 안 나타난 것일까?

답은 간단하다. 아랑이 아버지에게 나타나지 않은 것은 현신(現身)해봐야 소용없기 때문이었다. 문제가 해결될 수 있는 것이 아니었기 때문이란 말이다.

사실 아버지는 좀 이상했다. 딸이 사라졌다고 관직을 사임한다는 것부터 수상쩍다. 아니 어떻게 해서 얻은 관직인데 그렇게 쉽게 버린단 말인가. 게다가 벼슬하는 것은 자신의 안위만이 아니라 가문 창달의 사명을 수행하는 것이기도 한데 딸이 사라졌다고 사임을 하다고? 말도 안 된다. 미안한 이야기지만 그 당시 딸이란 시집가면 그만인 존재다. 심하게 말해 벼슬과 딸 중 하나를 고르라면 옛날 양반 99퍼센트가 벼슬을 선택할 것이다. 그런데 아버지가 고작 딸이 사라진 일로 벼슬을 사임했다고? 아니, 자신이 가진 권력으로 밀양 사람 전부를 풀어서 사라진 딸을 찾아도 시원찮을 마당에, 벼슬을 버리고 낙향하다니 대체 이 무슨 엉뚱한 짓이란 말인가.

아버지가 그런 짓을 한 이유는 아랑을 쉽게 단정 지어버렸기 때문이다. 아랑이 사라진 것을 보고는 남자와 눈이 맞아 도망친 것으로 여겼다. 그는 아랑이 죽었다는 것은 물론 강간을 당할 뻔했다는 것도 몰랐다. 알았다면 당연히 가만있지 않았을 것이다. 하지만 아버지 밀양 부사는 딸이 바람났다고 속단해버렸다.

왜 그런 생각을 했을까? 원래 젊은 여성들은 방탕해서 쉽게 그런다고 여긴 것일까? 아니면 주변에서 아랑이 누군가와 눈이 맞아 도망쳤다고 속삭인 것일까? 혹시 밀양 도처에서 사람들이 "아리땁고 현숙한 줄 알았는데 얌전한 고양이가 부뚜막에 먼저 오른다더니, 쯧쯧쯧…." 하며 손가락질할 것 같아서 그랬을까?

물론 아버지는 낙심했다. 밀양 부사 직위를 자청해서 사직하고 아예 정계를 떠나버린 것을 보면 충격이 정말 컸던 것 같다. 어찌 보면 아버지의 처지를 동정할 만하다. 하지만 아버지는 입이 열 개여도 할 말이 없다. 아랑을 바라보는 그의 시선 역시 똑같은 공모의 시선이기 때문이다. 딸이 조신하지 못해서 남자와 도망친 것이라고 결론을 내린 그 배경에는 잠재적으로 여성을 비하하고 훼손하는 시각이 도사리고 있기 때문이다. 파렴치한 유모와 크게 다르지 않은 시선이다. 단지 유모는 천인공노할 짓을 벌였고, 밀양 부사는 딸을 부정하다고 단정한 것이 다를 뿐이지, 여성을 성적으로 방탕하고 음란한 존재라고 바라보는 시선은 동일하다. 강간범인 통인 놈의 시선과 공모한 눈빛인 것이다.

아버지 밀양 부사를 너무 몰아붙인다고 눈살이 찌푸려

진다면, 다시 한 번 생각해보기 바란다. 귀신이 된 아랑은 왜 아버지에게 하소연하지 않고 신임 사또를 찾아갔는지를. 사실 아버지가 사임한 후에라도 찾아갈 수 있었다. 비록 벼슬을 버렸다고 해도 양반인 아버지가 통인 정도를 징치하는 것은 일도 아니었다. 하지만 아랑은 아버지를 찾아가지 않았다. 아버지에겐 무슨 말을 해도 변명으로 들릴 테니 말이다. 비록 귀신이 되어 원통함을 하소연해도 그 진정성을 끝까지 믿지 않을 것이기에 아버지를 찾아가도 소용없었던 것이다.

'그래도 네가 뭔 짓을 했으니 그런 일이….'

아버지 밀양 부사는 딸과 눈이 맞아 도망간 남자의 신분 때문에 딸에게 더욱더 화가 난 것이다. 정욕이 넘쳐 야반도주까지 할 정도라면 그 남자는 결코 정상적인 양반 가문의 남자일 리는 없다. 양반이라면 떳떳한 절차를 밟아 성혼하면 되니 말이다. 결국 아버지 밀양 부사는 아랑이 양반 아닌 상민 남자와 도망쳤다고 여긴 것이다. 그리고 그런 아랫것과 눈이 맞은 데에 더 분노했던 것이다.

'이년이 욕정에 눈이 멀어 개돼지처럼 아무 놈하고….'

아마도 이런 심경이었을 것이다. 이런 상황에서는 늘 남성의 성욕은 배제되고 여성의 정욕만 부각된다. 남성이 먼저 유혹했을지도 모른다는 생각은 눈곱만큼도 끼어들지 못한다. 그러니 어떻게 딸이 강간을 피하려다 죽임을 당했을지도 모른다는 생각을 할 수 있겠는가. 아버지 밀양 부사의 마음속에서 딸은 이미 '헤픈 년'이 되어 있었던 것이다.

그래서 아랑은 귀신이 되었고 아버지가 아닌 신임 사또들에게 나타났던 것이다.

죽어나간 사또들은 억울했을까?

"아니, 그래도 꼭 그렇게 으스스하게 나타날 건 뭐야? 담력이 약하기 때문에 죽어야 하는 건 너무하잖아. 안 그래?"

일면 그렇다. 한을 품은 아랑 때문에 사또들만 애꿎게 죽은 것 같기도 하다. 사실 제 아버지에게 나타나면 해결될 텐데 엉뚱한 사람에게 나타나는 바람에 사또들이 죽은 것이니 말이다. 게다가 그렇게 혼비백산할 만한 방법 말고 좀 유연한 방법으로 조용조용 제 원통함을 전달할 수도 있었을 텐데, 굳이 한밤중에 하얀 소복을 입고 나타나는 것은 좀 아니지 않은가 싶다. 그것도 머리까지 풀어 헤치고.

"그렇게 무섭게 나타날 작정이라면 통인 놈에게 나타나야 하는 거 아냐?"

이 말도 그럴듯하다. 그러면 놈의 심장이 터져 죽어버렸을 테니 말이다. 놈에게 속 시원히 복수하는 것도 나빠 보이지 않는다. 하지만 아랑은 그럴 수 없고 그러면 안 된다. 직접 범인을 죽여버리면 진실이 은폐되고 만다. 아랑을 향한 추문이 사실로 굳어져버린다. 아랑에겐 신원(伸冤)이 필요했다. 자신의 원통함을 풀고 더럽혀진 명예를 회복해야만 했다. 그래서 통인이 아닌 사또에게 나타났던 것이다.

“알겠지만 그래도 억울하게 죽은 사또들은 어쩌란 말이야?”

돌아가신 사또들에게는 죄송하지만 묻지 않을 수 없다. 어떤 사또는 죽고 어떤 사또는 죽지 않았는지 말이다. 아랑은 똑같은 복장 똑같은 모습에 똑같은 한을 품고 나타났다. 그런데 어떤 사또는 죽고 어떤 사또는 살았다. 어떤 사또는 아랑의 모습만 보고도 심장이 떨려 죽었지만, 또 어떤 사또는 그 아랑을 정면으로 마주하고 앉아 그녀의 이야기를 들었다. 왜 이렇게 다를까? 왜 이렇게 판이하게 다른 결과가 빚어졌을까?

중요한 점은 아랑이 사또를 해코지하려고 달려든 것은 아니란 점이다. 아랑은 하소연할 마음으로 사또 앞에 나타났다. 자신의 원통함을 들어줄 사람이 오직 사또뿐이기에 찾아왔다. 몸이 죽어 혼만 있기에 어쩔 수 없이 밤에 올 수밖에 없었고, 처참하게 죽임을 당했기에 어쩔 수 없이 유혈이 낭자한 모습으로 나설 수밖에 없었다. 아랑은 단지 자신의 억울함과 탄식을 들어주기만을 원했다. 귀신이 되어서라도 답답하고 억울한 가슴속에 쌓인 한을 말하고 싶었을 뿐이다.

그런 아랑의 말을 듣기도 전에, 아니 그녀의 옷자락만 보고도 죽어버린 사또들은 대체 뭐란 말인가. 혹시 뭔가 켕기는 것이 있어 지레짐작하고 놀란 것은 아닐까.

밤이고 어두워서, 여인이 무섭게 피를 흘려서, 두려워서 죽었다면 그들은 대체 누구란 말인가. 온갖 백성들의 하소연과 고충을 들어주는 것이 목민관(牧民官)인 사또의 본분이 아니던가. 자신이 돌볼 백성이 가난하다고 멀리하고 냄새나고 더럽다고 배척한다면 옳다고 할 수 없다. 비록 예기치 못한 방법, 예기치 못한 때에 찾아온 그 누구라도 들어주려 하는 마음가짐이 사또의 바른 자세가 아니던가. 그런데 말을 꺼내기 전에 혼비백산해서 죽었다면 대체 이를 어쩐단 말인가. 혹시 애초부터 백성들의 말을 들을 생각도 안 한 것은 아닐까.

거듭 말하지만 돌아가신 사또님들께는 죄송하다. 그들의 명복을 빈다. 하지만 당신들이 한번 스스로 생각해보시라. 정말 목민관이 되겠다고 밀양에 내려온 것인지, 아니면 그냥 한자리하고 싶어 사또들이 죽어나가는 불길한 자리지만 혹시나 하고 내려온 것인지 말이다.

귀신이 되어 돌아온 아랑은 사또들이 죽는 것을 보면서 어떤 심정이었을까. 혹시 이런 마음은 아니었을까.

'아하, 사또님. 이러시면 어찌 하옵니까. 사또님께서 이러시니 이 고을에 강간 살인범이 나타나는 것이 아니옵니까.'

분명 이 모든 비극을 초래한 주범은 통인이다. 통인 놈이 문제지만 그만이 문제가 아니다. 놈이 문제의 시작이지만 그렇게 발호하도록 만든 사회와 사람들의 시선이 문제였다. 놈이 시작했지만 유모가 공모했고 아버지가 방기했으며 사또들은 문제를 해결할 마음조차 없는 현실이 문제였다.

그래서 아랑이 돌아왔다. 귀신이 되어서라도 고발하고자 돌아왔다. 죽어버린 자신에게서 끝나는 문제가 아니라 여전히 진행 중이고, 앞으로도 끊이지 않을 문제이기에 돌아왔다. 만약 자기 개인으로 끝나는 문제였다면 그녀는 돌아오지 않았을 것이다.

아랑은 개인적 복수 때문에 돌아온 것이 아니다. 그녀는 이 사회를 고발하고 단죄하고자 돌아왔다. 고작 통인 놈 따위 때문에 돌아온 것이 아니다.

아랑은 아버지 밀양 부사에게 하소연하지 않고 신임 사또들에게 진실을 밝혀달라고 애걸한 것으로 아버지 밀양 부사의 부적절한 행동과 심성을 에둘러 비판했다. 세상 모두가 욕을 해도 감싸주고 믿어주어야 할 아버지가 지레 판단해 딸을 '헤픈 년'으로 매도하고 달아나 버렸다. 아랑은 아버지의 그런 비겁함과 무능을 비판하고 있다.

아버지가 제대로 밀양을 다스렸다면, 단호하고 강단 있게 정치를 펼쳤다면 감히 관청의 종놈이 사또의 딸을 강간할 마음을 품었겠는가. 신임 사또들만 무능했던 것이 아니라 아버지 밀양 부사도 똑같이 무능했다. 일개 천민인 관청 심부름꾼 통인이 일반 부녀자도 아닌 사또의 금지옥엽(金枝玉葉)

같은 딸을 강간할 마음을 먹었다는 것은 밀양 지방은 물론 관청 안의 기강과 질서도 엉망이었다는 사실을 여실히 보여준다.

또한 유모가 아랑을 꾀어서 통인 놈이 잠복해 있는 영남루로 유인했기에 강간을 시도할 수 있었다는 사실도 놓쳐서는 안 된다. 유모는 그야말로 한 식구나 다름없는 존재다. 그런 유모가 이 일을 적극 도왔다는 것은 집안 깊숙이까지 곪아 있었다는 것을 여실히 보여준다. 아버지는 집안도 제대로 다스리지 못했던 것이다. 이런 자가 사또이니 밀양은 그야말로 아수라장이었다.

물론 아랑이 귀신이 되어 나타난 모습은 과했다. 조금 차분하게 현신해도 될 테지만 그녀는 그러지 않았다. 왜냐하면 그녀는 세상을 향해 크게 외치고 싶은 것이 있었기 때문이다.

아랑은 단죄했던 것이다. 빌빌거리는 사또들을 향해 심판의 칼을 날렸다. 한심하고 어리석고 멍청한 사또들의 심력과 담력으로는 통인과 유모에게 휘둘려 정사를 그르치고 백성들을 힘들게 할 것이 분명했기에 사또들을 단죄했던 것이다. 애초부터 제대로 정치를 할 능력도 없고 제대로 할 마음도 없으면서 관직을 얻어 떵떵거리고만 싶은 그 탐욕이 결국 수많은 백성과 약자들을 도탄에서 신음하게 만들 것이기에 아랑은 그들을 단죄해야만 했다.

아랑의 한은 단지 자신이 죽은 것 때문이 아니다. 자신의 명예가 훼손되고 비명횡사한 것 때문도 아니다. 무능하고 한심하게 비겁한 호통만 칠 줄 아는 사또들이 다스리는 고을에서 여자로 살아가야 하는 괴로움이 억울하고 원통했던 것이다. 자신은 죽었지만 제2, 제3의 또 다른 아랑들이 강간당하고 죽어야 하는 상황이 통곡할 만큼 처참하고 한스러웠던 것이다.

그래서 아랑은 유혈이 낭자한 귀신이 되어 돌아왔다. 처절한 원통함에 도저히 편안한 곳으로 갈 수 없었다. 아랑은 반드시 돌아와 비판하고 고발하고 단죄해야만 했다.

〈아랑전설〉의 아랑을 돌아보며 우리 사회를 생각하면 한편으로 서글퍼진다. 어쨌든 아랑은 귀신이라도 되어 나타날 수 있었다. 또 운이 좋게 담력도 있고 현명하고 어진 사또를 만날 수 있었다. 하지만 모두가 죽어서 귀신이 되어 돌아올 수 있는 것도 아니고, 현명하고 어진 판결자를 만날 수 있는 것도 아니다. 범인을 꼭 잡는다는 보장도 없다. 더욱이 범인을 잡는다고 해서 반드시 놈을 징치할 수 있는 것도 아니다. 범인을 잡는 것과 범인에게 제대로 합당한 벌을 내리는 것은 완전히 다른 문제다.

지금까지도 아직은 정말 멀고도 먼 이야기다.

하루아침에 나락으로 떨어진 삶

〈은애전(銀愛傳)〉

13

간혹 신문을 보면 '정정 보도'라는 작은 표시와 함께 "지난번에 보도한 이러이러한 것이 잘못이기에 이러저러하게 고칩니다."라는 글을 마주하곤 한다. 앞선 보도에 있었던 날짜나 인명, 나이같이 작은 실수들을 정정하는 것이라면 별 문제가 아니지만, 치명적인 내용을 번복하는 것이라면 결코 사소한 문제가 아니다. 웬만해서는 정정 보도를 하지 않는 언론의 속성을 생각하면, 그렇게라도 정정 보도를 하도록 만든 어떤 일들이 있었을 테니 말이다. 그 짤막한 정정 보도 하나를 위해 소송도 불사하고 돈과 시간을 들여가며 몇 달을, 때로는 몇 년에 걸쳐 싸우는 사람들도 있다.

아무튼 그런 정정 보도 기사를 볼 때마다 씁쓸한 헛웃음이 터지는데, 대체 누가 그렇게 작은 정정 보도 따위를 눈여겨볼 것인가 하는 마음 때문이다. 이미 한 번 나간 기사를 보고 충격을 받은 일반인들이 모두 다 그 정정 보도를 볼 것도 아니고, 또 본다고 해서 이미 받은 충격이 줄어들 것도 아니니 말이다.

'아니 땐 굴뚝에 연기 나겠어?'

우리들 마음이 이러니 그깟 정정 보도를 본다고 마음이 바뀔 것도 아니다. 당사자는 정말 억울할 수밖에 없다. 이미 피해를 받을 대로 받은 후이니, 그깟 정정 보도 따위가 아무 일도 없었던 원상태로 회복시켜주는 일은 결코 없다. 그저 또 하나의 보도일 따름이다.

요즘은 그나마도 없다. 인터넷 시대이다 보니, 그냥 기사를 쓰고 '수정'해버린다. 문제가 될 것 같으면 내려버리면 그만이라는 마음인 듯하다. 하긴 유튜브 같은 매체에서 대놓고 우기는 것에 비하면 양반이긴 하지만 말이다.

언론에서 의도적으로 해코지하려고 기사를 쓰고 이후에 소송 같은 복잡한 일이 생기면 코딱지만한 정정 보도를 내서 면피하려 꼼수를 부린다기보다는, 나름 성실하게 썼는데 오해와 억측을 불러일으켜 피해를 끼치는 경우가 더 많을 것이다.

그런데 만약 악한 마음을 가지고 거짓을 양산해낸다면, 의도적으로 험담을 하고 헐뜯는 말을 날조해낸다면 어떻게 될까? 더욱이 그것이 피해자에게 치명적인 내용이라면 말이다. 게다가 그곳은 정정 보도나 수정, 삭제 같은 것이 아예 불가능한 세상이라면 어떻게 될까?

조선시대 실화를 바탕으로 이덕무(李德懋, 1741~1793)가 엮은 〈은애전(銀愛傳)〉이란 이야기를 통해 그런 답답하고 억울한 세상을 한 번 살펴보자.

정조 때 전라도 강진에 은애(銀愛)라는 여자가 살았다. 나이는 어리지만 아리땁고 참했다. 그녀가 사는 동네에 안 씨 성을 가진 늙고 억센 할멈이 살고 있었다. 젊은 시절에 기생이었다는 이 할멈은 생긴 것도 추악했지만 성격이 고약스러웠다. 음흉하고 언행이 거친 데다 툭하면 거짓말을 해서 동네 사람들이 모두 고개를 절레절레했다. 때론 미친 듯이 발작하며 함부로 욕까지 해대는 통에 이 막무가내 할멈을 마을 사람 중 그 누구도 뭐라고 하질 못했다.

그런데 이 할멈이 종종 은애네 집에 와서 은애 어머니에게 쌀, 콩, 소금, 메주 등을 빌어갔다. 은애네도 없는 살림이다 보니 간혹 주지 못할 때도 있었는데 이 할멈이 그것을 고깝게 생각하고 원한을 품었다. 사실 원한을 품을 일이 아니지만 속 좁고 삐뚤어진 사람들이 그렇듯, 할멈은 그간 잘 대해주었던 것은 생각지 않고 서운한 것만 마음속에 쌓으며 부글거렸다.

결국 이 할멈이 흉계를 부렸다. 자기 시누이의 손자인 최

정련이란 자를 살살 꾀면서 은애와 결혼하고 싶지 않냐고 부추겼다.

"결혼하려면 말이다. 네가 은애와 이미 정을 통했다는 소문을 내야 한다. 알았지?"

은애의 아름다움에 홀딱 넘어간 최정련은 이 흉악한 할멈의 말대로 거짓말을 퍼뜨렸다. 할멈은 제 영감에게도 흉계를 부렸다.

"글쎄 은애가 우리 정련이를 좋아해서 나보고 중매를 서 달라고 하지 뭐예요. 그래서 우리 집에서 만나기로 했는데 사람들에게 발각이 되자 그년이 담을 넘어 도망쳤어요."

밑도 끝도 없는 거짓말이었지만 가십은 질펵할수록 더 널리 퍼지는 법이다. 온 동네 사람들이 수군수군했다. 하루아침에 은애는 음란하고 저속한 여자가 되어버렸다. 시집은 커녕 바깥출입도 제대로 하지 못할 지경이 되었다.

은애는 억울함을 생각하면 한도 끝도 없지만 참았다. 달리 도리가 없었다. 뭐라 변명해도 곧이들릴 리 없으니 말이다.

"할멈의 말이 거짓말인 줄 알았는데 저리 궁색한 것을 보니 진짜였나 봐."

"맞아, 맞아. 아니 땐 굴뚝에 연기가 나겠어."

"얌전한 고양이가 부뚜막에 먼저 올라간다더니, 아이고 망측해라."

"암내를 풍기는 것이 여간이 아니더라고."

이쯤까지 오면 둘이 배가 맞았다는 말을 넘어서서 어딘가 숨겨놓은 애가 있다는 말도 버젓이 나돌 지경이었다. 그저 입을 꾹 다물고 있는 것이 그나마 상책이었다.

그래도 현명하고 눈 밝은 사람이 아주 없지는 않았다. 마을에 김양준이란 훌륭한 남자가 있었다. 그는 은애에 대한 소문이 명백하게 거짓이라고 생각했다. 그래서 과감하게 은애와 결혼을 했다. 모함을 당했지만 은애는 자신을 알아주는 남자를 만나 행복한 가정을 꾸리게 된 것이다. 어찌 보면 하늘이 도운 것이다.

그런데 이 우악스런 할멈은 거기서 멈추질 않았다. 할멈은 더 난리를 부리며 헛소문을 퍼뜨렸는데 거짓말의 도가 차마 들을 수 없는 지경에 이르렀다. 심지어 이렇게 헐뜯었다.

"처음에 내가 중매를 섰을 때 정련이가 내 약값을 내준다고 했다. 그런데 은애가 배반하고 딴 놈에게 시집을 가버리는 바람에 정련이가 약값을 주지 않아 내 병이 더 깊어졌다. 은애는 내 철천지원수다."

이쯤 되면 미친 것이나 다름이 없었다. 생각 있는 동네 사람들은 너나 할 것 없이 서로 돌아보며 놀란 얼굴로 눈을 껌뻑이며 손을 내저었지만 아무도 말리지는 못했다. 할멈이 너무 억세고 거칠어 상종도 못할 인간이었기 때문이다.

결혼한 후에도 날마다 계속되는 할멈의 모함을 은애는 2년이나 참고 지냈다. 그러나 할멈의 패악은 점점 더 도가 심해 입에 게거품을 물지 않는 날이 없었다. 결국 은애는 자신의 목숨을 걸고 모든 일을 끝낼 결심으로 할멈을 만난다. 그리고 극단적 방법을 실행하고야 만다. 부엌칼로 할멈을 찔러 죽인 것이다. 이때 은애의 나이 열여덟 살이었다.

은애는 왜 칼을 들 수밖에 없었나?

은애는 사람을 죽였다. 그녀의 억울함을 이해한다 하더라도 과하고 과격한 극단적 방법이었다. 아무리 참작하고 미화해도 살인은 정당화될 수 없다. 그녀는 이런 사실을 모르지 않았다. 결과가 참혹하고 또한 자신에게 큰 해가 될 것을 알았다. 그래도 그녀는 살인을 택했다.

그래서 몇 가지가 계속 마음에 걸린다. 그녀는 왜 관가에 억울함을 호소할 생각을 하지 않았을까? 모함을 당해 결혼도 못할 처지에도 꾹 참아놓고, 왜 결혼까지 한 마당에 살인을 저질렀을까? 그것도 2년이나 잘 참았으면서 대체 왜 그런 선택을 했을까? 2년 동안 무슨 일이 있었을까? 이덕무가 쓴 〈은애전〉이 소략하기에 문면을 차근차근 곱씹으며 상황을 추측하는 것 말고는 이런 궁금증을 해결할 도리가 없다.

별수 없이 이제 은애를 변호하는 변호인의 마음으로 그녀의 살인 이야기를 다시 한 번 살펴보자.

은애는 할멈을 죽일 작정을 하고 찾아갔다. 칼을 들고 간 것만 봐도 그것은 분명하다. 우발적 살인이 아니라 의도한 준비된 살인이었다. 물론 살인 동기는 분명하다. 할멈이 날조된 거짓으로 그녀를 괴롭혔기 때문이다. "헤프다.", "남자를 꼬였다." 같은 모함은 단순한 명예훼손을 넘어 치명적인 것이었다. 혼사가 완전히 막히기 때문이다. 여성의 바깥일이 지금보다 더 힘들었던 그때를 감안하면 시집을 못 간다는 것은 그냥 굶어죽으라는 말과 같았다. 상황이 그런데도 은애는 참았다. 그렇게 참던 은애가 결국 살인을 저지른 것이다.

참다 참다 더 참을 수 없어 살인을 저지른 것 같지만, 단순하게만 보면 은애가 할멈을 죽인 이유를 찾을 수 없다. 이 사건의 본질은 살인 동기보다 살인 시기에 있기 때문이다.

홀로 굶어죽을 수도 있는 곤궁한 처지에 떨어졌을 때도 참았던 그녀가 결혼한 후 남편과 행복하게 살 수 있음에도 불구하고 분연히 일어나 살인을 저질렀다. 할멈의 모함이 끊이지 않았다지만 그동안 참았으니 그냥 무시하고 남편과 살면 그만이었다. 남편은 그녀를 믿어주니 말이다. 그런데도 그녀는 참지 못하고 살인을 저질렀다. 왜 그랬을까?

아이러니하게도 그녀가 결혼하지 않았다면 그녀는 살인자가 되지 않았을 것이라는 점이 핵심이다. 그녀가 할멈을 죽인 이유는 "헤프다.", "남자를 꾀었다." 같은 말 때문이 아니라 바로 이 말 때문이었다.

"은애가 원래 정련이와 결혼하기로 약속해놓고 지금 남편을 만나 결혼했다."

이 말은 그녀가 음탕하고 부도덕하다는 말을 넘어, 그런 음란한 여자를 부인으로 얻은 남편과 그 집안까지 부도덕하다는 뜻이고, 그녀의 음란함을 알면서도 맞아들였으니 패륜적인 집안이란 말이었다. 이 말은 너무나 치명적이었다.

결혼 전 은애를 향한 지저분한 험담은 그녀의 품성과 정조에 대한 개인적인 문제였다. 하지만 결혼 후에도 지속된 이 모함은 개인적인 차원을 넘어 사회적, 국가적 차원으로 확대된 문제였다. 이제 할멈의 극악함에 대처하지 않는다면 은애는 물론 그의 남편과 집안은 인륜의 기초와 사회의 기강을 훼손하는 심각한 잘못을 저질렀다고 시인하는 셈이 되는 것이었다. 혼자만 참으면 넘어가는 문제가 아니라 이젠 정면으로 부딪쳐 해결하지 않으면 안 되는 큰일로 번져버렸다. 참는다고 끝날 문제도 아니고 저 혼자 오물을 뒤집어쓴다고 해결될 문제도 아니었다. 그래서 그녀는 칼을 들었던 것이다.

은애가 할멈을 죽인 결과만 놓고 보면 살인이 쉬웠을 것으로 보인다. 혈기 방장한 젊은 여자가 제 몸 하나 못 가누는 늙은이를 살해한 것으로 보이니 말이다. 하지만 상황은 정반대였다. 은애는 어리고 약했고 할멈은 거칠고 억셌다. 은애는 애초부터 힘센 할멈의 상대가 아니었다. 얼마나 할멈이 억세고 드센지 온갖 패악을 부려도 동네 사람들 모두 쉬쉬

할 뿐 누구 하나 뭐라 하지 못했다. 은애와 할멈 둘이서 싸운다면 은애가 이길 것이 아니라 할멈이 손쉽게 이길 싸움이었다. 누가 봐도 그랬다. 말하지 않아도 다 알았다. 그래서 은애가 관가에서 조사받을 때도 사또가 이렇게 물었던 것이다.

"할멈은 힘센 여자이고 너는 약하고 여린 계집애인데, 지금 시체에 난 칼자국을 보니 도저히 네가 했다고 믿을 수 없다. 공범이 있는 것이 분명하구나. 바른대로 말해라!"

공범이 없이는 도저히 살인을 할 수 없을 정도로 신체적으로 차이가 났기에 사또가 다그쳤다. 그녀는 누가 봐도 완력으로는 도저히 할멈을 대적할 수 있는 여자가 아니었다.

그렇다면 부엌칼을 쥐고 있는 은애가 흉기의 도움을 받았기에 가능했던 것은 아닐까? 하지만 이도 역시 아니다. 부엌칼을 들고 나타난 은애를 보고 할멈이 비웃는 장면만 봐도 그렇다.

"비리비리하고 약한 주제에 제깟 것이 감히 어떻게 찔러."

아무리 봐도 은애는 상대가 되지 않았다. 칼을 보고도 할멈은 비웃을 수밖에 없었다.

"찌를 테면 찔러 봐라."

물론 할멈은 은애를 얕잡아본 거였다. 그래서 죽였다. 도저히 상대가 되지 않는 약한 은애가 드센 할멈을 죽일 수 있었던 사정은 이러했다.

은애는 할멈을 찾아가면서 꼭 할멈을 죽일 수 있다고 생각했을까? 칼을 들고 갔으니 이길 것이라고 확신했을까? 결과는 은애가 찌르고 할멈이 죽었으니 그랬던 것 같지만 실은 그렇지 않다. 은애는 할멈을 죽일 마음이었다. 그럴 작정이었지만 그녀는 자신이 도저히 깜(?)도 안 된다는 것을 알았다. 그것은 할멈을 죽일 마음으로 달려들다가 자신이 죽더라도 어쩔 수 없다는 마음이었다. 아니 정확하게는 자신이 죽임을 당할 마음으로 찾아간 것이다. 참을 수 없는 원통함과 분노를 넘어서 이젠 남편의 가문까지 욕되게 하는 상황을 도저히 묵과할 수 없었기에 목숨을 걸었던 것이다. 할멈을 죽일 수 있어서 대든 것이 아니라, 자신이 죽을 작정으로 달려들었다. 그렇게 죽음으로써 자신의 무고함을 만천하에 드러낼 작정이었다. 그랬기에 그녀는 가냘픈 몸이 형구를 이기지 못해 비실거리면서도 사또에게 이렇게 거침없이 말할 수 있었던 것이다.

"규중의 처녀를 모함해서 더럽게 하는 것은 천하에 있을 수 없는 일입니다. 게다가 결혼했는데도 그치지 않고 계속 거짓말을 하는 것은 사회기강을 어지럽히는 일입니다. 참을 수 없었습니다. 제가 비록 어리석지만, 사람을 죽이면 관가에 잡혀가 제 자신도 죽을 것쯤 은 알고 있습니다. 그러니 제가 오늘 죽는 것은 당연한 일입니다."

그녀는 정말로 죽음도 불사했던 것이다.

나라님은 무엇을 하시는가?

지금도 그렇지만 조선시대도 자력구제(自力救濟)는 불법이었다. 제 힘으로 문제를 해결하는 것이 아니라 사회적으로 합의한 룰에 따라 해결해야 했다. 더욱 살인이란 것은 영화에서 보는 것처럼 결코 쉬운 일도 아니다. 게다가 은애는 싸움에서 자신이 이길 거라고 생각하지도 않았다. 그런데도 그녀는 관가와 법에 호소하지 않고 직접 칼을 들고 달려드는 길을 택했다. 그녀는 왜 사또에게 하소연을 하지 않았을까?

이 역시 뾰족한 답을 모르니 추측만 할 따름이다. 은애가 관청에 호소하지 않은 이유는 그들을 믿지 못해서였으리라. 그녀는 법과 관을 믿지 못했던 것이다.

지금과 달리 조선시대 지방관은 백성들의 풍속과 기강을 책임져야 할 중대한 사명이 있었다. 그것이 주 임무라고 해도 과언이 아니다. 불효자가 있거나 형제간에 다툼이 있거나 불륜이나 난잡한 성행위가 있다면 즉각적으로 개입해서 바로잡아야 하는 것이 지방관인 사또의 임무이자 역할이었다. 특별히 고소가 있는 경우는 물론이고 그런 고소가 없어도 감찰해서 옳게 잡아야 했다. 동생이 형을 욕하면 동생을 불러 크게 혼을 내서 곤장을 치는 것이 온당한 법의 집행이었다. 바른 지방관이라면 마땅히 그러해야 했다.

그런데 은애가 살던 이 고을의 사또는 어찌 된 영문인지 눈과 귀를 닫고 있었다. 탐관오리였는지 무능한 인물이었는지 알려져 있지는 않지만 분명한 것은 여러 해 동안 이어진 은애를 둘러싼 지저분한 루머와 험담을 그대로 방치했다. 백성의 일에 관심이 있는 사또였다면 이토록 온 고을을 흉흉하게 만드는 할멈의 일을 진작부터 알았어야 옳다. 그리고 바로잡아야 했다. 할멈의 극악스런 짓거리가 단순한 시정잡배들의 시시껄렁한 이야기에 그치지 않고 나라와 사회의 기강을 흔드는 지경까지 번졌는데도 사또는 아무 움직임이 없었다. 은애가 결혼하고도 무려 2년이 흐른 시점까지도 할멈의 패악이 그치지 않았는데도 사또는 요지부동이었다.

사또는 이러면 안 되었다. 사또가 혼미해서 할멈의 말을 진실로 믿었다면 은애를 잡아다가 음란함을 징치했어야 했고, 아니면 반대로 할멈의 패악을 알았다면 할멈을 불러들여 훈계를 했어야 했다. 반드시 둘 중 하나는 꼭 해야 했다. 그것이 그의 사명이자 임무였다. 하지만 사또는 아무런 조치를 취하지 않았다.

사또는 대체 무슨 생각이었을까? 아마 늘 있는 그렇고 그런 실성한 할멈의 노망 정도로 여겼을까? 아니면 은애를 둘러싼 지저분한 소문보다 더 중요한 다른 일이 있었던 것일까? 정확한 것은 알려져 있지 않다. 하지만 은애가 이런 상황에서 사또에게 올바른 판결을 받기란 쉽지 않아 보인다. 은애가 관과 법을 신뢰하지 않은 것은 옳지 않았지만 그녀가 그렇게 외면한 이유는 충분히 공감할 수 있다.

사또만 그런 것이 아니다. 그보다 상급 기관의 관찰사도 마찬가지였다. 은애의 살인사건은 모든 것이 명확한 사건이었다. 범행도 분명했고 살인자도 분명했고 동기도 확실했다. 하지만 사또는 스스로 처리하지 못하고 상급 기관의 관찰사에게로 처리를 떠넘겼다. 쉽지 않았기 때문이다. 관찰사도 보니 역시 판결이 쉽지 않았다. 공범이 있느냐는 엉뚱한 추궁만 아홉 번씩이나 계속하며 시간을 끌었다.

사또와 관찰사가 함부로 결정하지 못한 것은 그래도 일말의 양심이 있었기 때문이다. 자신들의 직무태만 때문에 이런 일이 빚어진 것을 알았기 때문이다. 누가 봐도 은애같이 연약한 어린 여자가 할멈에게 대든 것은 처절한 자기 항변이었음이 명백하니 말이다.

관찰사는 은애가 딱했다. 그동안 옥에 갇혀 문초를 받은 것만 해도 죗값으로는 충분해 보였다. 하지만 살인은 큰 죄였다. 그냥 풀어줄 수 없었다. 그러면 자신에게 불똥이 튈 것이기 때문이다. 그렇다고 은애를 다른 살인 죄수처럼 처결하면 민심이 흉흉해질 것이 분명했다.

"대체 그런 법이 어디 있어?"

"아니 그동안 나라님들은 무슨 일을 하신 거여?"

"눈도 귀도 없대?"

"할멈에게 뭔가 얻어먹은 것이 있는 거 아냐?"

"어쩌면 인척일지도 모르겠구먼?"

이렇게 들끓을 민심이 무서운 것이다. 이런 소리가 중앙의 임금에게까지 소식이 올라간다면… 그다음은 장담할 수 없다. 작게는 파직이요, 크게는 귀양이었다.

관찰사는 사건 처리를 차일피일 미루며 시간을 끌었다. 직무태만에 복지부동, 관료주의에 물든 전형적 행태였다. 이러니 은애가 관가와 법에 호소할 수 없었던 것이다.

은애는 풀려나기는 한다. 오랫동안 옥에 갇혀 잊힌 채로 있다가 1790년 여름, 정조 임금의 아들이 태어나는 국가의 경사가 있을 때 풀려난다. 이런 경사에는 태어난 아들에게 복이 깃들기를 바라는 마음에 덕을 베풀어 사형수를 풀어주는 일이 있었다. 이 틈을 타서 관찰사가 은애의 사건을 정조에게 보고했다. 조정에서도 논의는 복잡했다. 은애가 원한을 갚은 것을 이해할 수 있다는 견해와 살인죄는 정상참작이 안 된다는 견해가 팽팽히 맞섰다. 결국 정조가 결단을 내렸다.

"제 몸을 지키는 것이 본분인 여자가 음란하다는 모함을 당했다. 그것은 목숨과도 바꿀 수 없을 정도로 크게 원통한 일이다. 이런 일을 당한 대부분의 여자들은 자살하는 것으로 자신이 결백하다고 항변한다. 그것은 쉬운 길이다. 하지만 은애는 그러지 않고 어려운 길을 택했다. 칼을 들고 원수를 죽여 모든 이들에게 무엇이 옳고 그른지를 알려 나라의 기강을 일깨우고 풍속을 바르게 세웠다. 이런 일은 옛날이라면 표창을 하고 칭찬할 일이다. 또한 그동안 감옥에서 고초당한 것만으로도 충분히 죗값은 치렀다. 목숨만은 살려주도록 해라."

결국 은애가 풀려났기에 정조 임금의 은혜를 칭송할 수 있겠지만, 뒷맛은 영 개운치 않다. 정조는 은애를 풀어주었을 뿐 사또도 관찰사도 징계를 하지는 않았으니 말이다. 아니 정확하게는 그들을 징계할 수 없었다. 그들의 복지부동, 직무태만을 모르는 바는 아니나 그 정도의 일로 자신의 수하들을 내치거나 징치할 수는 없다. 그것은 나라의 체제를 흔들어버리는 일과 마찬가지였다. 심하게 말해 은애와 같은 일을 당하는 사람들은 그 시대에 널리고 널려 있었다. 그런 일에 일일이 상대하고 배려하고 처리할 수는 없다. 그것이 현실이었다. 정조의 말처럼 은애만이 특별한 케이스였다. 다들 그냥 참고 그냥 당하고 숨죽이고 사는 세상이었다. 은애를 죽이지 않은 이유는 사또나 관찰사의 판단과 마찬가지다. 민심은 모두 은애의 편이기 때문이다. 억눌린 시대에 모두 다 납작 엎드려 있는데 은애만이 벌떡 일어서서 칼을 휘두르며 항변했던 것이다. 그 항변에 표면적으로는 할멈이 죽었지만 그 항변은 단지 할멈만을 향한 것이 아니었다.

"대체 왜 이런 할멈을 그대로 두는가?"

"정절이 중요하다면서 왜 이토록 못살게 구는가?"

"도대체 나라님은 무엇을 하시고 계신단 말인가?"

이런 질문에 그 어느 누구도 속 시원히 답해줄 수 없기 때문이었다.

정조는 역시 혜안을 지닌 현명한 군주였다. 그는 본질을 꿰뚫어보았다. 이 사건은 단지 살인사건이 아니었다. 나라의 기강과 사회 풍속의 시금석이 될 중요한 사건이었다. 자칫 잘못하면 폭풍이 일 수도 있는 일이었다. 정조가 은애를 풀어주고, 또 이덕무를 시켜 〈은애전〉을 지어 알리게 한 것은 정치적 행위였다.

"모두 은애처럼 되어라!"

표면적으로는 그랬다. 하지만 정조의 속마음을 헤아리면 아마도 이럴 것이다.

'은애처럼 될 수 없다면 그냥 참아라. 너만 그런 것은 아니잖니? 미안하다….'

정조도 알았다. 자신이 모든 일을 처리할 수 있는 물리적인 시간과 힘에는 한계가 있다는 것을. 그의 수족인 지방관들이 잘 처리해야 할 테지만 그것이 쉽지 않다는 것을 말이다.

정조는 잘 알았다. 영민한 그가 어찌 모르겠는가. 여성의 정절을 강조하면서도 여성의 정절을 함부로 대하는 남성들의 세상을. 그 짐승 같은 남성들과 그들에 영합하는 악독한 할멈 같은 자들이 넘쳐나는 곳에서 폭력과 강간의 불안에 떨며 힘겹게 살아가는 불쌍한 여인들이 수두룩하다는 것을 어찌 모르겠는가. 정조는 그가 할 수 있는 최선을 다했다. 그것은 은애를 풀어주는 일이었다. 하지만 단지 그뿐이었다.

이렇게 사또도 관찰사도 심지어 임금조차도 손을 댈 수 없는 체제의 근본적인 문제를 은애도 역시 알고 있었다. 관청과 법이 자신의 편을 들기 쉽지 않다는 것을 누구보다 잘 알았다.

그것이 그녀가 칼을 든 진정한 이유다.

설사 사또에게 할멈의 극악한 모함을 하소연했을 때 사또가 옳은 판결을 한다고 해서 무엇이 바뀌겠는가? 그동안 당한 자신의 억울함이 풀어지는 것은 아니다. 정정 보도 하나로 모든 것이 말끔히 씻어지지 않는 것처럼 말이다. 오히려 억울하다고 관가에 고발한 것을 두고 사람들이 은애에게 너무했다고 비난할 수도 있다. 아니 땐 굴뚝에 연기 날 리 없다며, 공연히 문제를 크게 만든다며, 노인을 공경하지 않는 근본이 막되 먹은 년이라며 손가락질할 수도 있다. 왜 아니겠나? 옛날이나 지금이나 백성들이란, 대중이란, 원래 깊은 생각 없이 돌을 던지는 데 익숙하다. 별 생각 없이 댓글을 달고, 보이지 않는다고 악플을 일삼고, 그냥 비꼬고 비웃는 것으로 제 소임을 다했다고 생각하는 사람들이 지금만 있는 것이 아니었다.

무엇보다 사또에게 호소해서 옳은 판결은 받아도 변하지 않을 것은 할멈이 험담을 멈출 리 없다는 사실이다. 단지 험담했다고, 명예훼손을 했다고, 할멈을 잡아넣을 수는 없다. 그런 '법'은 지금도 쉽지 않다. 그러니 할멈은 질책을 받는 정도로 풀려날 테고 그런 일에 더 깊은 증오심을 품은 할멈은 그 앙갚음으로 더 극악하게 기승을 부릴 것은 안 봐도 뻔했다.

은애가 칼을 든 것은 그것밖에는 그녀가 할 수 없었기 때문이다. 그리고 그것은 할멈을 죽이겠다는 마음이 아니라 그렇게 자신이 죽고 말겠다는 마음이었다. 그녀가 든 칼이 향한 것은 할멈이었지만 그 뒤에는 사또와 관찰사가 그리고 임금이 서 있었다. 자신의 주변과 사회, 그리고 나라를 향한 처절한 몸부림이었던 것이다.

은애의 경우와 관련해 이번에는 나무꾼에 의해 집안에 감금된 선녀를 한번 떠올려보자. 그녀는 인간다운 대접을 받았을까? 아랑과 은애는 과연 인간일까? 그들이 여성이기에 혹시 인간이 아닌 것은 아닐까? 어쩌면 지금도 우리 주위에 선녀처럼 남편에게, 아랑처럼 가족에게, 은애처럼 사회에 갇혀 억압과 핍박을 받는 자들은 없을까?

물리적 강간만이 강간이 아니다. 그들을 언제든지 강간할 수 있다고 협박하고 위협하고 주눅 들게 하는 것 역시 강간이다. 억지로 밤마다 나무꾼과 동침할 수밖에 없었던 선녀의 처지는 '부부이기에 강간이 아니다.'는 말만큼이나마 어처구니없는 상황이다. 귀족 여인이지만 사라진 아랑을 두고 그녀의 품성과 정조를 의심하는 아버지의 눈길은 여성은 언제든지 음란할 수 있다는, 그래서 언제든지 덤벼들어도 상관없다는 폭력적 상황을 있는 그대로 보여준다. 은애를 둘러싼 음란 담론은 사회 모두가 여성을 두고 어떻게 생각하고 대우하는지를 너무나도 아프게 보여준다. 심하게 말해 선녀도, 아랑도, 은애도 인간이 아니었다고 말하면 너무 지나친 말일까.

아랑의 이야기나 은애의 이야기를 대할 때마다 괴로워지는 것은 이렇게 죽거나 죽음을 각오하지 않으면 도무지 해결되지 않는 상황 때문이다. 그리고 미안한 말이지만 그렇게라도 해결한 아랑과 은애는 행복한 축에 든다는 사실 때문이다. 느닷없이 닥친 상황에서 죽는 것도 여의치 않고 또한 원통함을 풀어달라고 하소연할 근거조차 없는 참혹한 상황에 놓인 여인들과 비교하면 그렇다는 말이다. 그들은 원통함에 분이 터져 죽을 지경이 되어도 어디 한 군데 하소연할 곳조차 없다.

육체적인 강간만 강간이 아니라 강간에 이르게 하는 정신적 압박 역시 강간이다. 강간에 이르게 하는 강요, 받아들이게 하는 주변의 압력이 모두 강간이다. 선녀를 두고 자꾸 집 나간 여성으로만 보는 것이 바로 강간에 대한 공모의 시선이다. 굴종하고 받아들이지 않고 도망쳤다고 비난하고 댓글을 달고 그것에 '좋아요'를 누르는 것이 바로 공모의 행동이란 말이다. 결과가 벌어지지 않아도 강간은 강간이다. 아랑처럼 죽임을 당한다면, 은애처럼 명예를 훼손당한다면, 그것이 여성의 본질과 삶에 대한 것이라면 그 역시 강간인 것이다.

국가가 가해자인 경우를 떠올려보자. 일본군강제종군위안부 문제는 아직까지도 도무지 해결될 기미가 없다. 일본이 거부하고 부정하고 외면하는 것은 그들이 저지른 일이기에 발뺌하려는 수작이지만, 피해자인 우리에게도 이 문제는 신경 쓰고 싶지 않은 일이다. 겉으로는 신경 쓰는 척하지만 속으로는 빨리 잊히기를 바란다. 그런 문제에 엮이고 싶지 않은 것이다.

그 이유는 바로 성폭력 담론이 음란 담론과 연결되기 때문이다. 일본군강제종군위안부 문제를 떠올릴 때마다 금방 머릿속에 이어지는 것은 일본군의 폭력과 강간이고, 강간은 그대로 음란함과 연결된다. 그래서 심지어 '실제로 좋지 않았을까?' 하는 미친 생각에까지 도달하는 자들도 있다. 강간을 둘러싼 담론이 포르노그래피적 환상에 근거한 남성들의 성적 판타지와 이어지기 쉽기 때문이다. 그 자체로 보고 즐기고 연상하는 가운데 쾌락을 느끼는 것과 쉽게 통하기 때문이다.

그래서 일본군강제종군위안부 문제를 머릿속에 떠올릴 때마다 사람들은 갈등하게 된다. 원초적인 쾌락과 강간과 폭력 사이에서 제 욕망과 제 윤리와 제 가치판단의 혼선을 빚는 것이다. 그래서 이 문제를 가급적이면 생각하지 않고 멀리 떨어뜨려 두고 싶은 것이다. 가슴에 안기보다는 멀리 놓고 머리로만 판단하고 싶은 것이다. 분명 종군위안부 문제는 있어서는 안 되는 불행한 일이니 말이다. 분명 자신은 일본을 비판하고 그 일을 당했던 분들에 대해 안타까움과 괴로움을 느끼고 있지만 한편으로는 그 문제를 깊이 생각하고 싶지 않다.

이렇게 이율배반적인 마음을 두고 단죄할 수만은 없다. 하지만 이러니 억울하게 죽은 아랑을 두고 음란 담론이 펼쳐진 것이고 모함당한 은애를 어느 누구 하나 속 시원히 나서서 두둔하고 문제를 해결해주지 못한 것이다. 아랑이 아름다우면 아름다울수록 더 음란 담론은 더해진다. 은애가 아리땁고 어리기에 그녀들을 둘러싼 강간의 상황이 제대로 보이지 않았던 것이다. 비록 그것을 알아챈 사람들조차도 그 말을 하고 그 일을 떠올리는 것만으로도 쉽게 폭력적 음란 담론에 엮이게 되니 그것이 불편하고 싫은 것이다. 그냥 남의 일로 치부해버리는 편이 나은 것이다. 그냥 멀리 두고 판단하거나, 아예 신경을 끄고 싶은 것이다.

이것이 지금 우리의 현실이다.

7관

인지부조화의 절정

간통의 다른 말은 불륜(不倫)이다. '윤리적이지 못한 일'이란 의미다. 윤리니 도덕이니 하는 것도 따지고 보면 인간들이 만든 약속에 지나지 않으니 경우에 따라 바뀌어야 한다는 주장부터 절대 안 된다는 시각까지, 불륜과 간통을 둘러싼 논의는 다양하다 못해 정리할 수 없을 정도로 복잡하고 제각각이다. 그 이유는 결국 다음과 같은 이기적인 마음 때문이다.

"내가 하면 로맨스고 네가 하면 불륜이다."

이율배반적인 이 '내로남불'은 결국 간통은 다른 사람들이 볼 때는 몹쓸 짓이겠지만 자신들은 나름 진지하다는 뜻이다. 그러니까 결국 이런 볼멘소리다.

"당신이 오해하고 곡해해서 비난하는 거지, 사실은 진정한 사랑이라니까."

이 말 때문에라도 간통을 따져보지 않을 수 없다. 윤리적으로 옳고 그름을 논하기에 앞서 정말 진정한 사랑인지 아닌지 말이다.

옛이야기 속에 나타난 간통은 당연히 부정적으로 그려졌다. 간통을 저지른 자는 반드시 징벌을 받았다. 간통은 있어서도 일어나서도 안 되는 패악으로 못 박은 것이다. 〈사씨남정기(謝氏南征記)〉에서 외간 남자와 사통하고 집안을 풍비박산 나게 만든 교 씨 같은 여자가 대표적이다. 그녀는 철저하게 징치당했다. 이렇게 애초부터 작가가 간통을 나쁘다고 마음

먹고 서술하고 있으니 그 속에서 간통의 진정성을 찾기란 불가능하다.

그런데 다행히도 옛이야기 중에 간통을 저질렀는데도 징치당하지 않은 이야기가 둘이나 있다. 하나는 남자가 먼저 간통을 획책한 이야기이고, 다른 하나는 여자가 먼저 간통을 꾀한 이야기다. 벌을 받지 않는다는 점이 정말 의외다. 실제 현실에서는 간통이 빈번하지만 일일이 처벌받지 않는다는 사실성을 담았다는 점과 유교적 이데올로기의 당위적 시각이 없다는 점에서 두 이야기에 등장하는 간통을 진정한 사랑으로 볼 수 있을지 살펴보기에 좋은 텍스트다. 두 이야기 모두 19세기 서울을 배경으로 펼쳐진다.

14

꽃 한 번 꺾어보겠다고 거푸 헛물 켠 사건

〈절화기담(折花奇談)〉

'꽃을 꺾는 기이한 이야기'라는 제목의 〈절화기담(折花奇談)〉은 이생이라는 남성이 유부녀를 어떻게 정복하는가에 초점이 맞춰진 불륜 이야기다.

이야기는 굉장히 단순하다. 이생이라는 양반이 열일곱의 아름다운 유부녀를 보고 몸이 달아서 뚜쟁이 할멈을 중간에 넣어 어떻게든 한번 동침하려고 안달복달하는 내용이다. 될 듯 말 듯하며 허탕 치는 것이 연속적으로 이어지다가 결국 진한 밀회를 한다.

이생은 지금의 종로3가인 서울 모동에 살았다. 외모가 준수하고 고상했으며 풍채가 빼어났다. 시와 문장에도 제법인

재주 있는 선비였다. 장가를 들었지만 집안은 돌보지 않고 이웃의 유명한 이 씨 집안에 얹혀살았다.

이 집에는 마을 전체가 공동으로 쓰는 우물 하나가 있었다. 동네 여자들이 우물가에 모여 물을 긷는 풍경은 눈요깃거리로 좋았다. 이생은 빈둥거리며 그렇게 시간을 보내고 있었는데, 어느 날 기가 막히게 아름다운 여인을 보게 되었다. 순매(舜梅)란 열일곱 살 여인으로 버들 같은 허리에 복숭아빛 뺨, 앵두 같은 입술, 윤기 나는 검은 머리… 그야말로 진정한 절세 미녀였다. 알아보니 그녀는 시집가서 머리를 얹은 지 몇 해가 되었다고 한다. 유부녀였던 것이다.

하지만 이생은 그녀를 본 후 넋이 나갔다. 마음이 흔들려 도무지 가라앉힐 수 없었다. 심지어 순매와 성교하는 꿈까지 꾼다.

그래서 뚜쟁이 할멈을 시켜 다리를 놓아달라고 한다. 할멈은 그러겠다고 하면서 이리저리 돈을 뜯어서 챙기기만 하며 만날 듯 말 듯 자그마치 여덟 번이나 헛물을 켜게 한다. 그러다가 결국 아홉 번째 서로 만나 정을 통한다. 그리고 그 한 번의 만남이 끝이었다.

물론 이생은 이후에도 순매를 만나고 싶어 했다. 하지만 순매의 이모 간난이가 그들의 불륜을 눈치채고 눈에 불을 켜고 지켜보기에 어쩔 수 없이 더 만나지 못하게 된다. 이생은 어쩔 도리가 없었다. 자신도 유부남이고 그녀도 유부녀였다.

불륜을 한 사실이 들통 나서 이모가 감시하고 있다는데 다시 감행할 엄두도 나지 않았다. 어쨌든 한 번 만나봤으니…. 그렇게 이야기는 끝난다.

밀고 당기기와 꽃뱀 사기단

불륜은 반사회적 행동으로, 불륜을 저지르는 이들도 그것을 옳다고 생각하지는 않는다. 자신이 저지른 일을 로맨스로 항변하기는 해도 마음속에 찜찜함이 남는 것이 사실이다. 우습게도 방금 불륜을 저지르고 온 사람도 다른 사람의 간통을 보면 금세 공분에 휩싸여 돌을 던지려 한다. 이러한 심리는 불륜이 사회의 근본 기강을 흔드는 위험한 것이기에 결국 자신에게까지 영향을 미쳐 본인도 불안해진다는 두려움이 내재하기 때문이다. 그래서 실제 현실과는 달리 이야기 속에서는 꼭 불륜에 대해서 징치를 한다. 자신들의 두려움을 이야기 속에 투사시켜 걱정을 덜어내려는 심리다. 한마디로 '나는 불륜을 저질러도 너까지 불륜을 저지르면 우리 사회가 어떻게 되겠니?' 하는 이기적인 마음이다.

그런데 〈절화기담〉은 불온하게도 불륜을 저지른 이생이나 순매를 실질적으로나 도덕적으로나 징치하지 않는다. 이생이 상사병으로 죽지도 않고 순매가 비명횡사를 하지도 않은 채 이야기가 끝난다.

'그래도 이생은 괴로웠을 거야.'

'순매는 불행해졌겠지.'

추측은 자유지만 이들의 이후 삶은 그리 큰 변화가 없었을 것이다. 마치 아무렇지도(?) 않은 듯 흘러갔으리라. 아무 일이 없이 흘러갔다고 해서 그 사랑이 진정하다고 말하는 것은 불륜을 무조건 매도하는 것만큼이나 무책임한 소리다. 정말 그들이 진정한 사랑을 나눴는지는 따져봐야 한다.

진정한 사랑은 서로가 서로를 진심으로 갈망하는 것이 우선해야 할 텐데, 아무래도 이생과 순매의 사랑은 그런 점에서 부족함이 있다. 이생도 그랬지만, 순매 쪽도 이생을 그리 심각하게 생각하지 않았다. 순매는 이생을 사랑했다기보다는 이생의 돈을 사랑했던 것 같다. 순매를 보고 몸이 달은 이생은 어떻게든 한 번 몸을 섞어 보겠다고 그녀를 보챘는데 이 역시 순매 자체를 사랑했다고 보기 어렵다. 서로 사랑을 핑계로 댔지만 이들 사이에 끼어 있는 것은 금전이었다.

이생은 우물가에 물을 길러 온 순매를 향해, 이전에 그녀가 종놈에게 전당 잡혀두었던 은 노리개를 슬쩍 보여주며 마음을 떠본다. 그 마음을 짐작한 순매는 싫지 않은 기색으로 웃어 보이며 남이 볼 새라 재빨리 물을 길어서는 가버린다. 그렇게 이생과 순매의 밀고 당기는 불륜 게임이 시작되고, 이어서 이생이 거듭 헛물을 켜는 상황이 벌어진다.

뚜쟁이 할멈은 순매가 오지 못한 이유를 때때마다 다양하게 둘러대는데, 불이 나서, 물 긷느라 힘들어서, 약속 시간을 못 맞춰서, 애써 찾아왔는데 이생이 없어서 못 만났다는 것이다. 거기에 더해 만나서 옷을 벗기려는 찰나에 순매의 이모가 불러서 산통을 깨뜨리고, 느닷없이 동생이 나타나서 안 되고, 남편이 술에 취해 주정을 부려 못 오는 등등의 사연이 이어진다. 번번이 아슬아슬하게 무산된다.

그때마다 뚜쟁이 할멈은 야금야금 이생의 돈을 뜯어간다. 순매의 은 노리개는 물론, 청나라에서 건너온 붉은 은장도와 옥 노리개까지 할멈을 통해 순매에게 건네진다. 심지어 할멈은 순매가 아프다는 말로 약값까지 챙겨간다. 어떤 때는 순매의 이모 간난이를 구워 삶기 위해서 돈이 필요하다며 천연덕스럽게 금전을 요구한다. 이생은 한마디로 '봉'이었다.

뚜쟁이 할멈의 행동은 전형적인 사기꾼 스타일이다. 이생을 들었다 놨다 하는 것이 보통 가락이 아니다.

"약간의 돈을 제게 맡기시면 상공을 위해 일을 주선해봅지요."

전형적인 꽃뱀의 수법으로, 몸이 바짝 달은 이생은 어떻게든 돈을 마련해 할멈을 주며 신신당부하지만 할멈이 부탁을 쉽게 들어줄 리 없다. 일단 일이 성사되면 더 이상 뜯어낼 수 없으니 말이다.

할멈이 여간내기가 아닌 것은 처음에는 맛보기로 순매의 몸까지는 더듬게 해줬다는 사실이다. 어쨌든 일단 한 번은 상대를 보긴 해야 바짝 달아올라 끌려 올 테니 말이다. 그렇게 코에 바늘 꿴 고기마냥 끌고 다니기를 자그마치 2년 동안이나 한다. 물론 그동안 철저하게 돈을 우려낸다.

결국 아홉 번째가 되어서야 이생은 그토록 바라던 정사를 벌이는데, 그것은 이생의 태도가 급변했기 때문이지 할멈이 자비로워(?)서가 아니었다. 이생이 대놓고 할멈에게 화를 내지 않았다면 그때도 일은 성사되지 않았을 거였다.

"대장부가 어찌 여자 하나에 연연해한단 말이냐? 이제부터는 맹세코 순매의 '매'자도 꺼내지 않겠다."

이까지 부득부득 갈며 이생은 노파의 집을 떨치고 나가버린다. 그동안 들인 돈과 시간이 장난이 아니기에 이생은 생각할수록 분노가 더 치밀었다. 할멈이 그제야 순순히 순매와 자리를 마련한 것은 더 이상 우려낼 것이 없어서였다. 저렇게 화가 나 있는 이생에게 돈을 더 뜯어낼 수도 없고, 이대로 그냥 끝내버리면 혹시 그동안 투자한 돈을 내놓으라고 목을 쥐고 흔들 수도 있으니, 일단 주기로 한 것(?)을 줘버린 것이다. 이래저래 제 몸도 아니니 말이다.

이 모든 과정을 순매도 알고 있었을까? 할멈과 공모했을까? 이야기는 그런 것까지 말해주지 않으니 확실하지는 않지만, 할멈이 이생의 돈을 뜯어서 혼자만 먹었다고 볼 수는 없다. 순매에게도 일정 부분이 돌아갔다. 순매를 계획적인 꽃뱀이라고까지 매도하기는 힘들어도, 기회가 되어 남자의 돈을 뜯어낸 여자라고 보는 것은 어느 정도는 타당하다. 순매가 자신의 몸을 무기로 전략적으로 이생을 유혹한 것은 아니지만, 돈을 중심으로 일이 벌어지자 구미가 당긴 것도 사실이다.

이런 순매에게 이생과의 관계를 스스로 정의해보라고 한다면, 말은 '사랑'이라고 얼버무리긴 해도 떳떳하지는 못할 것이다. 이것은 일종의 게임이지 사랑은 아니다. 육체적인 탐욕이 목적이었기에 진정한 사랑이 아닌 것이 아니라, 애초부터 사랑이란 것이 없었기 때문에 사랑이라 할 수 없는 것이다. 이생도 순매를 돈으로 낚으려고 했을 뿐 다른 어떤 이유도 아니었다. 그런 장단에 순매가 같이 스텝을 밟아줬을 뿐이다. 둘 다 한 번으로 족했고 더 이상 감정이 없으니 그것으로 끝냈다. 진정한 사랑이 어떤지 잘 몰라도 한 번 만나고 그만 두는 것을 두고 진정을 운운 하는 것은 좀 우스워 보인다.

이들이 더 이상 아쉬워하지 않은 이유는 간단하다. 이미 얻을 것을 얻고 챙길 것을 챙겼기 때문이다. 성적 욕망이든 돈이든 그들은 지불할 것을 지불하고 받을 것을 받았다. 계산은 이미 다 끝난 거였다. 너와 나 사이에 계산이 다 끝났는데 무슨 사랑 타령이란 말인가.

연애하다 헤어질 때 "그동안 내가 준 선물 다 돌려줘."라는 뻔뻔한 말이 당연하게 받아들여지는 세상이니 어쩌면 계산하는 것이 사랑이라고 우길 수도 있겠다.

곰 인형에 액세서리, 명품 가방을 안길 때는 사랑이었는데, 돌아서니 사랑이 식어 그것이 아까워 돌려달라는 것인지, 아니면 애초부터 곰 인형과 가방으로 환심을 사려는 거였는지 궁금하다. 뭐라 말해도 오해하는 것이라고 항변할 테니 뭐라 말하기도 어렵다. 그들의 속사정을 누가 알겠는가.

다만 그렇게 끝내려면 액세서리에 가방만 돌려받을 것이 아니라, 그동안 먹은 음식 값에 같이 보낸 시간의 기회비용까지 톡톡히 우려내시라. 계산은 정확해야 하지 않겠는가.

그리고 그 돈으로 또 다른 '사랑'을 찾아보시라.

15

진정한 교유를 꿈꾸는 어떤 여인의 남자 찾기

〈포의교집(布衣交集)〉

옛이야기 중 남자가 여자를 꾀어 어떻게든 동침하려고 껄떡대는 이야기는 꽤 많다. 심하게 말해 연애 이야기 대부분이 그렇다고 해도 과언이 아니다. 그런데 반대의 경우는 찾기 힘들다. 여성이 기녀인 경우엔 먼저 남성을 유혹하는 일이 있지만, 일반 여염집의 여성이 그것도 유부녀가 남성을 먼저 유혹한다는 것은 상상하기 어렵다.

그런데 유부녀가 적극적으로 남성에게 매달릴 뿐만 아니라 나중에는 공공연하게 제 남편에게 대들기까지 하며 간통한 남자를 두둔하는 이야기가 있다. 〈포의교집(布衣交集)〉 이야기다.

여기도 남자 주인공이 이 씨 성을 가진 이생이다. 역시 내용은 간단하다. 충청도에 사는 마흔 넘은 이생이란 변변치 못한 양반이 벼슬을 하려고 서울에 올라와 연줄을 만들려는 생각으로 장 승지 댁에 머문다. 그런데 바로 그 집 행랑채에 세 들어 사는 초옥(楚玉)이란 열일곱 살의 어린 유부녀와 눈이 맞아 불륜을 저지른다는 이야기다. 앞서 본 이야기와 다른 점이 바로 초옥이란 이 여인이 모든 불륜을 주도한다는 점이다.

초옥은 하층민인 양 씨 집의 며느리로, 본인의 나이는 열일곱, 남편은 열아홉이었다. 본래 남영위궁의 궁녀였는데, 시아버지 되는 양 노인이 비단으로 속량해서 데려다가 며느리로 삼은 거였다. 그녀는 미모가 워낙 뛰어나서 주변에서 찝쩍대는 사람이 많았다. 방물장수가 끊이지 않고 감언이설로 유혹하고, 대갓집의 놈팡이 소년들이 금과 비단을 산처럼 싸들고 와서 수작을 걸었다. 그래도 그녀는 눈 하나 깜짝하지 않았을 뿐 아니라 행랑채에 사는 다른 사람들과 말도 섞지 않았다. 눈길조차 주지 않고 기세가 싸늘하니 말은 물론이고 범접하기도 힘들었다. 한마디로 쌀쌀맞고 냉담했다.

이런 초옥이 이생을 보고 먼저 추파를 던진 거였다. 뚜쟁이 할멈조차 깜짝 놀랄 정도였다. 더욱이 그 대상이 이생이란 것이 더 놀라웠다.

이생은 재주가 신통치 않아 나이 마흔이 될 때까지 어떤 변변한 일도 하지 못했다. 생각만 앞서고 말은 많으면서도 실행하지는 않는 인물로, 그 나이가 되도록 일도 하지 않고 집도 돌보지 않는 천덕꾸러기였다. 한마디로 이생은 눈은 높으면서 말만 많고 성실하게 노력은 하지 않고 자잘한 일에는 좀이 쑤셔 나대는 흔해 빠진 그렇고 그런 늙다리 양반이었다. 벼슬이 있는 것도 아니고 돈이 많은 것도 아닌 데다 문장이 뛰어난 것도 아니었다. 그렇다고 풍채가 훤칠한 것도 아니었다. 아무리 생각해도 도무지 끌릴 데가 없는 이런 인간에게 초옥이 반한 거였다.

초옥이 이생에 대해 뭔가 착각한 것도 아니었다. 초옥도 이생이 어떤 사람인지 정확히 알고 있었다. 부자가 아니란 것도, 시골에 젊은 처가 있다는 것도, 나이 마흔 넘어 연줄을 찾아 서울로 올라온 형편없는 자라는 것도 잘 알았다. 얼굴과 풍채는 보아서 알았고 문장 재주가 소소하다는 것도 알았다. 그런데도 초옥은 이 이생을 위해 온몸을 바친다. 좋은 조건으로 여기저기서 탐낼 때는 모두 마다하더니만 별 볼일도 없는 이생을 좋아하다니, 정말 이해가 되지 않는 상황이었다. 하물며 이생조차 이렇게 생각했다.

'내가 시골의 보잘것없는 선비로 서울에 흘러 들어와 있는데, 얼굴도 볼 것이 없고, 행실도 훌륭할 것이 없으며, 집도 가난하고 나이도 많다. 그런데 저 여자는 빼어난 재주와 미모를 지녔으니 나를

보면 하찮아 보일 텐데 무슨 생각으로 이렇게 친밀하게 대해주고 사랑하고 공경하며 그리워해주는 거지?'

그러면 초옥이 본래 남자를 밝히는 여자였냐 하면 그도 아니었다. 그렇다고 이생의 돈을 뜯어낼 작정으로 달려든 것도 아니었다. 오히려 초옥이 이생에게 이런저런 금전적 보탬을 주기까지 했다. 그럼 남편과 틀어져 순간적으로 일탈한 것인가 하면 그도 역시 아니었다.

대체 초옥은 왜 이생을 좋아했을까? 이생의 어떤 점에 반해 빠졌을까? 그것은 두 가지 사건 때문이었다.

시작은 이생이 행랑채 사람들을 크게 혼내준 사건부터였다.

앞서 말했듯이 이생은 연줄을 잡으려고 서울 장 승지 댁에 얹혀 지냈는데, 이 집은 대저택으로 안채와 행랑채가 있었다. 행랑채에는 허드렛일 하는 사람들과 세를 들어 사는 평민들이 살았는데, 그들이 중문 안쪽의 널따란 안채 공간까지 남녀노소 아무나 들어와서는 바느질도 하고 다듬이질도 하고 물도 길어가는 등 부산스럽게 왕래했다. 심지어 곰방대를 물고 담배를 피우며 떠들어대기까지 했다. 누구 하나 조심하거나 꺼려하는 기색이 없었다.

이생은 이것을 몹시도 싫어했다.

'상것들 주제에 이리도 위아래를 모르니….'

드디어 이생이 날을 잡았다. 행랑채 사람 몇 명을 잡아다 깨진 기와 위에 무릎을 꿇렸다. 또 몇 명은 아예 엎드려놓고 매를 쳤다. 시끄럽게 떠들며 무엄하게 행동하는 것을 질책한 것이다. 그렇게 몇 차례 위엄을 부렸다. 그러고 나니 오가는 사람들이 감히 시끄럽게 하거나 함부로 행동하지 못했다. 행랑채 사내들은 아예 중문 근처에 얼씬도 못했다.

생각해보면 행랑채 사람들은 종이 아니라 세 들어 사는 하층민들이었고, 원래 오래전부터 우물물을 뜨기 위해 그렇게 다녔었다. 물론 번잡스럽고 부산스럽게 한 측면이 있지만 주인인 장 승지도 뭐라 하지 않는데, 얹혀사는 주제에 양반이랍시고 예의가 어떠니 반상의 질서가 어떠니 하며 호통을 친 것이다. 꼴불견이지 않을 수 없었지만 연분이 되려고 그랬는지 일이 묘하게 흘렀다. 그토록 쌀쌀맞고 냉담했던 초옥이 바로 이 일에 혹 반해버린 것이다. 정확하게 말하면 이런 일을 한 이생에게 반했다기보다는 이렇게 행랑채 사람들의 무뢰한 짓을 '양반답게' 호통을 치며 징치한 행위에 매료된 거였다.

이생도 남자고 또 눈이 없지 않으니 아름다운 초옥을 보고 마음이 없지는 않았다. 하지만 제 나이와 처지를 모르지 않았다. 마흔이 넘은 주제에 열일곱 유부녀에게 지분거리는 것은 아무래도 볼썽사나웠다. 그래서 그냥 두려고 했다. 그런데 초옥 쪽에서 먼저 다가와서 제 마음을 드러내는 것이 아닌가. 장 승지 댁 계집종 하나가 초옥이 내줬다며 술과 안주를 가져다가 이생에게 바치며 초옥의 말을 이렇게 전한다.

"서방님이야말로 진짜 양반이시더구나. 오늘 물 긷는 놈들을 호령하시는 것을 봤는데 사대부의 기상이 아니라면 어찌 그렇게 하셨겠느냐? 연세는 어떠시냐? 잘은 모르지만 분명 문장도 잘 하시겠지?"

이생은 한껏 기분이 붕 떴다. 초옥 생각에 빠져 진정할 수가 없을 지경이었다. 둘은 그렇게 만나게 되었다. 이생 입장에서 보면 그야말로 호박이 넝쿨째 굴러든 셈이었다. 그것도 전혀 의도하지 않았는데 말이다.

초옥이 이생에게 결정적으로 반하게 된 것은 두 번째 사건 때문이다. 이것도 역시 이생이 전략적으로 의도한 것이 아니었다. 그냥 우물쭈물하다가 얻어 걸린 거였다.

어느 날 이생이 초옥을 생각하다 잠이 들었는데 할멈이 그를 몰래 깨웠다. 할멈을 따라 가보니 방 안에 초옥이 홀로 있는 것이 아닌가. 이미 초옥에게 홀딱 빠져 있던 이생은 그대로 덮칠 만도 한데, 막상 판이 벌어지자 남우세스러웠는지 이 어설픈 늙다리 양반이 엉뚱한 이야기부터 늘어놓았다.

"넌 언제 글을 배워 그토록 문장을 잘 하느냐?"

이렇게 시작한 말이 어려서 궁에서 〈통감〉, 〈사략〉, 〈시경〉, 〈효경〉 등을 죽 읽고 배웠다는 대답으로 시작해서 밤새도록 시구의 내용을 풀이하는 것과, 고금의 사적을 말하는 것으로 이어졌다. 그러는 통에 어처구니없이도 그만 날이 새버렸다. 밖이 훤하게 밝아오자, 초옥이 어쩔 수 없이 돌아가야 했다. 남편이 깰 시간이었다. 이생이 스스로를 생각하니 참 한심했다.

'오늘 밤 만났을 때 관계를 맺었어야지 이것이 무슨 짓인가? 헛되게 시간만 보내다니. 나도 정말 못난 놈이다.'

이생이 주저한 이유는 제 주제를 알아서였다. 볼품없는 것도 그렇고 시골집에 처가 있는 것도 그렇지만, 손자를 두어도 될 나이에 충동적으로 여색을 탐할 처지가 아니라는 자책감이 있어서 우물쭈물했던 거였다. 그런데 공교롭게도 바로 이 머뭇거림이 초옥을 완전히 매료시켰다. 초옥은 이런 이생의 태도에 마음 깊이 감동하고 탄복했다. 초옥이 편지를 보내왔다.

'변변치 않은 제가 몸을 가볍게 놀려 마침내 아무도 모르는 깊은 밤에 낭군과 손을 잡고 마주 앉았으니, 옥에 티가 앉고 구슬이 이지러질 거라 생각했지 기와가 온전하고 꽃이 정결할 것이라고는 기대하지 않았습니다.'

그러니까 성적 결합이 있을 것을 예상하고 만났다는 말이다. 하긴 당연했다.

'그런데 낭군님은 옛날 항우가 경쟁자 유방의 부인 여후를 사로잡고도 예로 대한 것처럼, 관우가 두 형수를 모실 때 예를 갖추어서 대했던 것처럼 저를 대해주셨습니다. 그런 큰 의기와 절개는 옛날에나 있는 줄 알았는데 오늘날 바로 낭군님께 볼 줄을 어찌 알았겠습니까.'

그러니까 그녀는 자신을 성적 대상으로만 보지 않았다는 사실에 감동한 거였다.

'낭군께서는 제 얼굴과 미모를 사랑하시는 것이 아니라 저의 어짊을 사랑하신다는 것을 이로 미루어 분명히 알겠습니다.'

원래 사랑이라는 것이 오해의 연속이기는 하지만 이 오해는 치명적이었다. 초옥은 자신이 꿈꾸는 진정한 사랑을 찾았다고 생각했다. 그렇게 둘이 맺어졌다. 물론 이 둘은 다음

번 만남부터는 뜨겁게 돌아간다. 당연하게도 말이다. 밤이면 밤마다 만나 어울리지 않는 날이 없었다.

누구도 막을 수 없는 무서운 사랑

초옥은 자신이 찾던 진정한 남성을 만났고 그래서 그에게 진정한 사랑을 바친다고 생각했다. 확실히 그녀가 진지하게 이생을 사랑한 것은 맞다. 이생이 이러저러한 일로 떠나기도 하고 잠시 초옥을 멀리하기도 하지만 초옥은 변함없이 뜨겁게 이생을 사랑했다.

세상에 비밀은 없는 법이다. 둘의 불륜 사실이 소문이 흘러 초옥의 남편 귀에 들어갔다. 남편은 초옥을 마구 때리고 심지어 다듬이돌로 쳐 죽이려 했다. 왜 안 그렇겠는가. 행랑채가 발칵 뒤집혀서 난리가 났다. 사람들이 너도나도 달려나와 남편을 만류하느라 정신이 없었다. 때마침 이생은 과거 공부를 하는 젊은이들과 어울려 절간에 들어가 있었기에 봉변을 피할 수 있었다. 초옥의 남편은 이를 박박 갈며 큰소리로 떠들고 다녔다.

> "양반은 법도 없냐? 유부녀와 간통하고도 무사하겠느냐? 이 서방이 오면 내가 반드시 사생결단을 내겠다."

아무리 양반이라고 해도 불륜은 죄였다. 약자인 평민이

아무 말도 못하고 물러나면 그만이겠지만 이렇게 팔팔 뛰면 일이 커지지 않을 수 없다. 무마하려면 돈을 안겨주든지, 세력으로 눌러야 하는데 그조차 이생에겐 여의치 않았다. 돈도 벼슬도 없으니 말이다.

그런데 문제가 전혀 엉뚱하게 풀렸다. 표적의 화살이 이생이 아닌 다른 곳으로 흘렀다. 초옥이 나선 거였다. 스스로 그 화살의 표적을 제 가슴에 가져다 붙여놓고 "자, 마음대로 쏴봐!" 하고 대들었다.

초옥은 불륜 사실이 발각되자 반성하는 것이 아니라 오히려 남편에게 대들며 퉁명스럽게 굴었다. 거리낌 없이 불륜 사실을 말할 뿐만 아니라 얼굴에 조금의 후회도 망설임도 없이 행동했다. 대놓고 이생을 그리워하는 시를 읊조리고 이생이 공부하러 들어간 산을 바라보며 시름에 잠기기까지 했다. 남편의 눈이 뒤집히지 않을 수 없었다. 몽둥이를 들고 개 패듯이 때리고 발로 차고 죽일 작정으로 짓밟아댔다. 시아버지 양 노인이 나와 아들을 끌어내며 말렸지만 남편은 욕설을 퍼부었다.

"네가 죽어도 그만두지 않겠다고? 그래 죽는 것이 소원이구나. 이년!"

그러며 돌을 들어 찍으려고 던졌는데 빗나가버렸다. 그러자 부엌칼을 들고 나와 초옥의 장딴지와 허벅지를 마구 찔러댔다. 시아버지 양 노인이 만류하지 않았다면 정말 목이라도 찔렀을지 모른다. 하지만 초옥은 조금도 후회하는 빛이 없었다. 오히려 더 심각해졌다.

이생이 절에서 내려왔다는 소식을 듣고는 그동안 하지 않던 고운 단장을 하고 이생을 만난다. 이생은 그녀의 남편이 칼을 들고 설친 일을 들었기에 좀 꺼림칙했지만 초옥은 당당했다.

"상관없어요. 제가 낭군과 이러는 것을 온 동네가 다 알고 있는데 무슨 일이 생기겠어요?"

당당하다 못해 놀랄 정도로 대담하다. 이쯤 되면 무서울 지경이다.

또다시 둘이 밤마다 붙어먹는다는 소식을 들은 남편은 그야말로 눈이 확 뒤집혀버렸다. 이번엔 아예 방문을 걸어 잠그고 초옥의 머리채를 움켜쥐고 이리저리 패대기를 쳤다. 그녀가 쓰러지자 배 위에 걸터앉아서는 커다란 식칼로 찔러 죽이려 했다. 그러자 초옥은 조금도 두려워하지 않고 낮고 준엄한 목소리로 이렇게 말한다.

"죽이세요. 제 죄가 큰 줄은 저도 알아요. 그러니 죽는 것이 마땅해요. 원망하지 않겠어요."

남편은 멈칫하지 않을 수 없었다.

"제게 그 칼을 주세요. 조용히 자결하겠어요. 서방님께서 아내 죽인 사람이란 소리를 들으시면 안 되니까요."

초옥은 진심이었다. 이러자 분위기가 묘해졌다. 남편은 한 방 맞은 것처럼 멍했다. 이때 시아버지 양 노인이 문을 부수고 들어와 아들의 칼을 빼앗아 땅에 던지고 깔려 있는 초옥을 풀어주었다.

그러자 초옥은 대뜸 떨어진 칼을 주워서 제 목을 찌르려 했다. 놀란 양 노인이 칼을 빼앗자, 또다시 옆에 있는 작은 칼을 들어 목에 댔다. 그것도 억지로 만류시켰다. 그렇게 끝난 줄로 알았는데 초옥의 자살 시도는 끝없이 이어졌다. 주위에 사람이 없자 시렁에 목을 맸다가 우연히 발각되었고, 우물에 몸을 던졌는데 날이 추워 얼음이 낀 탓에 다치는 정도로 끝났다. 그러고도 다시 우물에 투신하고 목을 매는 일이 시도 때도 없이 이어졌다. 우물에 빠져 거의 죽게 된 것을 사람들이 가까스로 건져 한참을 물을 토하게 해서 살려내기도 했다. 그리고 다시 또 목을 매려 했다. 그래도 안 되자 이번엔 굶어 죽으려고 마음먹었다.

초옥은 정말 죽으려고 작정을 한 거였다. 그러자 남편이 애걸을 했다. 왜 안 그렇겠는가. 시아버지 양 노인은 물론이고, 멀리 있는 초옥의 친어머니까지 달려와 그녀를 달랬다. 꾸짖고 애걸하고 달래기를 수 없이 했지만 그녀는 눈썹 하나 까딱하지 않았다. 초옥은 어지럽게 풀어 헤친 머리카락에 썩은 생선 비린내가 나는 몸을 꽉 풍이 들린 듯 떠는 것이 이미 미친 귀신의 몰골이었다. 두 손 두 발을 다 든 양 노인이 탄식조로 애걸했다.

"애야, 내가 너를 야박하게 대한 적이 없는데 왜 이러느냐?"

초옥은 미친 것도 정신을 잃은 것도 아니었다. 그녀는 분명하게 사태 파악을 했다.

"아버님과 남편이 저를 야박하게 대하시지는 않으셨어요. 제가 죽으려는 것은 시댁을 원망해서가 아니랍니다."

이젠 정말 방법이 없었다. 양 노인은 결국 이생을 데려다가 초옥과 만나게 했다. 이대로라면 죽을 것을 알기에 어쩔 수 없는 선택이었다. 그렇게 초옥과 이생은 다시 만났다. 그리고 이젠 아무도 막을 수 없는 공식적인(?) 관계가 되어버렸다.

초옥이 이토록 무섭고 처절할 정도로 이생을 사랑했는

데, 이생은 어땠을까? 초옥처럼 사랑했을까?

미안하지만 아니었다. 이생은 물론 초옥을 좋아하긴 했다. 하지만 정확하게 말해 사랑한 것은 아니었다. 그냥 한 번 놀아본 정도 딱 그만큼이었다. 여전히 초옥은 아름답고 매력적이었지만 이생에게는 단물 빠진 껌이나 다름없었다.

그를 미칠 정도로 따르는 그녀를 위해 따로 집을 마련해서 데리고 살라고 주변 친구들이 조언을 했다. 돈을 모아줄 테니 염려 말라고도 했다. 하지만 쫀쫀한 이생이 거절했다. 아무리 주변에서 도와준다 해도 돈을 긁어모아 딴살림을 차리는 것은 금전적으로 부담스러웠다. 그냥 고향인 시골로 훌쩍 내려갈 생각이었다. 그러자 친구가 이렇게 말했다.

"이대로 그냥 내려가 버리시면 그 여자는 봉변을 당할 겁니다."

"응?"

"얼굴이 그토록 예쁘고 재주가 그렇게 뛰어나니 행랑에서 오래 썩을 여자가 아닙니다. 젊은 남자들 중에서 군침을 흘리는 자가 많으니 어찌 흉계를 꾸며 먼저 차지하려고 열을 올리지 않겠습니까?"

맞는 말이었다. 이생을 만나기 전처럼 쌀쌀맞게 지냈다면 그 누구도 함부로 넘볼 수 없었다. 하지만 "이미 이생과 볼 장 다 봐놓고 나한테는 왜 이래?"라며 덤벼들면 손쓸 도리가 없었다. 결국 친구의 충고는 "당신이 신경 안 쓰면 내가 어떻게 좀….” 이런 의미였다. 알아들은 이생은 이렇게 답한다.

“행랑에 있는 물건이니 뭐가 어렵겠나.”

충격적인 대답이다. 이쯤 되면 사랑이니 뭐니 말하는 것 자체가 모독이다. 이생은 무책임한 정도가 아니라 그냥 초옥을 데리고 놀다 버리는 여자쯤으로 여겼던 것이다. 초옥이 지니고 있는 사랑의 마음의 반의반도 없었다.

그렇게 이생은 훌쩍 도망치듯 충청도 제 집으로 가버렸다. 그러자 홀로 남겨진 초옥은 난관에 봉착했다. 남자들이 마구 들이댔다. 먼저 번 기둥서방(?)인 이생의 허락도 얻었겠다, 또 자기 집안에 있는 행랑채에 세 들어 사는 아랫것이겠다, 군침을 철철 흘리며 달려들었다. 온갖 감언이설과 협박으로 꼬였지만 초옥은 쌀쌀맞게 거절했다. 그 거절이 얼마나 극심했으면, 달려들던 남자가 이렇게 이를 부득부득 갈았다.

“내 이년을 반드시 찢어발기겠다.”

이렇게 초옥이 핍박당하는 동안, 이생은 여기저기 잘 비빈 덕에 서울에 자그마한 관직을 얻어 서울로 올라오게 되었다. 하지만 초옥을 찾지는 않았다. 이미 다른 남자와 살고 있을 것이라고 생각했기 때문이다. 친구에겐 이렇게까지 말했다.

"이미 남이 먹은 여자를 나보고 어떻게 하라고."

이 말은 정말 뭐라 말하기 민망할 정도다. 자신도 사통했고 또 씹던 껌처럼 버렸고 남에게 가지라고 해놓고서는 결국 이런 말을 하다니 파렴치하고 못됐다는 말 정도로는 설명이 부족하다. 이런 양아치 같은 작자를 두고 사랑이 어쩌고저쩌고 한다면 사랑에 대한 모독이다.

혼자만의 환상에서 벗어나지 못한 슬픔

이생과 초옥의 관계는 불륜이다. 동네방네 소문난 불륜이다. 이생은 자신이 하는 짓을 불륜으로 여겼지만 초옥은 달랐다. 그녀는 불륜을 저질렀다고 생각하지 않았다. 그녀는 진정한 사랑, 그녀의 말을 그대로 인용하자면, '진정한 포의지교(布衣之交)를 나눌 상대'를 만났다고 생각했다.

포의지교란 가난해서 가진 것 없고 한미해서 베잠방이[布衣]나 입고 지낼 수밖에 없던 시절의 사귐[交]을 뜻하는 말로, 서로가 서로에게 바라는 것이 없기에 이기적이지 않은 순수하고 진정한 사귐을 의미한다. 빌붙지도 덕을 보려 하지 않는 그야말로 가식 없는 사귐이 바로 포의지교다.

초옥이 보기에 이생은 꼭 그렇게 사귈 만한 격 있는 선비였다. 위아래 모르고 함부로 다니는 천한 행랑 것들을 준엄하게 징치하고, 한밤에 자신을 만나서도 예의를 다해 대우하지 않았던가. 그녀가 보기에 이생은 바른 도리를 위해 분연히 일어난 용감하고 의로운 분으로 얼굴이나 외모에 끌려 정이나 통하자고 덤비는 하찮은 시정잡배가 아니었다. 이생이 비록 부자가 아니고 벼슬이 없고 외모가 출중하지 못했지만 그런 것은 문제가 아니었다. 오히려 그렇기에 더욱더 진정으로 순수하게 사귈 수 있다고 생각했다. 그래서 온 힘과 몸을 바쳐 이생을 위했던 거였다.

사귈 만한 사람을 만났다고 무작정 사랑에 빠진 것은 아니다. 초옥이 자신의 행동을 불륜이 아니라고 생각한 바탕에는 근본적으로 자신이 처한 상황에 대한 치 떨리는 경멸이 숨어 있기 때문이었다.

초옥은 본래 궁녀였다. 평생 결혼을 하지 못할 신분이었지만, 시아버지 양 노인이 비단을 바치고 그녀를 속량시켜 아들과 결혼시킨 것이다. 그렇게 초옥은 궁녀에서 장 승지 댁 행랑채에 세 들어 사는 하층민 양 씨의 처가 되었다. 그것이 모든 사달의 원인이었다. 초옥은 이것이 몹시 못마땅했다. 아니 미치도록 싫었다. 주변에 넘쳐나는 비루한 인물들은 예의도 없고 염치도 없었다. 궁녀였던 그녀가 보고 듣고 배우고 느꼈던 것과는 완전히 다른 상황에 떨어진 자신의 모습에 그녀는 진정할 수 없었다. 궁에서 생활하며 예의와 도덕을 논하며 지내던 자신이 느닷없이 이렇게 내동댕이쳐진 것이 죽을 만큼 싫었다. 그녀가 주변 사람들과 말도 하지 않고 쌀쌀맞게 굴었던 것도 이 때문이다. 상종할 가치도 없는 자들과 말을 섞는다는 것은 곧 그들과 같아진다는 거였다. 그것은 도저히 용납할 수 없는 일이었다.

그녀가 꿈 꾼 것은 포의지교였다. 그리고 그 포의지교라는 것은 결국 자신이 이 어처구니없는 상황에서 벗어날 방법이기도 했다. 몸은 비록 천한 아랫것이 되었지만 정신만은 높고 높은 곳을 지향했다. 그런 그녀 앞에 느닷없이 이생이 나타난 것이다. 그야말로 그는 구렁텅이 진창에서 구원해줄 메시아나 다름없는 존재였다. 그를 위해 모든 것을 바치는 동안 초옥은 꿈꾸는 듯 행복했다. 팔리듯 시집올 때는 나락으로 떨어진 것 같았는데 비로소 하늘을 날 듯한 남성을 만났으니 말이다. 그녀는 틀림없이 자신이 벌이는 일을 로맨스라고 생각했을 것이다.

하지만 그것은 초옥 혼자만의 착각이었다. 이생은 초옥을 포의지교로 대우하지 않았으니 말이다. 그럴 생각조차 하지 않았다. 뒤늦게야 비로소 초옥은 이생의 진심을 깨닫는다.

벼슬을 해서 서울에 올라오고도 그토록 찾아오지 않던 이생이 어느 날 느닷없이 찾아와서 초옥에게 한다는 소리가 이랬다.

"그자를 한번 만나 주지 그래…."

물론 '그자'란 초옥에게 계속 껄떡대는 그 놈팡이였다. 참 민망할 정도로 낯 뜨거운 말이었다. 초옥은 기가 막혔다. 그리고 비로소 환상에서 깨어났다. 이생이 자신을 어떻게 생각하고 있는지 알게 되었다. 초옥이 한참 동안 낯빛이 변한 채로 앉아 있더니 고개를 떨어뜨리고 눈물을 흘렸다. 포의지교를 꿈꾸며 아무것도 없고 가진 것도 없는 못난이 이생을 죽자 살자 사랑했던 초옥은 그야말로 끈 떨어진 뒤웅박 신세가 되었다.

그녀의 마음은 어떠했을까? 이생을 원망했을까? 아마도 그러지 않았을 것이다. 그녀는 이생을 원망하기보다는 자신의 안목이 없음을 탓했을 것이다. 그녀는 그런 여자였다.

초옥은 성욕 때문에 이생을 만난 것이 아니었다. 돈 때문도 아니었다. 그녀는 바람을 피우면서 자신의 행실을 바른 도리, 즉 정행(貞行)이라고 생각했다. 남이 보면 기가 막혀 하겠지만 그녀는 그렇게 믿었다. 그러나 슬프게도 그녀가 꿈꾼 포의지교는 허상이었다.

포의지교는 가난하고 별 볼일 없을 때의 사귐이다. 이때는 상대방을 원래의 있는 모습 그대로를 본다. 어떤 이익이나 목적을 가지고 만나고 사귀는 것이 아니기에 실로 좋은 사귐이다. 누구나 바라는 그런 만남과 사귐이다. 이런 포의지교를 맺은 사이는 비록 상대방이 나중에 황제가 되어도 그와 함께 누워 자면서 황제가 된 친구의 배 위로 다리를 턱 올리고 자도 좋다. 함부로 대해도 좋다. 어릴 적 사귐은 그 옛날로 돌아갈 수 있는 것이고 그것으로 향수가 있어 좋은 것이다. 그런 친구를 만나면 허허거리며 농담을 할 수 있어 좋은 것이다. 서로 폼 잡지 않아서 좋고, 서로 격을 따지지 않아서 좋다.

그런데 이생과 초옥의 관계는 포의지교가 될 수 없었다. 아무리 꿈꾸어도 불가능하다. 포의지교는 순수한 만남인데 그들 사이에는 이미 다른 것이 끼어 있었다. 이생은 초옥의 몸을 탐했고 초옥은 이생의 선비다움을 선망했다. 서로 바라는 것이 있으니 순수하기 어렵고, 서로 바라는 것이 다르니 합해지기도 어렵다.

불륜을 도덕적인 잣대로 재단하기에 앞서, 불륜이란 것이 진정한 사랑이 되기 힘든 이유가 바로 이 때문이다.

꽃뱀과 제비에게 빠진 자의 인지부조화

간통은 처녀 총각이 아니라 유부남, 유부녀가 저지르는 것이기에 불륜이라고 한다. 이미 약속한 결혼의 서약을 저버리는 것이기 때문이다. 약속은 바뀔 수 있고 서로 합의하면 깰 수도 있다. 그러니 '더 사랑하는 사람'이 나타났다면 불륜을 택하는 대신 이혼하면 된다. 이를 두고 일방적으로 비난할 수만은 없다. 하지만 이상하게도 대부분의 간통은 결혼을 유지한 상태에서 일어난다. 왜 그러냐는 말에 이들은 하나같이 이렇게 말한다.

“가정을 지키고 싶었어요.”

어떻게 지키고 싶었는지는 모르겠지만 그 마음에 어느 정도 진정이 담겨 있는 것도 사실이다. 하지만 그 말은 이쪽도 버리기 싫고 저쪽도 내치기 싫다는 말인데, 그렇다면 너무 욕심쟁이는 아닐까. 저만 배를 채우겠다는 이기적인 심보가 아닌가.

아이들 핑계를 대는 것도 졸렬하다. 아이들이 불행해질까 봐 이혼을 하지 못한다는 말은 비겁하기 이를 데 없다. 아이들도 알 것은 알고 느낄 것은 느낀다. 아니 어쩌면 배우자가 낌새를 차리는 것보다 더 빠르게 본능적으로 알아차린다. 구질구질한 핑계 대지 말고 솔직하게 말하라. 왜 당신이 한쪽을 완전히 버리지 못하는지 말이다.

이런 핑계를 대는 사람들도 있다. 꽃뱀에게 걸린 것이고 제비에게 홀딱 빠진 것이라고. 조금 있다가 다시 원래대로 돌아갈 생각이었다고 말이다. 물론 그럴 생각이었을 것이다. 하지만 상대가 꽃뱀이고 제비라는 것을 알면서도 벗어나지 못하는 이유는 그들에게 협박을 받아서만은 아닐 것이다. 그들에게 지속적으로 뜯기면서도 그 속에 있는 그 달콤한 열매를 놓치기 싫은 그 무엇이 있기 때문이다.

불륜을 둘러싼 문제의 본질은 정작 따로 있다. 불륜을 저지르는 배우자를 둔 배우자는 불륜을 저지르는 배우자가 그

달콤한 열매를 따는 동안에도 자신을 희생하고 있다는 점이다. 당신이 꽃뱀과 뒤엉켜 있는 동안 착한 아내는 집안일을 하고 아이들 뒷바라지로 분주해서 정신이 없고, 당신이 제비의 손을 잡고 웃음꽃을 피우며 교태를 부리는 동안에도 우직한 남편은 직장에서 떨려나지 않기 위해 상사의 눈치를 보며 열심히 땀을 흘리고 있단 말이다. 당신은 그 노력과 고생을 바탕으로 지금 달콤한 금단의 열매를 따먹고 있다.

"네가 내 마음을 알아? 내 허전함을 아냐고?"

물론 모른다. 하지만 바로 그 틈을 노리고 꽃뱀과 제비가 드나든다. 그들은 전문가이니 그 헛헛한 마음을 모를 리 없고 그 절호의 기회를 놓치지도 않는다.

배우자가 채워주지 못하는 그것을 불륜의 상대가 채워주기에 어쩔 수 없다는 말 역시 핑계일 뿐이다. 핑계를 떠나 너무나도 비겁한 협박이기까지 하다. 그것은 꼭 아이들이 "내 말을 들어주지 않으면 가출할 거야!"라고 부모를 협박하는 것만큼이나 야비하기까지 하다. 초옥에게 두 손 두 발 다 들 수밖에 없었던 남편의 정황이 꼭 그랬던 것이다.

꽃뱀과 제비에 빠진 사람들을 보면 주변 사람들은 다 고개를 절레절레하는데 정작 본인만은 강경하다. 진짜 사랑이라고 항변한다. 계속 돈을 뜯기면서도 그렇게 생각한다. 제 몸을 탐하기 위해 만난다는 것을 느끼면서도 그들의 생각은 변치 않는다. 진정한 사랑이라고 철석같이 믿는다. 그들도 제대로 된 판단력과 생각이 있을 텐데 어떻게 그토록 이상하게 생각할 수 있을까?

절대 바보가 아닌 그들이 그렇게 찐득거리는 수렁에 빠져 헤어나지 못하는 것은 오히려 그들이 바보가 아니기 때문이다. 똑똑하기에 오히려 현실감각을 조금씩 비틀면서 제 자신의 정신과 마음을 지키는 것이다. 돈을 주든 몸을 주든 아니면 그 무엇을 주든 처음에는 자신도 정도에서 벗어난 일이라고 생각한다. 하지만 일단 그런 일이 벌어진 이상, 그 상황을 되돌이킬 수 없다는 것을 안다. 그래서 똑똑한 그들은 저도 모르게 그 현실을 합리화한다.

'사랑하니까 그런 거지.'

'이게 진정한 사랑이야. 내 꿈을 찾은 것이라고.'

이렇게 자신의 어긋남을 달랠 이유를 찾아내는 것으로 돌이킬 수 없는 상황을 합리화시킨다. 그렇게 상황을 인식함으로써 살짝, 그야말로 아주 살짝 현실을 비틀어 이해한다. 그렇게 현실을 받아들인다. 그리고 그렇게 비틀려진 현실에서 다시 '조금 더 조금 더' 하면서 비틀어 이해하며 수렁 속으로 한발씩 들어간다. 조금씩 자신에게 벌어지는 일을 합리화시키고 현실을 비틀어 이해하다 보면 나중에는 꽤 많이 뒤틀려버리지만 그 조금조금의 과정에선 미처 깨닫지 못한다. 초옥처럼 말이다.

자신이 믿는 신념과 실제로 벌어지는 일 사이에 일치하지 않고 일관성이 없을 때, 그 괴리감에 사람은 불편함과 불안을 느낀다. 이런 괴리감의 상태를 '인지부조화(認知不調和)' 상태라고 한다. 사람은 이런 불편함과 괴로움을 없애려고 외부의 상황에 맞춰 제 마음의 태도를 바꾼다. 벌어진 현실을 바꿀 수 없으니 제 마음의 생각을 살짝 바꾸는 것이다. 그렇게 하지 않는다면 마음이 너무도 괴롭고 힘들기 때문이다. 그렇게 조금씩 마음의 태도를 바꿔 뒤틀려가는 현실에 맞추려는 내적 압력을 받고, 그 압력에 발맞춰 스스로 생각을 바꿔 맞춘다. 사이비 종교에 빠진 사람들을 보고 어리석다고 쉽게 판단하지만 그렇게 단순한 문제가 아니다. 처음과 끝을 보면 엄청난 비약이 따르지만 그 과정 속에서 순간순간 외적 상황에 맞춰 자기 스스로를 합리화했기에 거기까지 이른 것이다. 물론 그는 자신이 그렇게 변해온 것을 잘 느끼지 못한다. 마지막까지 가서야 느닷없이 소스라치게 놀라게 될 뿐이다.

초옥이 그랬다. 조금씩 어긋나지만 그녀는 그것을 그렇지 않다며 스스로를 타일렀다. 사건마다 국면마다 자신을 살짝 속여 왔던 것이다. 본인도 아니라는 것을 알면서도 스스로를 위해 보고 싶지 않은 것에 눈을 감은 것이다. 그렇게 보고 싶은 것만 보고, 듣고 싶은 것만 들으며 믿음을 만들어간 것이다. 이미 몸을 허락했고 또 소문도 났다. 이제 와서 이것이 포의지교가 아니라고 하면 정말 곤란한 것이다. 스스로

붕괴하는 것이다. 정말 그러면 안 되는 것이다.

초옥은 상상의 연애, 가공의 사랑에 빠져 있었다. 포의지교를 꿈꿨지만 그 둘은 절대 포의지교가 될 수 없었다. 각박하고 이기적인 세상에, 정말 어릴 적부터 친구였던 사이도 서로를 잡아먹지 못해 야비한 술수를 부리는 이런 세상에 어떻게 포의지교가 있단 말인가.

그녀가 꿈꾸고 바랐던 것은 환상이었고, 그녀는 그 상상의 가상공간에서 살았던 것이지만 그녀는 그것을 인정하려 들지 않았다. 현실을 똑바로 보지 않고, 눈앞에 벌어진 상황에 맞춰 저도 모르게 조금씩 생각을 맞춰 현실을 왜곡시켰다. 그것을 그렇게 '사랑'이라는 말로 타협했던 것이다.

어느 누가 생판 모르는 남자에게 수천만 원을 주고 또 더 주려 하겠는가? 하지만 제비에게 홀딱 빠진 사모님은 그렇게 한다. 자신이 하는 일은 불륜이라고 결코 생각하지 못한다. 사랑이라고 믿는다. 돈을 내주는 것도 정말로 그 남자가 안타깝고 불쌍해서라고 믿는다. 그리고 이렇게 강변한다.

"잘 몰라서 그렇지. 얼마나 진실한 사람인데. 잘 알지도 못하면서 괜히들 난리야…."

불륜 뒤에 숨은 공허와 끝 모를 불안감의 실체

꽃뱀과 제비에게 빠진 것이 아니라 진정으로 끌려 서로가 서로를 사랑하는 경우도 물론 있을 수는 있다. 그런 간통은 얼핏 보면 사랑 같다. 당사자들이 서로 사랑이라고 느끼니 더욱 그렇다. 하지만 이런 질문에 대답을 해야 할 것이다.

'정말 당신은 왜 그를, 그녀를 사랑하는가?'

'왜 당신은 예전에 사랑한다고 했던 서약을 헌신짝처럼 저버리는가?'

'전에 사랑한다며 선택한 사람을 지금 저버리는 것처럼 훗날 또다시 저버리지 않는다는 것을 당신은 어떻게 보장할 수 있는가?'

'혹시 당신은 지금 철부지처럼 징징대는 것을 두고 사랑이라고 착각하는 것은 아닌가? 그저 자신만 사랑해달라고, 자신만 이해해달라고 떼를 쓰는 것은 아닌가? 사랑에는 달콤함도 있고 즐거움도 있지만 그만큼의 의무도 있고 책임도 있는데 당신은 자신이 감당해야 할 책임을 던져버리고 도망치는 것은 아닐까?'

'진정한 사랑이라고 찾은 그 상대에게서 당신은 무엇을 보고 있는가? 상대의 미모인가? 돈인가? 능력과 권세인가? 아니면 무엇인가? 무엇을 두고 진정한 사랑이라고 하는가?'

이런 끝없는 질문에 쉽게 답을 하기란 어려울 수 있다. 어쩌면 이 모든 것의 답은 간단할 수도 있다. 아마 당사자는 느끼고 있을 것이다.

불안감 말이다. 불륜이 도덕적으로 옳지 못하기에 불안감을 느끼는 것이 아니다. 불안감의 실체는 더 본질적이고 원론적이다. 불륜의 상대가 자신을 사랑하는지 확인할 수 없다는 불안감이다. 당사자는 진정으로 상대를 사랑할지 몰라도 그 상대방이 자신을 진정으로 사랑하지 않을 수도 있다는 불안감. 비록 상대가 꽃뱀도 제비도 아니지만, 날 이용해 먹으려는 것이 아닌 것을 알지만, 그래도 불안감은 쉽사리 잠재워지지 않는다.

불안감의 실체는 바로 그 당사자가 '어긴 약속'에 있다. 불륜으로 만난 그들은 더 이상 어떤 약속도 계약도 하지 않는다. 당연히 어떤 의무도 권리도 없다. 그러니 상대에게 자기만 바라봐달라고 요구할 수 없다. 그런 약속쯤은 전에 신물 나게 했었고, 그 약속을 지금은 깨뜨려버렸으니 말이다. 원래 불륜이란 그런 것이 깨진 상태에서 이루어진다. 그들은 그냥 만났고 그냥 즐길 뿐이다. 그냥 그러시라. 영원히 이어가는 것? 그것을 바란다고? 그 맹렬한 초옥도 그것은 포기했다. 말도 안 되는 소리는 하지 마시고 그냥 순간을 즐기시라.

아무리 로맨스로 치장하고 미화해도 바뀌지 않는 엄연한 현실이 바로 이것이다. 당신의 불륜이 가볍게 시작되었기에 가볍게 깨질 것이라는 사실 말이다. 간통이 또 다른 간통으로 휙휙 옮아가도 당신은 그 어떤 식으로도 그것을 막을 수 없다는 냉정한 사실 앞에서 당신은 불안할 수밖에 없다.

불륜은 의무도 책임도 없는 외다리 사랑이다. 절뚝거리며 어느 정도 갈 수는 있지만 오래갈 수는 없다. 그 절뚝거림이 혹 멋져보일지도. 하지만 그런 생각은 길지 않을 것이다. 일방적 쾌락만을 추구하는 것이 불륜이기에 피곤하고 지친 당신이 오랫동안 걸어갈 수는 없을 테니 말이다.

사랑은 둘이서 하는 것이다. 둘이서 나란히 서로 부족한 다른 하나가 되어 같이 걸어가는 것이다. 그것은 내 마음대로 홀로 걷는 것이 아니기에 어색하고 힘겨울 수도 있고 때론 짜증스럽기도 하다. 하지만 보조를 맞춰 같이 걷는 것이기에 오래 걸을 수 있다. 그리고 그렇게 같은 호흡으로 걷기에 또 다른 기쁨이 있다.

불륜은 "나만 즐겁게 해줘."라는 이기적 쾌락이지, 사랑이 아니다. 서로가 같이 부둥켜안았지만 서로 다른 곳을 보기에 오래갈 수 없다. 불륜 뒤에 숨은 공허와 불안의 실체는 바로 이것이다. 스스로를 속여서 그렇지, 자신이 벌이는 일이 위태위태한 외줄 위에 올라선 곡예보다 더 불안하다는 것을 똑똑히 안다. 그리고 애써 만든 웃음으로 잊으려 든다. 눈을 질끈 감고 머리를 세게 도리질한다.

"로맨스라니까 왜들 이래?'

하지만 이 목소리가 점점 제 목을 죄어드는 것을 아마 본인도 잘 알 것이다.

뜬금없는 소리지만, 마음이란 것이 인간에게 있기는 한데 몸 속 어디에 있을까? 사람이 죽으면 정신도 같이 죽어 사라지니 그로 보면 사람의 몸 어딘가에 마음, 정신이란 것이 있을 텐데, 문득 궁금하다. 진정을 담는다는 표현을 할 때 오른손을 왼쪽 가슴에 대는 것처럼, 또 '마음 심(心)'이란 글자처럼, 마음은 심장에 있는 것일지도 모르겠다.

그러나 아마 생물학자들은 이 말에 동의하지 않을 것이다. 그들은 마음은 피를 공급하는 펌프인 심장에 있는 것이 아니라 사고를 주관하는 뇌에 있다고 할 것이다.

어쩌면 마음이란 것은 우리 몸 전체에 골고루 펴져 있는 것이 아닐까. 하지만 그렇게 말하면, 장애를 입어 손발이 없는 사람은 마음이 그만큼 사라진다는 말이 되니 조금 난감하다. 게다가 키 큰 사람은 마음도 크고 키 작은 사람은 마음도 작다는 말이 되어버리기까지 한다. 아무래도 이 말도 맞지 않은 것 같다.

대체 마음은 어디에 있는 것일까? 그 위치가 어딘지는 확실히 모르지만, 적어도 우리 '몸'에 있는 것은 맞는 것 같다. 졸고 있는 학생의 어깨를 툭 치며 선생님이 이렇게 말씀하시니 말이다.

"정신 차려."

그러면 정말 신기하게도 학생이 정신을 차린다. '정신'을 차리라고 하면서 '육체'를 자극

하는데 말이다.

정신이니 마음이니 하는 것이 어디에 있는지 모호한 것처럼 '사랑'이란 것이 어디에 있는지도 애매하다. 사랑도 마음의 일이니 분명 몸 어딘가에 있을 것이다. 머리인지 가슴인지 하다못해 어깨인지 모르겠지만 말이다.

아무튼 정신이 육체를 떠나서 존재하지 않는 것처럼 사랑도 육체를 떠나서는 존재하지 않는다. 그럴 수 없다. 그러니 사랑을 말하면서 정신과 육체를 떼어내서 생각한다면 그것은 진정한 사랑이 될 수 없다. 그저 파편화된 사랑일 뿐이다.

그런데 세상에는 생각보다 꽤 많이 파편화된 사랑이 판을 친다. 그리고 사람들은 그것이 진정한 사랑인 줄 알고 산다. 정신 따로, 육체 따로인데도 말이다.

마음은 중요치 않아

〈변강쇠가〉

16

사랑을 말하면서 육체관계를 빼고 말할 수는 없다. 사실 마음이 끌린다는 것도 따지고 보면 상대를 매력적으로 보는 것이고 어느 정도 육체적인 호감이 앞서는 행위다.

옛이야기에서 육체적 사랑을 말할 때, 절대 빼놓을 수 없는 인물이 변강쇠와 옹녀다. 쇠처럼 단단하고 강한 성기를 지녔을 것 같은 '강쇠'와 한없이 꽉 조여줄 것 같은 '옹녀'는 그야말로 섹스의 화신이다. 둘의 만남은 육체적 면모만 놓고 보면 하늘이 내린 다시 없을 연분이다. 그들의 이야기를 따라가 보자.

시작은 옹녀 이야기로 시작된다. 옹녀는 이름도 맹랑한

평안도 '월경촌'에 살았다. 기가 막히게 예쁘게 생겨 온 동네 남정네들이 발정 난 수캐마냥 안달이 났는데, 옹녀와 결혼한 남자들마다 죽어나가는 것이 아닌가.

열다섯에 처음 얻은 서방은 첫날밤에 너무 흥분한 나머지 복상사(腹上死)로 죽고, 열여섯에 얻은 서방은 성병이 걸려 죽고, 열일곱에 얻은 서방은 문둥병에 걸려 가고, 열여덟에 얻은 서방은 벼락 맞아 죽고, 열아홉에 얻은 서방은 천하의 도둑으로 포도청에 잡혀가고, 스무 살에 얻은 서방은 비상(砒霜)을 먹고 죽어버렸다. 이렇게 줄줄이 죽어나가니 송장을 치우기도 신물이 날 지경이었다.

남편들만 이렇게 죽는 것이 아니라, 간부, 애부를 비롯해 한 번 성교한 놈들에 입 한 번 맞춘 놈, 젖 한 번 움켜쥔 놈, 손 만져본 놈, 심지어는 눈요기 한 놈에, 치마를 훔쳐다가 변태스럽게 자위한 놈까지 모조리 죽어나갔다. 그러니 월경촌 30리 안팎에 상투 올린 사내놈은 고사하고 남자는 어린애조차 없을 지경으로 씨가 말랐다. 그래서 평안도 지역에 크게 공론이 일었다.

"이년을 이대로 두었다가는 우리 경내에 ◯ 단 놈은 씨가 마르겠다. 당장 쫓아내자!"

그렇게 옹녀는 동네에서 쫓겨났다. 이래저래 남자 하나

없는 곳에 있을 옹녀가 아니었다. 쫓겨난 김에 욕 한마디를 걸쭉하게 내뱉고는 훌쩍 남쪽 지방을 향해 내려갔다.

그러다가 길에서 우연히 변강쇠를 만났다. 번갯불이 튀듯 그대로 눈이 맞은 둘은 그 자리에서 그냥 질펀한 정사를 벌였다. 그러니까 사람 다니는 길거리에서 말이다. 둘 다 예의니 염치니 하는 것과는 원래부터 담을 쌓은 데다가 워낙 밝히는 작자들이다 보니 당기면 붙여야 하는 성미였다.

옹녀는 예전에 자신과 관계했던 남자들 일도 있고 해서 조마조마했는데 글쎄, 변강쇠는 아무 탈이 없었다. 확실히 변강쇠는 절륜했던 것 같다. 둘은 천생연분이었다. 이렇게 둘은 꼭 붙어 같이 살게 되었다.

그런데 문제가 생겼다. 아무리 섹스가 좋다 해도 섹스만 해서는 먹고 살 수 없다. 아무리 그것이 좋아도 밥은 먹어야 했다. 누더기라도 걸쳐야 했고, 움막이라도 있어 비바람은 피해야 했다. 그것은 인간이면 누구나 필요한 최소 요건이다. 하지만 이들에겐 그조차도 없었다. 아무것도 없었다.

좋든 싫든 누군가는 일을 해야 먹고산다. 여자가 일을 해서 먹고살기란 지금보다 더 힘든 그 시절이니 당연히 변강쇠가 나가 일을 해야 하지만, 이 강쇠란 놈은 전혀 그럴 마음이 없었다. 허구한 날 낮에는 잠만 퍼 자고 밤에는 옹녀의 배만 탈 생각을 했다. 뭐라도 하라고 옹녀가 잔소리를 할라치면 이놈은 성질을 버럭 냈다.

"어려서 못 배운 글을 지금 와서 어떻게 공부해? 손재주도 없어 물건 만드는 일을 할 수도 없고, 밑천이라고는 한 푼 없으니 장사도 할 수 없는데, 대체 뭘 하라는 거야?"

강쇠의 말이 크게 그른 것은 아니지만 답답하기 이를 데 없다. 결국 옹녀가 나가 일을 했다. 그런데 이 강쇠 놈이 가만히라도 있지 연일 사고를 친다. 매일같이 싸움질에, 계집질에, 술타령으로 옹녀를 들들 볶으며 난리를 피우니 그야말로 옹녀는 죽을 맛이다.

그래도 옹녀는 어떻게든 살아보려고 아등바등한다. 다른 남자들에게 예쁜 낯을 팔아 술장사, 들병장사 닥치는 대로 해서 먹고살려고 한다. 하지만 번번이 사고만 치는 변강쇠 뒷바라지에 돈이 다 들어가고 마니 모든 것이 공염불이었다. 그러다 변강쇠 때문에 결국 마을에서도 쫓겨난다. 하는 수 없이 옹녀는 변강쇠를 이끌고 산으로 들어가 화전(火田)을 일궈서 먹고살려 하는데, 이 또한 일하기 싫어하는 변강쇠로 인해 여의치 않다.

하루는 제발 좀 나무라도 해오라는 옹녀의 떠밀림에 밀려 억지로 산에 가던 변강쇠가 가다가 그냥 벌렁 나자빠져서 낮잠만 실컷 잤다. 저녁나절이 되어 잠에서 깬 강쇠가 그냥 돌아가면 잔소리 들을 것이 귀찮아서 산어귀에 있는 장승을 빼개서 땔감으로 가져왔다. 이를 본 옹녀는 장승을 태우려는 것을 만류하지만 이놈이 말을 들을 리 없다.

그렇게 변강쇠가 장승을 쪼개서 불쏘시개로 태워버리자, 분노한 장승의 혼령이 변강쇠를 징치해서 변강쇠는 결국 온몸의 구멍에서 피를 토하며 죽게 된다.

따지고 보면 옹녀는 또다시 남편이 죽은 거였다. 다시 혼자가 된 옹녀는 제 힘으로는 무거운 강쇠를 묻어줄 수조차 없었다. 그래서 지나는 남자들을 유혹해서 우여곡절 끝에 강쇠를 묻어주고는 다시 훨훨 떠나버린다.

현실 도피와 섹스 중독

변강쇠와 옹녀가 너무 유명하다 보니 〈변강쇠가〉 곳곳에 성적 표현이 그득할 것 같지만 그렇지 않다. 서두에 잠깐 나오는 것이 전부다. 변강쇠와 옹녀가 처음 만나 길에서 정사를 벌이는 장면이 처음이자 마지막이다. 이는 퍽 시사적이다. 이후에도 분명 변강쇠와 옹녀는 섹스를 했지만 서사는 그 점을 부각시켜 서술하지 않는다. 이미 표현한 것을 다시 반복하는 것이 지루하기 때문이기도 하지만, 호기심을 유발하는 것도 아니고 또 특별할 것도 없는 일이기 때문이다. 이는 매우 중요한 점을 시사한다.

기실 육체적 관계라는 것은 '사연' 없이는 그것만으로 큰 의미를 갖지 못한다. 처음 만난다면 그 만남이 사연이다. 어떻게 만났고 어떻게 맺어지고 또 어떻게 이어갈지 하는 것들 말이다. 하지만 이후 반복되는 육체관계는 이미 철지난 음식을 먹는 것처럼 동일한 반복에 식상함을 줄 뿐이다. 권태기에 빠진 부부가 육체관계에 별다른 감흥이 없게 되는 이유가 바로 그 때문이다. 둘 사이에 뭔가 새롭고 특별한 '사연'이 없는 것이다. 이 말은 무슨 특별한 이벤트를 만들라는 말이 아니다. 일탈적인 성생활을 해야 한다는 말도 아니다. 매번 성관계를 갖지만 그 순간마다 서로가 각기 다른 의미와 생각과 맥락을 지니고 육체관계를 해야 한다는 것이다. 그것은 멀리 일하러 외국에 다녀온 남편과의 첫날밤이라든지 뭔가에 깊은 감동을 한 그날 밤이라든지와 같은 저마다의 사연들이 얽힌 관계를 말하는 것이다. 혹시 주변 사람이 본다면 밋밋하기 그지없는 그렇고 그런 몸짓일 뿐이겠지만 그들에게는 그들만의 내밀한 사연이 있기에 의미 있고 중요하며 쾌락적인 것이다. 사연 없는 육체관계, 맥락 없는 육체적 결합만으로는 '사랑'은 물론 도무지 흥밋거리조차 되지 못한다. 마음이 없는 성교는 피곤하고 지루한 피스톤 운동일 뿐이다.

변강쇠와 옹녀가 보여주는 성행위가 바로 그랬다. 그들이 처음 만나 사랑을 나눌 때는 그렇지 않았다. 적어도 옹녀는 '어라, 이 남자가 안 죽네.' 하는 신기한 느낌이 있었을 것이다. 변강쇠 역시 마찬가지로 옹녀에 대한 느낌과 감정이 있었을 것이다. 그런데 이후 이어진 육체관계는 모든 것이 시들시들한 그냥 육체적 얽힘 이상이 되지 못했다. 그래서 더 이상 같은 반복적인 성애 표현을 서술하지 않은 것이다. 지루하니 말이다.

조금 이야기를 발전시켜 생각해보면 이런 이야기가 된다. 옹녀는 이런저런 일을 하며 아등바등 살려고 노력했다. 목구멍이 포도청이니 당장 입에 들어갈 먹을 것이 필요해서다. 그런 그녀의 눈에 팽팽 놀고만 있는 변강쇠가 어떻게 비춰졌을까? 자신은 먹고살려고 몸까지 팔며 돈을 벌어오는데 그것을 노름으로 홀라당 날려버리는 남편이란 작자를 보며 무슨 생각을 했을까? 밤마다 엎어놓고 그저 덮치기만 하려는 강쇠를 보고 무슨 마음이 들었을까? 첫 만남처럼 흥분되는 감동의 밀물이 밀려들었을까? 알 수 없지만 아마도 옹녀의 성적 쾌락은 점점 시들해졌을 것이다. 그러면서도 옹녀는 섹스를 멈출 수 없었는데 그것은 변강쇠가 날마다 요구했기 때문이다. 이러니 옹녀에게 날마다 벌이는 섹스는 향연이 아닌 지루하고 밋밋한 때로는 괴롭기까지 한 피곤한 노역일 뿐이었다.

변강쇠도 그렇다. 이놈은 어떻게든 살아보려고 노력하는 옹녀의 모습을 보고 색다른(?) 사랑의 행위를 할 수 있었을 것이다. 전혀 다른 맥락이 형성되니 말이다. 자신의 부인이 고생해서 술장사 떡장사 하는 것을 애처롭게 여기며 성행위를 할 수도 있고, 아니면 부인이 그럼에도 불구하고 더 매력적으로 보이면서 더 흥분된 마음으로 성행위를 할 수도 있다. 하다못해 다른 남자에게 몸을 팔아서 먹고사는 그녀와 자신의 처지를 비관하며 성행위를 할 수도 있었단 말이다.

하지만 변강쇠는 변함없었다. 이러든 저러든 언제나 시큰둥해하며 매사를 방관했다. 물론 밤마다 옹녀의 배를 타기는 했다. 하지만 그렇게 배를 타는 것이 무슨 목적이었을까? 주체할 수 없는 성욕 때문이었을까? 뻗쳐오르는 정욕의 분출을 위해서였을까? 워낙 '강'한 '쇠'이니 그랬을지도 모른다. 특별한 사연이고 의미 따위는 필요 없고 그냥 삽입, 피스톤, 분출, 그것이 전부였을지도 모른다. 정말 그렇다면 그 대상이 꼭 옹녀일 필요는 없다. 그 누구여도 마찬가지인 것이다. 심하게 말해 그냥 성기를 가진 그 누구, 아니 그 어떤 것이어도 상관없다. 변강쇠는 그렇게 옹녀를 대했다. 사연 없이, 맥락 없이, 생각 없이. 이러니 배려 같은 고상한 감정이 그에게 있을 리 없다. 이런 변강쇠의 행위는 섹스 중독증 환자의 모습 그 자체다. 단지 '하기' 위해 '하는' 행동을 할 뿐이었다.

대체 변강쇠는 왜 이렇게 섹스에 탐닉하는 중독증 환자가 되었을까? 어떤 중독이든 중독자에게 그 이유를 물으면 아마 이유를 수백 가지 댈 것이다. 그리고 사실 그 이유들이 어느 정도 맞기도 하다. 다 합해 놓으면 정말 중독에 빠질 만도 하다. 하지만 중독자들이 놓치는 최대 지점은 바로 중독의 이유에 자기 자신이 있다는 점이다. 왜 중독이 되었는지보다 더 중요한 것은 정말 중독에서 벗어날 의지가 있느냐는 문제다. 번번이 갱생에 실패하는 이유가 중독자 자신에게 있다는 점을 그들은 스스로 고개 돌려 외면해버린다.

변강쇠가 일도 하지 않고 빈둥거리며 사고만 치는 이유가 그가 핑계 댄 말처럼 어느 정도 타당하다. 어려서 공부하지 않아 배운 것도 없고, 뭔가 만들어낼 만한 손재주도 없고, 장사를 할 만한 밑천도 없다는 그 말이 모두 거짓으로만 들리지는 않는다. 어느 정도 사실이다. 변강쇠는 사회적 하층이고 소외층이었다. 그가 할 수 있는 일이란 것이 도무지 없는데, 그것은 일정 부분 사회 시스템의 문제였다.

외국의 높은 지위에 계셨던 어떤 분은 사회적으로 가난한 자는 그 자신이 노력하지 않아서 그렇게 가난한 것이라는 철두철미한 생각을 지녔다. 그래선지 그분은 나라를 다스리는 내내 철저하게 그런 사회적 소외층을 격파(?)하는데 조금도 망설이지 않았다. 그분은 정말로 이렇게 믿었기 때문이다.

'네가 못 사는 이유는 네가 노력하지 않아서야.'

그분의 놀라운 신념은 자신이 시도해서 성공하지 않은 적이 없었기에 더 강력해졌다. 그분은 열심히 노력하는 족족 해당 성과를 얻었기에 그렇게 꽉 믿었다. 그분의 말씀이 틀린 말은 아니다. 하지만 정답이라고 할 수는 없다. 왜냐하면 누구나 노력한다고 다 되는 것이 결코 아니기 때문이다. 죽도록 노력해도 안 되는 일이 정말 있기 때문이다. 아마도 공부하는 학생들에게 다음처럼 말하면 억울해 죽으려는 학생들이 부지기수일 것이다.

"여러분의 성적이 나오지 않는 이유는 열심히 공부하지 않아서예요."

거듭 말하지만 이런 말이 완전히 틀린 말은 아니다. 하지만 언제 누구에게나 똑같이 맞아떨어지는 절대 진리는 아니다. 열심히 노력해도 가난을 벗어날 수 없는 사람들이 우리 주위에 얼마든지 있다. 밤낮 공부하고 또 공부해도 성적이 만족할 만큼 오르지 않는 학생들이 정말로 있단 말이다. 이는 분명 개인의 능력이나 노력 바깥의 문제다. 사회적 출발점이 남과 다르든지, 사회의 일정 영역에 진출할 장벽이 높다든지 하는 사회적 시스템의 문제일 수 있다. 그런데도 그런 점은 조금도 지적하지 않고 모든 것을 개인의 탓으로만 돌린다면 그것은 좀 야비하다.

확실히 변강쇠가 아무 일도 '안' 하는 것인지 '못'하는 것인지는 심사숙고가 필요하다. 변강쇠의 말이 어쩔 줄 모르는 자의 항변인지 아니면 핑계인지 잘 따져봐야 한단 말이다. 그런데 강쇠의 말은 사회를 향한 항변이라기보다는 이것도 싫고 저것도 싫어하는 철부지 어린애의 투정으로 들린다.

변강쇠가 하층민이고 소외층인 것은 맞다. 그가 배운 것도 없고 손재주도 없고 밑천을 물려받은 것이 없는 것도 사실이다. 그가 뭔가 해보려고 해도 할 수 없을 정도로 좌절될 수밖에 없는 정황도 분명 틀림없다. 하지만 그가 간과한 것이 있다. 아니 의도적으로 회피하고 고개 돌린 사실이 있다. 그것은 자신만 배운 것이 없고 손재주가 없고 부모에게 물려받은 돈이 없는 것이 아니란 사실이다. 자신처럼 비슷한 처지의 사람들이라고 해서 다들 비관하고 자신의 삶을 내팽개치듯이 구렁텅이로 밀어버리지는 않는다. 배운 것도 없고 가진 것도 없는 옹녀는 뭐라도 해보려 했다. 그런데 그는 그저 그 옹녀의 등만 쳐 먹었다. 나무 하나 제대로 해오지 않고 장승을 빼개서 가져온 것이 그가 한 일이다. 고작 그 짓거리를 한 것이다.

분명 변강쇠는 어려운 처지에 있었다. 이야기에 나오지는 않지만 어쩌면 그가 무척 많은 노력과 시도를 했을 수도 있다. 그때마다 번번이 실패하고 꺾였을지라도 그는 자신의 삶을 살아야 했다. 자신이 처한 현실을 똑바로 직면해서 돌파할 생각을 해야 했다. 그 앞에 놓인 삶은 그 누구의 삶도 아닌 바로 자신의 삶이니 말이다. 부인도 얻지 않았는가. 하지만 그는 어떻게든 자신에게 놓인 삶을 살아보려고 애쓰는 대신에 현실을 회피하고 도망쳤다. 그렇게 그가 도망친 곳이 바로 섹스였다.

변강쇠는 오로지 성적 쾌락에만 탐닉했다. 조르주 바타유(Georges Bataille, 1897~1962)의 말마따나 그 순간만큼은 현실을 잊고, 자신을 잊고, 모든 것이 고양된 상태가 되니 빠져들만도 하다. 섹스가 나쁜 것이 아니다. 그것이 도피처가 된 것이 문제다. 술 자체가 나쁜 것은 아니지만 술에 빠져 사리분별을 잃는 것이 옳지 않은 것과 같은 이치다. 맨 정신이 되기 힘든 그들은 정신이 들려 하는 찰나에 다시 술을 찾고 술에 빠져들어 허우적거리는 것처럼, 변강쇠는 섹스로 도망치고 섹스에 파묻히고 그렇게 섹스에서 벗어나질 못했다. 그가 비록 정력이 절륜해 남들을 놀라게 할 정도의 사람이라 해도 그는 비겁한 겁쟁이일 뿐이다. '강'한 '쇠'가 아니라 단지 못난 놈팡이일 뿐이다.

장승 혼령이 나타나 변강쇠를 죽이지 않았다고 해도, 변강쇠와 옹녀의 사랑이 지속될 수는 없었을 것이다. 섹스는 있으나 사랑은 없으니 말이다. 변강쇠는 옹녀를 부인으로 대한 것이 아니라 섹스 파트너로 생각했다. 배출의 도구, 대상으로만 여겼다. 옹녀는 강쇠를 어떤 마음으로 대했는지는 분명치 않지만, 죽은 강쇠를 두고 훌훌 털고 간 것을 보면 신물이 났던 것도 같다. 왜 아니겠는가. 그나마 다른 남정네와 달리 오래 버틴 것이 신기하다고 생각했을 수도 있다. 그녀 역시 '진심'이란 말로 설명하기에는 좀 어렵다.

이들은 섹스를 통해 현실을 회피하고 도망치려 했을 뿐이지 사랑을 이루려는 것은 아니었다. 섹스는 있고 사랑은 없었다. 육체적 쾌락과 오르가슴은 있었지만 마음에 만족은 없었다. 그들의 얽힘은 사랑이라기보다는 교미에 가까웠다. 섹스가 오직 쾌락적이고 탐닉적인 즉자적인 느낌, 그 이상이 아니었으니 말이다.

육체에만 끌리고 육체에만 집착한 이들의 불행은 비록 그것이 사회가 빌미를 만들어준 것이라 해도 그들의 책임이다. 육체가 나쁜 것이 아니지만 그것만 놓고 사랑을 말하는 것은 한심한 소리다. 변강쇠와 옹녀의 '육체결합'은 이를 데 없이 완벽했지만 그들의 '정신결합'은 졸렬하다 못해 한심하고 처량했다.

그들은 사랑이 육체에만 있다고 믿었던 것 같다. 어쩌면 그것이 모든 문제의 원인일 수도 있다.

플라토닉 러브, 정말?

〈박씨전(朴氏傳)〉

17

〈박씨전(朴氏傳)〉은 유명한 이야기인데, 못생기고 추한 박 씨가 허물을 벗고 천하에 둘도 없는 아름다운 여인으로 변신한다는 드라마틱한 반전이 있다. 그런 환상성을 바탕으로 박 씨가 '수리수리' 하는 식으로 도술을 부려 병자호란 때 조선을 침범한 오랑캐들을 혼내주었다는 것도 통쾌하니 초등학생은 물론 누구나 좋아할 만한 이야기다. 그렇게 변신과 도술에만 주목하다 보니 박 씨 부인과 남편 이시백의 관계는 종종 놓치는 듯하다. 그들의 사랑 이야기 말이다.

조선시대 양반들의 결혼은 당연히 중매결혼이었다. 가장인 아버지가 중심에 서서 모든 혼사를 주도하고 이끌었다.

아버지가 결정하면 그대로 따랐다. 사실 따른다는 말은 적절치 않다. 따르고 안 따르고를 떠나 그냥 이루어지는 것이다.

어느 날 금강산에 사는 박 처사가 한양에 있는 재상 이귀를 찾아온다. 이귀는 대번에 박 처사가 보통 사람이 아님을 알아보고는 박 처사의 딸과 자신의 아들 이시백을 결혼시키기로 결정한다. 당연히 아들의 의향을 묻지도 않았고 박 처사의 딸을 본 것도 아니었다. 대부분의 조선시대 결혼처럼 그렇게 아버지가 결정해버렸다.

얼마 후 아버지가 아들 이시백을 데리고 금강산에 가서 며느리 박 씨를 맞아온다. 문제는 박 씨의 외모였다. 몸서리칠 정도로 끔찍한 추물이었다. 못생겨도 정도가 있지 기겁할 정도로 생긴 박 씨의 외모에 온 집안이 수군거리고 난리가 났다. 꼭 우둘투둘한 두꺼비처럼 생겼으니 말이다.

이래저래 혼례를 치르고 신방을 차렸지만 이시백은 도저히 동침할 수 없었다. 그냥 덜 생긴 정도가 아니라 마주 보면 토가 나올 것 같으니 어떻게 하겠는가. 이시백은 박 씨의 혼례복을 벗겨주기는커녕 가까이 가기도 싫었다. 더러운 오물을 보는 양 멀찌감치 떨어져 앉아 날이 새기만 기다렸다. 그렇게 첫날밤을 보내고 역병 귀신에게서 달아나듯이 새벽이 되어 신방을 뛰쳐나왔다. 그러고는 다시는 박 씨의 방에 얼씬도 안 했다. 공연히 억울한 마음에 박 씨를 미워하고 원망하는 마음까지 생겼다.

이시백이 옹졸하거나 품성이 졸렬해서 그런 것은 아니다. 양반가 누구든 결혼은 나이가 차면 무조건 하는 거였지만, 그래도 이런 결혼은 견디기 힘들었다.

'세상에 어떻게 괴물하고….'

집안의 종들까지 이시백을 옹호하는 입장이 되었다. 당연했다. 아무리 품성이 좋다고는 해도 어떻게 저런 정도의 여자를 데려올 수 있단 말인가.

하지만 아버지 이귀는 달랐다. 이시백을 불러 엄히 꾸짖었다.

"네가 사람의 덕행을 모르고 외모만 취하느냐? 그런 심성이 패가망신의 근본임을 모른단 말이냐?"

이시백은 아버지의 꾸짖음에 아찔했다. 바른 몸가짐의 자세가 아니라는 아버지의 가르침이 조금도 틀린 말씀이 아니었다. 효자인 데다가 유교 윤리와 이념에 충실한 이시백은 진정으로 제 잘못을 뉘우쳤다. 그랬다. 외모만 취하면 안 되는 거였다. 이시백은 다시 한 번 용기를 내 부인의 방을 찾았다.

이번엔 얼굴 가리개를 가지고 들어갔다. 얼굴을 가리고 어떻게라도 해볼 심산이었다. 하지만 이 역시 실패하고 만다. 그것이 말이 쉽지 억지로 되는 것이 아니었다. 밤새도록 토할 것 같고 도망치고 싶어 미칠 것 같던 마음을 억누르던 이시백은 날이 밝기가 무섭게 뛰쳐나온다. 그리고 더욱 박씨를 미워하게 된다. 이후 박 씨는 후원에 피화당(避禍堂)을 따로 만들고 기거하며 신기한 일들을 한다. 그렇게 몇 년이 흐른다.

그동안 이시백은 완전히 박 씨를 팽개치듯이 둔다. 이젠 아버지조차 더 뭐라 하지 못했다. 아들이 저렇게 행동할 수밖에 없는 이유를 그도 모르지 않으니 말이다.

그러던 어느 날, 박 씨가 허물을 벗고 천하절색의 여인이 된다. 이에 놀란 이시백이 피화당에 와서 변신한 박 씨를 보고는 깜짝 놀란다. 정신이 훅 날아갈 정도의 미모에 아찔해 어쩔 줄 몰라 한다. 하지만 박 씨의 얼굴엔 찬바람이 쌩쌩 불었다. 왜 안 그렇겠는가.

이시백은 방 안으로 들어가지도 못하고 그냥 주위만 빙빙 배회하다 돌아온다. 밤이 되자 이시백은 아리따운 박 씨 생각에 제정신이 아니다. 자존심이고 뭐고 다 팽개치고 다시 그녀의 방을 찾아간다. 하지만 박 씨는 촛불을 밝히고 단정히 앉아 있을 뿐이다. 단 한 마디도 입을 열지 않고 그냥 앉아 있다. 싸늘한 바람이 불듯 분위기가 서릿발 같은 통에 이시백은 감히 말도 못 붙인다. 밤새도록 전과는 다른 의미로 끙끙거리다 날이 밝아 입맛만 다시며 나온다.

밤이 되면 박 씨의 방에 가서 그렇게 뜨거운 부뚜막에 오른 고양이마냥 쩔쩔매다가 아침이 되어 맥쩍게 나오기를 며칠 동안 계속한다. 갈수록 박 씨의 기색은 점점 더 엄해진다. 이시백은 자신이 그녀를 수년 동안 박대하고 미워했던 죄가 있는지라 어쩌지 못하고 박 씨의 처분만 기다린다. 참 세상은 알 수 없는 노릇이다.

여기서 바보 같은 질문을 해보자. 이시백이 자존심도 팽개치고 매일같이 박 씨의 처소에 가서 쩔쩔 매는 이유는 뭘까? 대답할 것도 없다. 어떻게든 그녀와 동침하고 싶어서다. 육체관계를 맺고 싶어 그렇게 똥 마려운 강아지마냥 발발댄 것이다. 이해는 되지만 꽤나 우스운 것은 박 씨가 허물을 벗고 천하절색으로 변신하기는 했지만 그것은 얼굴만이라는 사실 때문이다. 이전에 도저히 쳐다보지도 못할 정도로 추할 때도 얼굴만 그랬지 몸은 그대로였다. 그래서 이시백이 얼굴을 가리고 억지로라도 어떻게 해보려 했던 거였다. 좀 심한 말이긴 해도, 추물 박 씨나 미인 박 씨나 결국 몸을 합치고 성교를 하는 것은 똑같다는 점이다. 이래저래 섹스이고 이래저래 똑같은 피부에 똑같은 단백질 조합일 테니 말이다. 추물이든 미인이든 하나도 다른 것 없이 동일하다. 그저 얼굴만 바뀌었을 뿐이다. 그런데도 단지 그것으로 인해 이시백의 행동은 땅에서 하늘만큼 확 돌변했던 것이다. 왜 그런지 우리는 그 답을 당연히 안다. 우리라고 이시백보다 나은 인간이 아니니 말이다.

결국 이시백은 천하절색이 된 박 씨에게 자신의 잘못을 빌고 빌어 겨우 용서를 받는다. 그리고 꿈에 그리던 동침을 한다.

허물 벗고 전신 성형 해볼까?

여기서 짓궂은 질문을 하지 않을 수 없는데, 이시백은 동침하는 기분이 어땠을까? 정말 좋았을까? 당연히 그랬을 것이다. 하지만 이미 전에도 이렇게 동침할 수 있었고 똑같은 성적 만족을 느낄 수도 있었다. 하지만 추물 박 씨와는 그러지 못했다. "이래저래 똑같은 섹스인데 대체 그깟 얼굴이 무슨 문제란 말인가?"라고 말하면 안 된다. 왜 그런지는 스스로들에게 물어보시라.

이시백은 박 씨의 바뀐 외모로 인해 호감이 생겼고 마음이 동했다. 외모가 바뀌자 마음이 변한 것이다. 이것은 참 중요한 사실이다. 적어도 두 가지는 분명하다.

우선 하나.

많은 여성들이 성형을 해서라도 예뻐지고 싶어 하는 심리를 비난하기 어렵다는 것이다. 성형 중독에 걸리는 것은 그 자체로 비참하고 불행한 일이지만 성형을 들어 모든 여성을 싸잡아 비난하는 것은 온당치 않다. 남의 일이기에 쉽게 말하는 것이지, 추물 박 씨의 심정은 그녀가 되어 보지 않고는 형언할 수 없다. 냉대를 받아보고 비웃는 시선을 느껴봐야 짐작할 수 있다. 말 못한 고민에 가슴이 푹푹 썩어봐야 비로소 느낄 수 있다. 미녀들은 죽었다 깨도 알지 못할 심정이다.

성형을 옹호하자는 말은 아니다. 하지만 성형으로 자신

의 콤플렉스를 극복할 수 있다면 그 또한 하나의 방법으로 고려해볼 수도 있다는 말이다. 하지만 콤플렉스라는 것이 마음에서 시작되는 것이다 보니 외모를 고친다고 완전히 해소되지는 않는다. 한 번의 성형이 두 번, 세 번 거듭된 성형으로 이어지고 결국 인조인간(?)이 되고 마는 것이 그 때문이다. 자신도 모르는 낯선 사람이 거울에 불쑥 나타나게 되었지만 여전히 콤플렉스는 가시지 않기 쉽다. 외모를 바꾸기보다는 마음을 바꾸는 것이 더 본질적인 문제다. 그러나 외모를 바꿔서라도 콤플렉스를 극복하고 싶은 마음이 있는 것이다.

박 씨가 허물을 벗고 천하절색이 된 것은 꼭 영화 〈미녀는 괴로워〉의 여주인공이 전신 성형을 해서 새로 태어난 것과 유사하다. 허물을 벗고 미녀가 된다는 것이 소설 속의 환상이듯이 전신 성형으로 완전히 탈바꿈을 한다는 것 역시 거짓이다. 영화는 영화일 뿐이다. 현실은 이렇다.

"넌 고쳐도 안 예뻐."

큰 상처가 될 말이긴 하지만 이것이 사실이다. 외모를 고친다고 갑자기 마음이 바뀌는 것은 아니다. 큰 모험을 무릅쓰고 얼굴을 고쳤지만 상대가 냉담하다면 어떻게 할 것인가? 더욱 성형의 후유증으로 괴로움을 고스란히 떠맡았다면 대체 이를 어찌 한단 말인가? 다시 이전으로 돌아갈 수도 없는데 말이다.

미녀로 변신한 박 씨에게 혹했던 이시백은 여느 남자가

아니었다. 효자였고 충심이 있는 품위 있고 고상한, 그야말로 괜찮은 남자였다. 그런 그가 넘지 못했던 것은 인간이면 누구나 느낄 수 있는 원초적인 감정 때문이었고, 그것이 넘어가자 자연스레 사랑하는 관계가 되었다. 다시 말해, 처음의 박 씨가 천하절색까지는 아니어도 두꺼비같이 우둘투둘한 정도만 면한 보통 여자였다면 이시백은 그녀와 화락(和樂)하며 사랑했을 것이란 말이다.

이러니 상대가 당신을 바라는 것인지 천하절색을 요구하는 것인지를 잘 살펴볼 필요가 있다. 만약 상대가 요상한 낌새라면 뒤도 돌아보지 말고 차버리라. 당신이 아무리 노력하고 전신을 뜯어고쳐도 그 상대는 절대 당신을 사랑하지 않을 테니 말이다. 믿지 못하겠다면 앞서 본 변강쇠와 옹녀를 깊이 생각해보라.

그리고 둘.

박 씨의 외모가 변하자 그를 바라보는 이시백의 마음이 변했다는 것은 마음만으로 통하는 사랑이 가능한지에 대해 일정한 생각거리를 제공한다. 육체관계가 배제된 정신적인 사랑, 소위 플라토닉러브(platonic love)에 대해 이시백의 변화는 좋은 시사점이다. 이런 물음이 가능하다.

"추물 박 씨와 정신적인 사랑을 하면 되잖아?"

육체적으로 박 씨와 동침할 생각은 버리고 그냥 집안의 중심을 잡아줄 부인으로 인정하고 정신적인 교감만 하면 되지 않겠느냐는 물음이다.

사실 이시백의 아버지도 이런 맥락에서 그를 질책했다. '사람의 덕행을 모르고 외모만 취한다.'고 책망한 것은 박 씨가 비록 추하지만 그녀의 덕행을 보란 말이었고, 그것은 박 씨와 꼭 동침하라는 말이 아니라 그녀를 '부인'으로 인정하란 말이었다. 집안의 종들과 부화뇌동하여 같이 못마땅해하며 미워하지 말고 정실부인이 된 박 씨를 정당한 부인으로 대접하라는 훈계였다.

조선시대 결혼이 다 정략적이었고 아버지가 주관했던 것은 집안의 중심이 될 며느리이자 부인으로 훌륭한 품성을 지닌 여성을 얻고자 함이었다. 남성의 성적 판타지는 첩을 두는 다른 활로를 통해 채우면 되었다. 그래서 대부분의 양반이 첩을 두었고 남편이 정실부인과 동침하지 않는다고 해서 뭐라 하지는 않았다.

이시백도 박 씨를 부인으로 인정하고 그에게 집안의 대소사를 결정하고 다스리도록 맡기고 성적 만족은 첩을 두어 해결하면 그만이었다. 박 씨와는 마음만 통하면 되는 거였다. 하지만 그러지 못했다. 거듭 말하지만 이시백의 잘못이라 탓할 수 없다. 외모가 추하니 마음이고 뭐고 간에 아예 상관하기도 싫으니 말이다. 이것이 인간의 본성이다.

그래도 마음만으로도 사랑을 나눌 수 있다고 강변할지 모르겠지만, 플라토닉한 사랑도 결국은 어느 정도 상황이 뒷

받침되어야 한다. 일단 뭔가에 마음이 움직여야 시작되는 것이다. 그 뭔가는 당연히 직감할 수 없는 '마음 같은 것'이 아니라 쉽게 겉으로 보이는 '그 무엇'이다.

물론 박 씨가 추물이어서 그녀와 플라토닉한 사랑을 하지 않은 것이 아니라, 진정한 정신적 교감을 나눌 대상이 아니기에 플라토닉한 관계로 발전하지 않았다고 우길 수 있다. 하지만 박 씨는 추물일 때든 미녀일 때든 현숙하고 정신적으로 고귀했다. 이시백 역시 교양과 품위가 있었다.

자꾸 돌려 핑계를 댈 필요 없다. 교감이 생기지 않은 것은 간단하다. 박 씨가 너무 못생겼기에 아예 마음도 생기지 않았던 것이다. 본질은 바로 그것이다. 플라토닉러브 역시 완전히 정신적인 것만으로 이루어지는 것이 아니다. 사랑이란 것이 본래 친밀감 없이 되는 것이 아니니 말이다. 덕행 있는 박 씨와 품위 있는 이시백이 그토록 허물 같은 외모의 장벽에 막혀 서로 소통하지 못하고 수년을 보낸 것은 그들 사이에 육체적 관계가 없었기 때문이다. 육체관계가 있어야 비로소 마음도 서로 통하고 발전할 수 있는 법이다. 육체관계는 단순히 섹스만을 말하는 것이 아니라, 키스 같은 것은 물론 손의 마주침 같은 모든 스킨십이 전부 육체관계다. 그렇게 친밀감이 수반된 육체적 교감이 정신적 감응을 불러일으킨다. 그리고 그것이 '진정'을 이끌어낸다.

이시백은 박 씨의 손조차 잡아준 적이 없는데 어떻게 플라토닉한 관계로 발전할 수 있겠는가. 아버지가 그토록 우겨서 다시 박 씨의 방으로 밀어 넣은 것은 그 때문이다. 섹스의 향연을 벌이란 것이 아니라 손이라도 잡아주고 말이라도 붙이라는 거였다. 그렇게 부인으로 인정하란 거였다.

정신적으로 사랑하는 것은 물론 가능하다. 하지만 육체적 친밀감 없이 오직 정신적인 관계만으로 사랑이 가능할 것 같지는 않다. 하다못해 손이라도 만지고 머리라도 쓰다듬어야 한다. 그 접촉이 성적 판타지를 일으키는 것이 아니라 순수한 인사 정도의 친밀감이라 해도 말이다. 이시백이 따뜻한 말 한마디조차 못한 이유는 도무지 마음이 움직일 그 무엇이 전혀 없었기 때문이다. "말이라도 하지."라는 말은 그야말로 말도 안 되는 소리다. 언어야말로 진정한 가슴의 마음이 담긴 접촉이다.

친밀감 없이 어떻게 사랑이 가능할까? 그리고 접촉이 전혀 없이도 어떻게 상대와 교감하고 공감할 수 있을까? 그것이 가능한 사람도 있을지 모른다. 하지만 그것을 두고 '사랑'이라고 부르기에는 뭔가 한참 부족해 보인다. 원숭이와도 교감하는 동물학자들도 원숭이의 머리를 쓰다듬어준다. 적어도 악수라도 한다. 그렇게 하지 않고 교감한다는 이야기는 글쎄… 농담이 아닐까.

관능미 없는 사랑의 한계

미팅에 나가면 꼭 이런 선수가 있다.

"난 외모는 안 봐요. 마음을 봐요."

말도 안 되는 뻥을 능청스럽게 치는데도 상대 여성들은 호감을 갖는다. 그 남자가 준수한 용모를 지니고 있기 때문이다. 둘 사이에 이런 말도 안 되는 말을 두고 미묘하게 호감의 기류가 흐르는 것은 둘의 잘난 외모 덕분이다. 만약 폭탄(?)이었다면 절대 이런 분위기가 만들어지지 않는다. 오히려 그 말에 다들 벌레 씹은 얼굴이 될 뿐이다.

어떻게 마음을 보겠는가? 그는 점쟁이란 말인가? 아니면 텔레파시 영능력자란 말인가? 당연히 마음을 볼 수는 없다. 겉으로 드러난 것들을 통해서 성품을 짐작할 뿐이다.

어떻게 외모를 보지 않겠는가? 그는 부처님이란 말인가? 아니면 눈뜬장님이란 말인가? 당연히 외모를 본다. 그리고 판단한다. 호감으로 흐르느냐 비호감으로 바뀌느냐, 시발은 거기서부터다. 외모를 보고 나서야 그 마음도 알고 싶어지는 것이다.

그런데도 여전히 마음을 본다는 사람들이 적지 않다. 그러니 그 사이에 커다란 함정이 도사리고 있는 것을 알기는 더 어렵다.

'마음을 보고 호감을 갖는 것은 옳지만, 외모를 보고 좋아하는 것은 그르다 못해 나쁘다.'

세상에는 이런 알 듯 모를 듯한 전제가 무척 많은데, 사람을 두고 이루어지는 이런 고정관념들은 우리를 무척 해롭게 한다. 왜 외모를 보고 좋아하면 안 된단 말인가. 마음 말고 외모만 보고 좋아할 수도 있지 않은가. 그리고 그렇게 외모에만 혹하는 것이 무엇이 나쁘단 말인가. 생각해보면 외모지상주의가 판치게 된 이유에는 역설적으로 외모를 무시하며 보지도 말고 신경 쓰지도 말고 말하지도 말아야 한다는 강박관념이 짓누르고 있기 때문일지도 모른다. 외모는 중요한 것이다. 정신이 중요한 만큼 말이다. 외모만 중요하다거나, 정신만 중요하다는 것이 문제다.

요즘은 덜하지만 한동안 미스코리아 선발대회를 둘러싸고 말들이 많았다.

"여성을 상품화한다."

"여성을 외모로만 평가한다."

"여성의 본질은 미모가 아니다."

물론 여성을 상품화해서는 안 되고 미모로만 평가하는 것도 바보 같은 짓이다. 당연히 여성의 본질이 외모에만 있는 것이 아니다. 하지만 이런 강한 말들 속에 묻히는 것은 외모를 따지면 안 될 것 같은 마음이다. 그리고 그것이 분위기를 형성하고 커다란 문화적 압력으로 떠돌아다니게 된다. 누구든 상대를 볼 때 먼저 보게 되는 외모이고, 그것은 좋고 나쁨을 판단하기 위해서가 아니라 저절로 보게 되는 것이지만,

그런 당연하고 엄연한 사실을 있는 그대로 표현하면 큰 죄(?)가 될 수도 있다는 분위기다. 인터넷에 지저분한 댓글을 수 없이 달면서도 사람들을 만날 때는 마치 외모로 판단하는 것은 속물들이나 하는 일이란 식의 말을 서슴없이 하는 작자들이 늘어나는 것이 이런 연유에서다.

미스코리아를 둘러싼 말들이 더 불편했던 것은 로또를 사는 것은 비난하지 않으면서 미스코리아 선발대회에 나선 여성들을 모든 여성의 가치를 훼손시키는 파렴치한처럼 헐뜯는 것 같아서였다. 누구든 단번에 스포트라이트를 받아 연예인도 되고 모델도 될 수 있다면, 자신이 처한 현실에서 고속 엘리베이터를 탄 것처럼 수직상승할 기회가 있다면, 그것을 마다할 사람은 그리 많지 않다. 그리고 그런 마음을 먹었다고 그들을 비난하는 것은 옳지도 않고 떳떳하지도 않다. 머리에 든 것이 많고 똑똑해서 그것으로 밥 먹고사는 것은 품위 있고 고상한 일이지만, 육체가 출중해서 그것으로 먹고 살려는 것은 저속한 일이란 말인가?

정신과 육체가 이처럼 분리되고 정신과 육체가 이토록 다르게 평가받다 보니, 둘이 합일된 사랑이란 개념이 들어설 자리는 어디에도 없어 보인다.

파편화된 사랑이 판치는 이유가 분명 이 때문일지도 모른다.

옛이야기에 가장 흔한 것 중 하나가 재상네 집 딸이 시집갔다가 남편이 죽자 다시 친정으로 돌아오는 이야기다. 돌아온 딸이 불쌍하고 외로워 보여 재상은 지나가는 선비를 납치해다가 자기 딸과 살게 한다. 아니면 괜찮은 종 하나를 면천(免賤)시켜주며 돌아온 딸을 데리고 멀리 가서 살게 한다. 물론 어느 경우든 사람들의 이목을 막으려는 생각으로 딸이 죽었다고 거짓으로 소문내고 장례도 치른다.

재상이면 지배층 중에서도 지배층이다. 그런 그가 심지어 천한 종에게 과부가 된 딸을 준다. 재상은 그 딸이 지켜야 할 도리를 모르겠는가, 아니면 유교적 소양이 부족하겠는가? 과부가 되어 돌아온 양반 여자는 평생을 시를 지으며 자연을 읊으며 얼마든지 플라토닉하게 살 수도 있다. 아니 그렇게 살라고 사회가 요구하고 강요한다. 하지만 재상은 그런 어리석은 결정을 따르지 않는다. 딸에게 필요한 것은 남편이란 사실을 잘 알기 때문이다. 품에 안아주고 보듬어줄 상대가 필요하다는 것을 누구보다 잘 알기에, 재상은 나라의 법을 어기면서까지 그런 일을 감행하는 것이다.

또 이런 이야기도 있다. 부모가 일찍 돌아가서 외삼촌이 기르던 여자 아이가 있었다. 재물에 눈이 어두운 외삼촌이 돈을 받고 그녀를 부자에게 판다. 그런데 그 부자가 하필 내시였다. 그렇게 여자는 시집와서 내시의 아내가 된 것이다. 그녀는 어떻게 되었을까? 어려서처럼 굶지도 않고 구박도 받지 않지만 살 수가 없었다. 결국 집을 뛰쳐나가 지나던 중을 무작정 따라간다. 그리고 그 중을 파계시켜 같이 결혼해 산다. 그녀는 음녀(淫女)일까? 뼛속까지 정욕에 사무친 악녀(惡女)일까? 혹시 그렇게 생각한다면 그것은 천박한 해석이다.

또 다른 내시 이야기도 있다. 내시가 아내로서는 아니지만 어린 여자를 어려서부터 곱게 기른다. 보통은 아내로 삼지만 자신이 그럴 수 없다는 것을 아는 내시는 인격이 있었다. 지나는 선비를 데려다가 그녀와 결혼시켜 내보낸다. 잘 살라는 말과 함께 말이다.

이 모두 사랑이 있기 위해서는 육체관계가 있어야 한다는 것을 말해준다. 추물 박 씨가 됐건, 돌아온 과부 딸이 됐건, 또 내시의 아내가 됐건, 그녀들에게 정신적 사랑만을 강요한다면 그것은 폭력이고 학대다. 상대를 배려해서 그러는 것이라고 강변할지 모르지만 그것은 고상한 헛소리다. 에로스가 없고 관능미가 없는 사랑은 진정한 사랑이 될 수 없다.

사랑은 당연히 정신적 작용이다. 하지만 육체적 맺음이 없이 완성되지는 않는다. 멋들어진 자동차에 있을 것 다 있지만 바퀴가 없어 달릴 수 없는 것과 비슷하다. 그저 남들 보기에 휘황찬란할 뿐이다. 반대도 마찬가지다. 육체적 결합만을 거듭하는 것은 기겁할 만한 일이다. 변강쇠와 옹녀가 그랬던 것처럼 지루하고 괴로운 노역일 뿐이다.

사랑은 정신과 육체 모두 있어야 한다. 정신만, 육체만 있는 것은 '불구'다. 반쪽짜리 사랑이다. 어느 한쪽만 줄기차게 우겨대는 것은 미숙한 것이다. '정신'과 '육체', 둘이 서로 따로 파편화되어 있다면 그것은 온전한 사랑이 될 수 없다.

동물에게 발정기가 있는 것은 종족 번식을 위해서인데, 그것은 교미를 하는 것이 무척 복잡하고 성가신 일이기 때문이다. 발정기가 되어 발정하지 않는다면 도무지 하고 싶지 않을 만큼 피곤한 짓인 것이다. 인간에게 발정기가 없다는 것은 아무 때나 성교할 수 있다는 말이고 그것은 육체적 얽힘만으로 사랑이 이루어지는 것이 아니란 메시지 같다. 마음이 움직이고 몸이 따르는, 정신과 육체가 같이 움직여야 이루어지는 것이라고 하는 것 같다.

만약 신이 인간을 만들 때 동물과 다르게 만든 부분이 발정기를 없앤 것이라면, 그것은 정신과 육체가 함께해야 진정한 사랑이라고 인간들에게 가르치기 위해서인 것 같다. 분명히 그런 것 같다.

9관

경이로운 사랑

숭고하다는 것은 크고 높아서 그 대상에게 경이를 느끼며 압도당하는 마음이다. 이 경이로운 압도감은 불쾌한 것이 아니라 탄복하고 경탄하는 것이다. 심지어 찬송하기까지 한다. 숭고하다는 것은 단순히 멋지다는 말로는 다 표현할 수 없는 위대함이다.

사랑에는 분명 숭고한 면이 있다. 부모의 헌신적 사랑만 그런 것이 아니라 애인이나 부부 사이에도 '숭고'라는 말을 붙일 수 있다.

생각해보면 사랑은 평등을 추구하는 방식이다. 서로 몸을 섞고 서로 마음을 소통한다는 것은 동등해지는 것이다. 신분이 달라도 사랑하면 같아진다. 이것이 사랑의 만고불변의 진리다. 그러니 부모와 자식처럼 거스를 수 없는 위계가 확정된 사이에서나 느낄 수 있는 상대에 대한 경이적 압도감을 어떻게 평등한 사이인 부부나 애인 사이에서 느낄 수 있을까? 그것이 정말 가능하기는 할까?

18

역경을 뛰어넘는 숭고한 사랑

〈최척전(崔陟傳)〉

삶에 역경이 없었으면 좋겠지만 어디 사는 것이 그런가. 사랑도 사람의 일이니 고난이 없지 않다. 하지만 너무 길고 깊으면 지치고 낙심하기 쉽다. 그럼에도 불구하고 그 모든 고난과 역경을 뚫고 이루어낸 사랑이 있다면 과연 어떨까.

〈최척전(崔陟傳)〉에 나오는 최척과 옥영의 삶이 그랬다. 신이 시기했는지 그들 앞에는 잠시도 쉴 틈 없는 가시밭이 깔린다. 그들의 삶과 사랑이 드라마틱하다는 것은 그만큼 괴롭고 험난했다는 말이나 다름없다.

남원에 사는 몰락한 양반의 자손 최척과 한양 명문가의 딸인 옥영의 만남은 시작부터 드라마틱했다. 최척의 아버지가 자신의 친구인 정 생원네로 아들을 보내 공부하게 했는데, 때마침 그 집에 옥영과 그 모친이 서울에서 와 있었다. 옥영의 아버지가 돌아가신 후 가세가 기울어 먼 친척인 정 생원네로 내려와 의탁하고 있던 거였다.

최척은 밤낮 글을 읽고 있었는데, 어느 날 창틈으로 편지 한 장이 삐죽 들어왔다. 최척의 글 읽는 소리에 반한 옥영이 보낸 거였다. 옥영의 마음을 알게 된 최척이 아버지에게 옥영과의 혼사를 주선해달라고 하나, 아버지는 반대한다. 서울의 지체 높은 귀족 여자와 시골의 한미한 집안 남자가 결혼한다는 것은 생각만큼 쉬운 일이 아니었다. 그래도 거듭된 최척의 간청에 아버지가 결국 혼담을 꺼내지만, 이번엔 옥영의 어머니가 반대했다.

"이제 남편도 없고 서울의 집도 버리고 이곳에 와서 그야말로 의지할 곳도 없어요. 그러니 딸만큼은 부잣집에 시집보내 이런 고민을 하지 않게 하고 싶어요."

어머니로서 당연한 바람이었다. 이렇게 틀어질 혼담에 옥영이 나섰다. 살림이 넉넉해도 인품이 변변치 못하면 모두 소용없다는 말을 하며, 자신이 최척을 보니 중후한 것이 틀림없이 훌륭한 남자란 거였다. 어머니는 난감했지만 예나 지금이나 자식 이기는 부모는 없는 법이다. 어머니는 옥영의 확고한 마음을 알고는 어쩔 수 없이 딸의 뜻을 따르기로 한다. 그렇게 그해 9월 보름을 혼인날로 잡았다.

모든 일이 잘 풀릴 것 같았는데 나라에 왜적들이 쳐들어왔다. 임진왜란이 일어난 것이다. 남원에서도 의병이 일어났는데 최척이 말 타고 활쏘기에 능한 것을 알고 의병장이 그를 군사로 뽑아갔다. 영남지방으로 이동해서 전투를 벌였는데, 그러는 동안 혼인날은 다가왔다. 최척은 의병장에게 사정을 말했다. 의병장은 기가 찼다.

"나라가 위급한데 지금 휴가를 달라고? 그것도 결혼을 하려고? 임금께서도 피란을 가신 마당에 한가롭게 그런 소리나 하다니, 앞으로 그 따위 말은 꺼내지도 말아라."

그렇게 전쟁터에 몸이 묶여 있는 동안, 옥영 주위에 부자양 씨가 달려들었다. 옥영의 어머니를 구워삶아 최척은 돌아오기 힘들 것이라고 부추겼다. 확실히 전쟁 통에 살아온다는 것은 쉽지 않은 일이고 설령 온다 해도 그것이 언제일지도 몰랐다. 솔깃한 옥영의 어머니는 양 씨와의 혼사를 진행했다. 그러자 옥영이 대뜸 목을 매 자살을 시도했다. 다행히 늦지 않게 발견해 살렸지만, 어머니는 딸의 굳건한 마음에 놀라 다시는 양 씨 이야기를 꺼내지 못했다.

옥영이 목을 맸다는 사실을 알게 된 최척의 아버지는 최척에게 편지를 써서 사정을 알렸다. 이때 최척은 옥영 생각에 상사병이 들어 죽어가고 있었는데 편지를 받고 더 심각해져 사경을 헤매게 되었다. 이대로라면 정말 죽을 것 같다는 것을 알게 된 의병장이 비로소 그를 집으로 돌려보냈다.

그렇게 집으로 돌아온 최척은 씻은 듯이 병이 나았고 곧 옥영과 혼인식을 올렸다. 둘은 잠시도 떨어지지 않을 정도로 사랑했다. 둘은 아들 몽석을 낳고 부모님을 모시고 행복하게 살고 있었다. 하지만 바깥 상황은 그들을 내버려두지 않았다.

정유년, 왜적이 다시 침범해 와 이번엔 남원의 온 마을을 휩쓸었다. 최척이 식량을 구하러 간 사이 남장(男裝)을 하고 도망치던 옥영은 왜적에게 잡혀가고 어린 아들 몽석은 난리 통에 잃어버리고 말았다.

폐허가 되어버린 마을로 돌아온 최척은 부모님의 생사조차 알 수 없게 된 것에 통곡하고 말았다. 완전히 모든 것이 풍비박산 난 것이다. 정말 하늘도 무심한 지경이었다. 절망한 최척은 될 대로 되란 심정으로 우연히 만난 명나라 군사를 따라 고향을 떠나 중국으로 건너갔다.

타향에서 고생하면서도 최척은 여전히 성실했다. 그의 인품을 보고 감동한 명나라 장수가 자기 여동생과 결혼시키려 하자 최척이 쓸쓸히 말했다.

"저는 전쟁 통에 집을 잃고 부모님과 부인, 자식의 생사조차 모릅니다. 제대로 된 장례조차 치러드리지 못했습니다. 그런데 어떻게 다시 아내를 얻어 행복을 누린단 말입니까. 못 하겠습니다."

그는 행복하고 즐거운 삶이 있지만 그것을 택하지 않았다. 죽었는지 살았는지 알 수 없는 가족들에 대한 안타까움과 옥영에 대한 그리움 때문이었다. 모두 죽었겠지만 그렇다 해도 도저히 자신만 행복하게 웃을 수는 없었다. 그것이 인간다움이었다.

그런데 최척의 부인 옥영은 죽지 않고 남장을 한 채 도망치다가 왜군에게 잡혀 멀리 일본으로 끌려갔다. 다행히 마음씨 좋은 늙은 왜인을 만나게 되어 그의 집에서 허드렛일을 하며 살게 되었다. 옥영을 남자인 줄로만 안 늙은 왜인은 그녀를 데리고 배를 타고 외국으로 장사를 하러 다녔다.

그러던 그녀가 주인과 함께 멀리, 지금의 베트남인 안남 지역에 가서 장사를 할 때였다. 한밤중에 다른 장사꾼 배에서 피리소리가 들려왔다. 그녀는 소스라치게 놀랐다. 바로 그 피리소리는 오래전 전쟁 통에 헤어졌던 자신의 남편 최척이 잘 불던 소리였기 때문이다. 옥영은 저도 모르게 옛날 자신이 지었던 시를 읊었다. 그랬더니 뚝 하고 피리소리가 그치는 것이 아닌가. 놀랍게도 바로 그 옆에 정박해 있던 중국인 장사꾼의 배에 남편 최척이 와 있던 거였다. 최척은 명나라 사람들과 함께 여기저기를 떠돌다가 바로 그곳까지 왔던 거였다.

최척은 혹시나 하는 마음에 옥영의 이름을 크게 불렀다. 이때 남편이 자기를 찾는 목소리를 들은 옥영은 엎어지고 넘어지며 급히 배 난간을 뛰어넘어 달려갔다. 두 사람은 서로를 알아보았다. 분명히 자신의 부인이고, 자신의 남편이었다. 둘은 소리치면서 끌어안고 흐느껴 울었다.

주변의 장사꾼들은 모두 이 광경을 보느라 담장처럼 죽 둘러섰다. 처음에는 친척이나 친구인 줄 알았는데 부부라는 말을 듣고 다들 깜짝 놀랐다.

"신기하고도 놀랍다. 이것은 하늘이 돕고 신령이 도운 것이다. 일찍이 이런 일은 듣지도 보지도 못했다. 정말 신기하고 기쁜 일이다."

조선 땅 남원에서 전쟁 통에 흩어졌던 부부가 남편은 중국을 거쳐, 부인은 일본을 거쳐 멀고 먼 이역 땅인 베트남에서 만나게 된 거였으니 신기하고 놀랍지 않을 수 없었다. 정황을 알게 된 사람들은 모두 눈시울이 뜨거워졌다. 사람들은 최척과 옥영의 진정한 사랑에 하늘이 감동한 것이라고 생각했다.

최척은 명나라 친구와 같이 이곳에 온 것이지만, 옥영은 왜국 군사가 전쟁포로로 잡아가서 일을 부리는 종으로 팔린 신세였다. 그러니 함부로 몸을 빼서 남편을 따를 수 없었다. 최척의 명나라 친구가 백금 세 덩이를 옥영의 주인인 왜인에게 주며 옥영을 풀어달라고 간청했다. 그러자 그 왜인 주인이 옥영을 가리키며 이렇게 말했다.

"내가 이 사람을 얻은 지 4년이 되었소. 그 단정한 행동이 마음에 들어 친자식처럼 사랑했소. 그런데 지금껏 여자인 줄은 미처 몰랐소. 게다가 이렇게 놀랍고 신기한 만남을 하늘과 신령도 감동할 텐데, 비록 내가 미련하고 못났지만 어찌 목석처럼 감정이 없겠소. 어떻게 돈을 받을 수 있겠소."

오히려 옥영에게 돈을 주며 말한다.

"내가 너와 그동안 부모 자식처럼 지내다가 갑자기 이별하게 되니 참으로 슬프구나. 하지만 잃었던 남편을 이렇게 먼 곳에서 만나게 되니 이런 일은 일찍이 세상에 없던 일이다. 내가 욕심을 낸다면 하늘이 내게 벌을 내릴 것이다. 너는 남편에게 돌아가 부디 몸조심하고 행복하게 살아라."

왜인 주인은 꼭 친정아버지가 딸을 시집보내는 것처럼 안타까워했다. 주변에 있던 다른 사람들도 자신이 가진 은금과 비단을 주며 축하해주었다. 꼭 결혼을 축하하는 것처럼 말이다. 옛날 전쟁터에서 잡아먹을 듯이 싸웠던 명나라 사람이건, 왜국 사람이건, 그리고 조선 사람이건 모두 같은 마음이었다. 그렇게 한마음으로 사람들이 훈훈하게 축복해준 이유는 모두 둘의 사랑에 놀라고 감동했기 때문이다.

이후 최척과 옥영은 비록 부모님과 아들의 생사도 모르는 것이 한이지만, 몽선이라는 두 번째 아들을 낳아 중국 땅에서 단란하게 산다. 하지만 또다시 바깥 상황이 그들을 그대로 두지 않는다.

이번엔 청나라 누르하치(努爾哈赤, 1559~1626)가 중국으로 침략해 온다. 명나라에서 군사를 일으켰는데 최척의 능력이 출중함을 알고 명나라 장수가 그를 뽑아서 전쟁터에 데려갔다. 이렇게 또 옥영과 헤어지게 된다. 게다가 최척이 따라간 군대는 청나라와의 싸움에서 패해 최척이 그만 청나라 오랑캐에게 포로로 잡히고 만다. 이제 다시는 살아서 만날 수 없게 된 것이다.

그런데 놀라운 일이 일어난다. 최척은 갇힌 감옥에서 그 옛날 남원에서 전쟁 통에 잃어버린 줄 알았던 첫째 아들 몽석을 만난다. 그는 다 큰 어른이 되어 있었다. 청의 침입으로 명나라에서 조선에 구원군을 요청했는데 바로 몽석이 군인으로 왔다가 그도 청나라에 포로로 잡힌 거였다. 게다가 놀라운 소식까지 듣는다. 돌아가신 줄로만 알았던 최척의 부모님들도 모두 살아계신다는 말이었다. 이들은 서로 얼싸안고 한동안 통곡을 멈추지 못했다.

포로를 감시하는 늙은 오랑캐 병사 하나가 자주 드나들며 이런 사정을 대강 알고는 불쌍히 여겼다. 그 늙은 오랑캐가 그들의 사연을 듣고는 다른 자들 몰래 최척과 아들 몽석을 몰래 풀어주었다. 그래서 둘은 조선 땅 남원으로 도망쳐 돌아올 수 있었다.

하지만 중국에는 부인 옥영이 홀로 남아 있었다. 그녀는 최척이 그리워 살 수가 없었다. 이미 터전을 잡고 뿌리를 내린 중국에 그대로 있으면 안락하겠지만 그럴 수 없었다. 옥영은 목숨을 걸고라도 고향으로 돌아가고 싶었다. 이미 장성해 결혼까지 한 둘째 아들 몽선에게 배를 준비하라고 말한다.

“여기서 조선까지는 물길로 수천 리나 되지만 순풍에 돛만 달면 한 달이 못 되어 고국 바닷가에 닿을 것이다. 이미 내 마음은 결정했다.”

아들이 만류하지 않을 수 없었다. 하지만 옥영의 뜻은 확고했다. 누구도 꺾지 못했다. 결국 옥영은 아들과 며느리를 데리고 해적을 만나고 풍랑에 시달리는 우여곡절 끝에 고향으로 돌아온다.

그렇게 다시 남편 최척을 만난다. 그리고 이젠 더 이상 헤어지지 않는다.

시대가 우리를 갈라놓아도

최척과 옥영에게는 너무 많은 장애가 있었다. 한두 가지만 있어도 좌절할 만한데 그들은 그 모든 것을 극복했다. 그리고 결국 행복해졌다.

따지고 보면 그들 사랑의 문제는 모두 바깥에 있었다. 부모의 반대, 이어진 전쟁, 난리로 인한 헤어짐…. 모두 그들의 마음과는 상관없이 이루어진 일들이었다. 억울하다면 땅을 칠 만한 일들이다. 하지만 이들은 좌절하지도 포기하지도 않았다. 끝까지 사랑의 끈을 놓지 않고 헤쳐 나갔다. 이들의 사랑이 크고 위대해 보이고 그래서 숭고하게까지 느껴지는 것은 그런 엄청난 시련에도 의연하게 마땅히 지킬 것을 지켜나간 그 마음 때문이다.

최척은 옥영을 사랑했다. 젊은 옥영뿐만 아니라 전쟁 통에 헤어진 옥영도 사랑했고 늙고 늙어 힘겹게 돌아온 옥영도 사랑했다. 최척은 정말로 옥영을 있는 그대로 사랑했다. 그런 최척을 바라보는 옥영의 눈엔 최척이 그 누구보다, 세상 그 어느 사람보다 더 크고 위엄 있게 보였을 것이다. 그것이 그들의 사랑이었다.

오래전인 1983년 KBS에서 '이산가족 찾기'라는 프로그램을 한 적이 있다. 한국전쟁으로 남과 북이 갈라선 뒤 서로 만나지 못한 가족들이 무수히 많았다. 남한에 있는 사람들조차도 전쟁통에 뿔뿔이 흩어져 같은 남한에 살면서도 서로 생사는 물론 어디에 사는지도 몰랐다. 지금처럼 인터넷이나 SNS가 발달한 네트워크가 없기에 더 그랬다. 그런 사람들을 방송국에서 신청을 받아 서로 찾아주는 프로그램이 '이산가족 찾기'였다. 처음엔 파일럿 프로그램으로 3시간 정도로 끝낼 예정이었는데 예상치 못한 뜨거운 호응에 모든 정규방송을 취소하고 5일 동안 릴레이 생방송으로 진행하고, 이후에도 몇 달을 넘겨가며 지속적으로 이어졌다. 10만 건이 넘는 가족 찾기 신청이 이어졌고 그중 10퍼센트가 서로 상봉했다. 그동안 죽은 가족들도 있었다. 북에 남아 서로 만나지 못하는 가족들까지 포함하면 엄청난 숫자였다.

그중 유독 내 기억에 남아 있는 한 할아버지가 있다. 그분은 끝내 할머니를 만나지 못했는데 홀로 남한에 내려와 고물장수 같은 허드렛일을 하며 평생을 홀로 살았다고 한다. 젊은 나이에 부인과 헤어졌지만 잊지 못하고 평생을 살았다는 그 할아버지의 뒷모습은 쓸쓸함과 함께 강인한 신념이 엿보였다. 꼭 그렇게 홀로 살지 않아도 되었을 텐데 하는 마음도 들었다. 남은 사람은 남은 사람이고 헤어진 것은 헤어진 것이었다. 그리고 그것이 불가항력적인 나라의 싸움으로 인한 것이니 더욱 그랬다. 어떻든 산 사람은 살아야 했다. 하지만 이런 모든 그럴듯한 말들을 한쪽으로 밀어버리고 당신만의 신념과 믿음으로 살아가신 것은 북에서 헤어진 부인에 대한 사랑 때문이었다. 그도 모르지 않았다. 부인이 이미 세상을 떠났을지도, 어쩌면 다른 남자를 만나 새 가정을 꾸렸을지도 모른다. 그것이 어찌 보면 당연하고 자연스러운 일이기도 하다. 하지만 할아버지는 이렇게 말씀하시는 듯했다.

"그래도 나는 내 사랑을 기다릴 것이다."

할아버지의 뒷모습이 크고 높아 보였다. 도저히 나 같은 좀팽이가 쳐다보지도 못할 정도로 무척 커 보였다. 절대 만날 일이 없다는 것을 알면서도 오랫동안 기다려도 소식 한 장 오지 않는다는 것을 알면서도 묵묵히 걸어가는 그 길에는 뜨거운 사랑이 흐르고 있었다.

최척과 옥영을 만나는 사람들은 모두 다 그들을 도와주었다. 꼭 짠 것처럼 대놓고 그들을 도와주는 것 같지만, 그것은 최척과 옥영을 만난 이들 모두 최척과 옥영에게서 사람다움의 진정성을 느꼈기 때문이다. 크고 높은 사랑의 위대함에 감동했던 것이다. 그래서 값 없이 풀어주기도 하고 잘 살라며 재물을 내놓기도 했다. 진정으로 그들의 행복을 빌어주었다. 그래서 최척과 옥영은 거대한 파도와 폭풍이 부는 전란의 소용돌이 속에서도 돌아왔고 사랑을 이루었다. 그들의 사랑은 큰 파도보다 더 높고 세찬 폭풍보다 더 강했다. 그 어떤 것이든 그들의 사랑을 막을 수도 끊을 수도 없었다.

〈최척전〉은 시골 남원에서 시작해서 남원에서 끝나는 이야기다. 임진왜란, 병자호란의 어두운 긴 시간 동안 이리저리 부침을 당하던 평범한 사람들의 이야기다. 이 이야기에는 정치 이야기가 한 줄도 나오지 않는다. 위에서 누가 정권을 잡는지, 누가 왜 전쟁을 일으켰는지, 그래서 어떻게 흘러갔는지 하나도 나오지 않는다. 보통 사람들, 그저 사람답게 사는 것이 진정이라 생각하고 서로를 사랑한 사람들만 나온다.

이들 보통 사람들의 눈에는 그런 번잡한 정치 이야기, 전쟁 이야기, 그런 것들은 들어오지 않는다. 도요토미 히데요시(豊臣秀吉, 1537~1598)의 광기와 욕망이 왜군을 조선에 쏟아놓은 것이든, 광해군(光海君, 재위 1608~1623)이 실각하고 인조(仁祖, 재위 1623~1649)가 등극했기에 오랑캐가 침입해온 것이든 상관없다. 그들의 생사도 정권도 관심이 없다. 이들의 눈엔 그런 것들은 누구의 것이든 마찬가지기 때문이다.

불쌍하게도 위에 앉은 그들은 인간미가 없다. 사랑을 모른다. 어쩌면 그렇기 때문에 그렇게도 전쟁에 광분하는 것인지도 모르겠다. 더 많이 가지려 하고 더 많이 뺏으려 한다. 자기 욕심을 위해 남을 희생하기를 서슴지 않는다. 이러니 서로를 간절히 그리워하고 사랑하는 그 기쁨과 행복을 알 리 없다. 그들은 절대로 모른다. 그런데도 위에 앉은 그들은 자신들이 '잘' 살고 있다고 생각한다. 그리고 행복하다고 착각한다.

마음대로 하시라. 뭐라 생각하고 믿든 자유니 말이다. 하지만 진짜로 잘 살고 있는 사람들은 정작 따로 있다. 그들의 권력보다 더 크고 위대한 진짜 사랑을 하면서 말이다. 믿거나 말거나.

참고문헌

《한국구비문학대계(韓國口碑文學大系)》

〈조선왕조실록〉 DB

〈두산백과〉 DB

〈한민족문화대백과〉 DB

〈국립국어원 표준대사전〉 DB

간호윤, 《쥬싱뎐 위싱뎐의 자료와 해석》, 박이정, 2008.

강명관, 《열녀의 탄생》, 돌베개, 2009.

권혁래, 《조선후기 역사소설의 탐구》, 월인, 2001.

김부식, 《삼국사기(三國史記)》, 이강래 옮김, 한길사, 1998.

김진영 외, 《실창 판소리사설집》, 박이정, 2004.

민족문학사연구소 고전소설사연구반, 《서사문학의 시대와 그 여정》, 소명출판, 2013.

박일용, 《조선시대의 애정소설》, 집문당, 1993.

신해진, 《조선조 전계소설》, 월인, 2003.

신해진, 《조선후기 세태소설선》, 월인, 1999.

엄태웅, 〈17세기 전기소설에 나타난 남녀 관계의 변모 양상〉, 《한문학논집》29, 근역한문학회, 2009.

윤채근, 《한문소설과 욕망의 구조》, 소명출판, 2008.

이계진, 《뉴스를 말씀드리겠습니다, 딸꾹!》, 우석출판사, 1990.

이대형 편역, 《수이전》, 소명출판, 2013.

이상구, 《17세기 애정전기소설》, 월인, 2003.

이신성 외, 《버들잎에 띄운 사랑》, 보고사, 1995.

이종욱, 《화랑세기로 본 신라인 이야기》, 김영사, 2000.

이종필, 〈조선중기 전란의 소설화 양상과 17세기 소설사〉, 고려대학교 박사논문, 2012.

일연, 《삼국유사(三國遺事)》, 고전연구실 옮김, 신서원, 2004.

임매 외, 《내시의 안해》, 김세민 옮김, 보리, 2006.

임형택, 《이조한문단편집》상·중·하, 일조각, 1997.

작자미상, 《청구야담(靑邱野談)》상·하, 이강옥 옮김, 문학동네, 2019.

정하영, 〈변강쇠가 성담론의 기능과 의미〉, 《고소설연구》19, 2005.

조혜란 · 김경미, 《19세기 서울의 사랑》, 여성문화이론연구소, 2003.

지연숙, 〈주생전의 배도 연구〉, 《고전문학연구》28, 한국고전문학회, 2005.

르네 지라르, 《낭만적 거짓과 소설적 진실》, 김치수 외 옮김, 한길사, 2001.

린 헌트, 《포르노그라피의 발명》, 조한욱 옮김, 책세상, 1996.

마리 루티, 《하버드 사랑학 수업》, 권상미 옮김, 웅진지식하우스, 2012.

수전 손택, 《은유로서의 질병》, 이재원 옮김, 이후, 2002.

안드레아 드워킨, 《포르노그래피》, 유혜연 옮김, 동문선, 1996.

앤서니 기든스, 《현대 사회의 성 사랑 에로티시즘》, 배은경 외 옮김, 새물결, 2003.

에드워드 버네이스, 《프로파간다》, 강미경 옮김, 공존, 2009.

이중텐, 《중국 남녀 엿보기》, 홍광훈 옮김, 에버리치홀딩스, 2008.

죠르주 바타유, 《에로티즘》, 조한경 옮김, 민음사, 1989.

지그문트 프로이트, 《예술, 문학, 정신분석》, 정창진 옮김, 열린책들, 2004.